楼 | 适 | 夷 | 译 | 文 | 集

LOUSHIYI YIWENJI

楼适夷译文集

海国男儿

〔法〕埃克多·马洛——著
楼适夷——译

中国文史出版社

序　　言

——适夷先生与鲁迅

在上世纪九十年代中期，适夷先生九十岁的时候，人民文学出版社出版了他几十年写下的散文集，又获得了中国作家协会中外文学交流委员会颁发的文学翻译领域含金量极高的“彩虹翻译奖”。这是对他一生为中国新文学运动做出的杰出贡献给予的表彰和肯定。当老夫人拿来奖牌给我看时，适夷先生挥挥手，不以为然地说：“算了算了，都是浮名。”

我觉得适夷先生是当之无愧的。

上世纪二十年代中期，适夷先生还不满二十岁，便投身于中国新文学运动，从他发表第一篇小说到发表最后一篇散文，笔耕不辍七十余年。仅凭这一点就足以令人钦佩了。

五四运动之后，中国社会面貌激变的伟大革命的年代，以鲁迅为代表的一批受过西方先进文化影响的青年作家们，以诗歌、小说等文艺作品，掀起批判封建主义儒家文化传统和道德观念，讴歌自由、平等、民主思想的狂飙运动。适夷先生在上海结识了郭沫若、成仿吾、郁达夫等创造社浪漫派先驱，开始了诗歌创作。在五卅运动中，他接受了马克思主义，参加了共青团、共产党，一面从事地下革命活动，一面办刊物，写下了大量小说、剧本、评论，还从世界语翻译外国文学作品，成为左翼文学团体“太阳社”的重要成员。

由于革命活动暴露身份，招致国民党特务的追捕。1929 年秋，他不得已逃亡日本留学。在那里他一面学习苏俄文学，一面学习日语，还写了许多报告文学在国内发表。1931 年回国即参加了“左联”，同鲁迅先生接触也多起来，在左联会议上、在鲁迅先生家中、在内山书店，领受先生亲炙。他利用各种条件创办报纸、杂志，以散文、小说的形式揭露国民党反动派的白色恐怖，号召人们起来抗争，同时他又大量翻译了外国文艺作品和马列主义文艺理论。苏联是世界上第一个无产阶级取得政权的国家，那是国内理想主义革命者们无上向往的国度。他们怀着极大的热情讴歌苏维埃人民政权，介绍苏俄的文学艺术。但当时国内俄语力量薄弱，鲁迅提倡转译，即从日、英文版本翻译。适夷先生的翻译作品大都是从日文翻译的，如阿·托尔斯泰的《但顿之死》《彼得大帝》，柯罗连科的《童年的伴侣》《叶赛宁诗抄》，列夫·托尔斯泰的《高加索的俘虏》《恶魔的诱惑》，赫尔岑的《谁之罪》。他翻译最多的是高尔基的作品，如《强果尔河畔》、《老板》、《华莲加·奥莱淑华》、《面包房里》以及《契诃夫高尔基通信抄》、《高尔基文艺书简》等。此外，他还翻译了许多别的国家的作家作品，如奥地利作家茨威格的《黄金乡的发现》《玛丽安白的悲歌》，英国作家维代尔女士的《穷儿苦狗记》，以及日本作家林房雄、志贺直哉、小林多喜二等人的作品。一次，和我聊天，他说解放前，他光翻译小说就出版过四十多本。鲁迅先生赞赏适夷先生的翻译文笔，说他的翻译作品没有翻译腔。适夷先生曾说翻译文学作品，最好要有写小说的基础，至少也要学习优秀作家的语言，像写中国小说一样翻译外国文学作品，才能打动读者。

其实，适夷先生的翻译工作只是他利用零敲碎打的工夫完成的，他的主要精力都投在革命事业上，因此，老早就被国民党特务盯上了。1933 年秋，他在完成地下党交给的任务，筹备世界反帝国主义战争委员会远东反战大会期间，因叛徒指认，遭到国民党特务绑架，被捕后押解到南京监狱。他在狱中坚贞不屈，拒绝“自新”“自首”，被反动派视作冥顽不化，判了两个无期徒刑。由于他是在内山书店附近被捕的，鲁迅先生很快就得到消息，又经过内线得知没有变节屈服的实情，便把消息传给友人，信中一口一个“适兄”地称他：“适兄忽患大病……”“适兄尚存……”“经过拷问，不屈，已判无期徒刑”，对适夷先生极为关切。同时还动员社会上的名士柳亚子、蔡元培和英国的马莱爵士向国民党政府抗议，施展营救。那时正有一位美国友人伊罗生，要编选当代中国作家的短篇小说集《草鞋脚》，请鲁迅推荐，提出一个作家只选一篇，而鲁迅先生独为适夷先生选了两篇(《盐场》和《死》)，可见对他尤为关怀和爱护。

适夷先生为了利用狱中漫长的岁月，学习马列主义文艺理论，通过堂弟同鲁迅先生取得联系，列了一个很长的书单，向鲁迅先生索要，有普列汉诺夫的《艺术论》《艺术与社会生活》，梅林的《文学评论》，还有《苏俄文艺政策》等中日译本，很快就得到了满足。他根本没有去想鲁迅先生那么忙，为他找书要花费多大精力，甚至还需向国外订购。适夷先生当时是二十八九岁的青年，而鲁迅先生已是五十开外的年纪了。后来，他每当想到这一点，心中便充满感激，又为自己的冒失感到内疚。

有了鲁迅先生的关怀，先生在狱中可说是因祸得福了，以前从事隐蔽的地下工作，时刻警惕特务追踪、抓捕，四处躲藏，居无定所，很难安心学习、写作，如今有了时间，又有鲁迅先生送来的这么多书，竟有了“富翁”的感觉。鲁迅先生说，写不出，就翻译。身陷囹圄，自然没法写作，他就此踏实下来翻译了好几本书，高尔基的《在人间》《文学的修养》，法国斐烈普的中篇小说《蒙派乃思的葡萄》，日本作家志贺直哉的短篇小说集《篝火》等，都是在狱中翻译，后又通过秘密渠道将译稿送到上海，交给鲁迅和友人联络出版的。

那时，适夷先生心中还有着一团忧虑。本来他年迈的母亲和一家人是靠他养活的，入狱后断了收入，家中原本就不稳定的生活，会更加艰难，虽有亲戚友人接济，但养家之事他责无旁贷。能有出版收入，可使家人糊口，也尽人子之责。当时翻译家黄源正在翻译高尔基的《在人间》，可当他在鲁迅的案头上看见适夷先生的《在人间》译稿时，便毅然撤下自己在《中学生》杂志上发表了一半的稿件，换上了适夷先生的译稿。那时《译文》杂志被查封，鲁迅先生正为出版为难。而在此之前，黄源与适夷先生并无深交。后来适夷先生一直念念不忘，谈到狱中的日子，总是感慨地说：鲁迅先生待我恩重如山，黄源活我全家！

新中国成立后，国家培养了大批外语人才，已无须转译，适夷先生便专注翻译日本文学作品，他翻译了日本著名作家志贺直哉、井上靖的作品，为中日文化交流做出了贡献。

同时他担任文学出版社负责人，也以鲁迅精神关怀爱护作者。当年羸弱书生朱生豪，在抗战时期不愿为敌伪政权服务，回到浙江老家，贫病交加中发奋翻译《莎士比亚戏剧全集》，呕心沥血，却在即将全部完成时，困顿病殁。适夷先生在新中国成立之初，就出版了他的（当时也是中国第一部）《莎士比亚戏剧全集》，当一笔厚重的稿酬交到朱生豪妻子手中时，她竟感动得号啕大哭。

五十年代，适夷先生邀请当时身在边陲云南的阿拉伯语翻译家纳训来北京，翻译了《一千零一夜》，这部为国内读者打开了阿拉伯世界的名著，至今仍为人们爱读。

六十年代，他邀请上海的丰子恺翻译了世界上第一部长篇小说《源氏物语》；发挥了旧文人周作人、钱稻孙的特长，翻译了当时年轻翻译家们无法承担的日本古典杰作《浮世澡堂》和《近松门左卫门选集》等，丰富了我国的外国文学宝库。

八十年代初，他年事已高，虽然离开了工作岗位，仍然向读者介绍好书。他得知“文革”中含冤弃世的好友傅雷留下大量与海外儿子的通信，便鼓励傅聪、傅敏整理后，亲自向出版社推荐，并写下序言。这本带着先生序言的《傅雷家书》一版再版，长年畅销不衰，尤其在青年人中影响巨大。他说就是要让人们“看看傅雷是怎么教育孩子的！”这样的事情太多了。

改革开放后，各种思潮涌现，八九十年代，社会上流行一股攻击鲁迅的风潮，我不免心怀杞人之忧，就跟适夷先生说了，他却淡然地答道：“这不稀奇，很正常的。鲁迅从发表文章那天起，就受人攻击，一直到他死都骂声不断。这些，他根本不介意。鲁迅的真正的价值，时间越久会越加显著。”

这真是一句名言，一下使我心头豁然开朗了。

在适夷先生这套译文集即将出版之际，再次感谢中国文史出版社付出的极大热情和辛勤劳动。我们相信通过“楼适夷译文集”的出版，读者不但能感受到先贤译者的精神境界，还能欣赏到风格与现今略有不同、蕴藉深厚的语言的魅力。

董学昌

2020 年春

目录

/001/
1. 怒海灵英
/022/
2. 海的喘息
/039/
3. 岛上之家
/058/
4. 到城里去
/068/
5. 狗和面包
/084/
6. 母亲的面
/101/
7. 出发途中
/113/
8. 旅行画家
/125/
9. 马戏班子

/149/
10. 流浪少女
/162/
11. 演技童角
/176/
12. 到巴黎去
/191/
13. 绝望深渊
/205/
14. 无赖少年
/216/
15. 梦想之港
/230/
16. 海上英雄
/250/
17. 慈母心肠
/266/
原著后记

1. 怒海灵英

一

照眼前看来，我的运气不算坏，但我并不是命生得好，其实我家世代祖上都是靠海吃饭的，他们是每天拼命谋生的船老大跟打鱼人。这生涯够辛苦，挣的钱又不多，所以我祖父养大了一大群孩子，确实很不容易。祖父有十一个孩子，我父亲是最小的一个，所以我父亲是穷渔夫的幼子，从祖父那儿所得到的遗产，就只是一副紫铜色的结实的身体，和海上生活熬炼出来的一颗铜铁的灵魂。

父亲十八岁的时候进了海军，那时有一种海军登记法，现在就叫作“征兵条律”。凡是吃船上饭的人从十八岁到五十岁的三十二年之间，就登记为法国海军。一旦有命，就有服兵役的义务，父亲入营时候连书写都还不大通顺，可是服务成绩好，回来的时候已升了排长。那时规矩，凡不是国立军官学校出身的，不能升到排长以上。

我的故乡名叫保尔地，正在英领杰奇群岛的对海，群岛上的渔夫常常乘法国人不备，到法国海边渔场上来偷鱼，保尔地附近海面，常有法国小型帆式炮舰在那儿巡逻。我父亲就在这炮舰上，担任海岸警备和渔场监督的职务。这对父亲是一个好缺份，虽说“海军以舰船为祖国”，但每次给假回乡，是人人都高兴的。

他升排长不久，就得了三个月的假期，回到保尔地来，跟母亲结婚，我就在那第二年的春天出世。

在三月里一个星期五，那天恰好是新月夜，村里人迷信，对我的出世，大伙儿悄悄说：

“这话只好私底下说，卡必里家那孩子生在新月夜的星期五，可不是好八字。”

“星期五是个关煞日，跟新月夜的潮汛恰巧相克，要是月神克不过星期的关煞，命里就有劫难。”

“据说新月夜星期五出世的人，一生都多灾多难，尤其吃不得海饭，一定会遭水难。”

“船上人的孩子离开了海，叫他干什么呢？”

可是我一生的灾难，都逢凶化吉，吃的还是海饭。新月的潮汛跟星期五剧烈地相克，毕竟经历了怎样的波折，这就是我现在想讲的。

村人们的预言是有理的，因为我正是卡必里家的子孙。卡必里一族，父传子，子传孙，世世代代都是船上营生。要是古老传说是可靠的话，那么还在特洛伊战争的时代，卡必里族就是当舟人的。我当然不知道详细的情形，但据一位学者考证，太古时候——基督降生二千年以前，在多岛海一带做根据地创立海上城市的腓尼基人，他们那流亡民族的剽悍的血统，有很多传留在保尔地渔民的一族中。根据此说，也颇有可以印证的地方，我们的眼珠黑色，皮肤糙米色，鼻梁细而直，这是诺曼地人跟蒲达纽人所没有的。

不过这些古老的事情且别去管它，我的回忆也不是那么遥远的事情。凡是保尔地渔民的话，追溯到自己祖上的光荣，每个家族的历史大体都差不多，多少总出过几个英雄豪杰，一个舟人的儿子，如果是个男子，那一定就是：

“死在海里。”

“死在远隔重洋的异国。”要不然便一定是：

“阵亡于海战的弹丸。”

“冲上英国的军舰，死在乱刀之下。”

因此保尔地公墓上的十字架，写的都是寡妇跟姑娘的名字，没有几块写男人名字。生为舟人的儿子，就不能死在生身的泥土上。

我们家族中也有过英雄，那是我的外祖父。据说他是著名海盗头目苏可夫的同党。另一个是我祖父的阿哥——我的伯祖父，他叫福洛伊。当时对于这位伯祖父的传说很多，每次听到人家谈起伯祖父，我总是兴奋得很。他帮助印度王跟英国打仗，丢了一条胳膊，所以现在镶一条银胳膊，出门的时候，跟国王一样坐在象背上。银胳膊、大象——一个多么威武的英雄，却不仅仅是童年的幻想。

二

我出世不久，父亲从海军回来当渔夫。

“在海上的时候，总是惦念着陆地，一旦定居在陆地上，便觉得吃海饭的人到底还是在海里过得惯。”母亲再三求父亲不要再干海上的营生，但父亲是性好冒险的卡必里家的子孙，不管母亲怎样说，总是不肯听从。

“船上人离开海，就好比鱼离开水，结果就得干死。这件事你可不用干涉我，船上人总离不了海。”

每年春天，双桅船出发到北极附近的冰岛去捕鳘鱼。父亲驾驶这种船只的本领，比头等的驾驶员还高明。

不过，父亲的兵役年限还没满期。这样的渔夫生涯约莫过了三年，又上兵舰服务去了。这一次是出发远航了。

“乘军舰到外国去，比上双桅船捕鳘鱼还平安些，时间不消多久，下次回来，罗曼可就长大了。”

在码头上跟母亲分别的时候，父亲避开母亲流泪的眼睛，摸着我的小脑袋说了这样的话。

我还小，记不得父亲出发的日期，现在留在记忆里的，就只有那时候遇到海上大风浪的日子，狂风大雨的晚上，和经过邮局门前的情形。

狂风大雨的晚上，我被猛烈的风声惊醒了。那时候母亲一定在圣母神像前点上蜡烛做着祷告。我也学着母亲的样子做祷告。这样的事情有过好多次。那时候，我们以为保尔地发大风暴的时候，全世界的海上就都发大风暴；吹着我们房子的大风一定也在猛吹着我父亲的兵舰。

我们房子后面矗立着一陡高崖，前面临海处有一大间堆藏船具的仓房，可以挡风。这是一所古老荒凉的房子，所以遇到较大的风暴，前面的窗子和门户就得用绳子紧紧扎住。尤其当每年秋天的飓风季节，我们的房子更是凄惨得可怜。

有一次，正当九月的某夜。

“孩子，孩子，起来，跟妈一起祷告！别贪睡，你得为了父亲……”狂风在四野吹卷，大声吼叫。房子叽吱叽吱摇撼，玻璃窗震得咯咯作响，好像立刻会破碎的样子。窗缝里灌进风来，摇摆着圣母像前的烛火。火头缩小、发绿，显出要熄灭的样子。有时风声突然静息，洗泼海岸的巨浪，涌进岩洞中的怒涛，震天动地的，发出大炮炸裂一般的声音。

在这恐怖的午夜，母亲伏在烛火前祷告，我也跪在母亲身边祷告。因为在半夜里被叫醒过来，瞌睡得要命，一会儿就把脸埋在膝上，不知不觉地睡着了。突然，一声恐怖的巨音把我震醒，窗上的铁闩子裂断了，玻璃窗吹进屋子里，在地板上呛啷一声跌得粉碎。烛火熄灭了，屋子里一片黑，风从破窗里无情地吹进来。在狂风猛卷中，母亲紧紧地搂抱着我。

"啊！天哪，保佑我们呀！孩子！孩子！你的爸爸，你的爸爸，这会儿不知怎么样了……"

母亲相信神秘的预感和不吉的先兆。在这次大风暴以后，约经过了两月，父亲的信来了。这封信使母亲更加相信那神秘的预感和不吉的先兆。这真是一个奇妙的巧合——信中告诉我们，正在九月中的同一晚上，父亲的兵舰在远隔重洋的海上也遇到猛烈的暴风："总当这回没有命活的了，拼着死，继续进行危险的航程。"

舟人妻子的睡眠是可怜的。

母亲常常梦见沉舟。偶然隔儿时没有信来，"不要是遇险了吧？"心里便不安起来。晚上是梦，白天是信。——舟人的妻子，就在这两重烦恼之中度过一生。

那时候，邮局很不便，手续非常麻烦。这会儿不管远近，信件跟邮包都由邮差按家分送，那时候是收件人自己到邮局去领取的。

所以保尔地岛邮包寄到的日子，邮局里就热闹得不得了。村中的渔夫从春天起，大家都往远远的加拿大铁奴岛去打鱼。到了邮包的那一天，邮局门口就挤满了女人，来收取父亲、丈夫、兄弟的来信。

妇人们携着小孩子的手，眼巴巴地等待人家呼喊她的名字。有笑眯眯地念着信的姑娘，也有在角落里吞声饮泣的老婆子。收不到信的女人便担心地向收到的问：

“你的信里有没有提起我的丈夫呢？……”

“没有消息便是好消息。”这句俗话，对于出海舟人的家族，是不能聊以自慰的。

有一位老太太，六个年头，每天早上都上邮局去，六年中她从来没有接到过一封信。老太太的丈夫名叫虬安，在村中是一位好渔手。六年前，一个风平浪静的日子，虬安带了四个儿子一起上船去打鱼，从此就没有回来。那天下午，忽然发了猛烈的暴风，有许多渔船遭了难，渔夫们仅仅逃出了性命。其中只有虬安的船撞在暗礁上打翻了，没有下落。从此以后，虬安太太就每天上邮局去。

每天她去的时候，邮局局长总是说着同样的话：

“婆婆！还是没有来呢，大概下一次，总可以到了。”

听了这话，老太太也总是黯然地做着同样的回答：

“唉，大概明天……”

于是低着头，满心巴望着明天早临，回去了。“她疯了。”村子里的人在背后说她。我可从没有见过像这位老太太那样又可怜又和善的疯子。

每次我上邮局去的时候，老太太总是比我先到，在等着邮局打开窗子来。她每次见我，总说同样的话：

“我家老头子带儿子一起去打鱼，遇到了大暴风，他们只好丢开了渔船逃命。可是他们的运气不好，船是在暗礁边；不过像我家老头子那样的好渔手，绝不会发生什么危险的，说不定船是冲到海中心去了，有老头子在那儿，船绝不会触礁的。海中心有大轮船经过，他们父子一定被大轮船救起，跟着到外国去了，这样的事情是常常有的。梅拉尼和他的儿子就是这样回来的——老头子他们一定到美国去了，他们会回来的，杰龙一定已经长大了。杰龙那时候是十四岁，加六年是几岁？二十岁了，呵呵，那孩子一定变成大人了。”

老太太绝不相信虬安老头和他们的儿子已不在这世上。直到临终咽气的时候，她还以为自己的儿子们一定在那儿活着。终于，她死了。死的前一天，老太太把三个金币交给牧师，再三嘱托：

“杰龙就要回来的，他回来后，请您转交给他，您只是说‘你妈妈托我的’——这是我最后的心愿。”

老太太在世的时候，日常茶饭都不大周全，可是她藏下三个金币留给她的小儿子。

三

父亲的远洋舰队服务原定六年，后来又延长了二年。

当父亲回国的时候，我已经是一个十岁的英武的孩子了。

是夏天的一个星期日。

我躺在海边防波堤上，望海关的巡船进口。在落潮的时候，有许多年老的渔夫聚在防波堤上，不管天晴发风，总有那么一批人懒洋洋地坐在那儿等潮涨，一等等上整整两个钟头。

巡船渐渐开近，远远地望见烟囱下面站着一个海军下士军官。这人穿着整洁的制服，望过去特别注目。因为巡船上的水手穿的都是很腌臜的工作服。

威尔老头一手拿着望远镜瞭望，一手拍拍我的肩头说道：

“罗曼，快到码头上去，你爸爸回来啦！”

我拔起脚来就望码头跑，不知什么缘故，总觉跑得欠快。好容易跑到码头，巡船已经靠了岸，我的父亲走到码头上了。父亲身边围了一大群人，握手的握手，拍肩膀的拍肩膀，我总是挤不过去。村人们轧着父亲一起走，嘴里大声嚷嚷着：

"先去喝杯酒吧——"

父亲摇摇手：

"好，谢谢各位的好意，请等一会儿，晚上吧，晚上好好儿喝一场。好久不回家了，让我先去看女人跟孩子——"

"不错，不错，你的孩子刚刚在这儿呢——"

"罗曼！啊，在这儿！"

村人把我抱起来，父亲轻轻捧到手里，搁在肩头上。

从此以后，即使遇到晚上天气转变的时候，我们家里也用不到半夜里起来点蜡烛了。

父亲在八年的海船生活中，见识过许多奇闻逸事，我常要父亲讲给我听，讲了一次又一次。父亲的样子看来好像严厉而粗暴，其实倒是一个非常和蔼细心的人。父亲一次一次地讲那些奇闻逸事，满足了我孩子气的空想。

在那些所讲的故事里，有一个我听了印象最深的，我非常爱听，常常寻根掘底地问他。

"我们兵舰停泊在加尔加答的时候……"父亲开始讲起来了，"有一天，有一大队人马排列了威武的仪仗向海边开来，说是倍拉尔国王的使臣福洛伊，要面见法国舰队司令。"

这真是天外的奇事，这位叫福洛伊的将军正是父亲的伯父，我的伯祖父约翰。

当倍拉尔王国对英军艰苦抗战的时候，倍拉尔军中有一个法国的志愿兵，在几次战争中，倍拉尔大遭惨败，王国的命运已陷于灭亡的危险。这时候在战场上作战的一个志愿兵——法国人约翰，以英勇壮烈的行动，挽救了倍拉尔的颓势，反败为胜，因了这次的功劳，志愿兵约翰升任将军。以后，他率领倍拉尔军每战必胜，建立了伟大的功绩。有一次，他的胳膊上中了一颗子弹，完全稀烂了，从此约翰就镶了一个银胳膊。当他骑着高头大马，银胳膊挽着缰绳，一路凯旋的时候，印度的和尚们都匍匐在将军的马前膜拜。圣旨上这样地写着："唯西方银臂将军统率师旅，吾倍拉尔王国始步入最高隆盛之途。"于是志愿兵约翰便变成了王国唯一的福洛伊将军。

父亲上前和将军会面，约翰伯父张开了两手欢迎他。"我在倍拉尔王国受了八天的贵族待遇，伯父要带我观光倍拉尔京城去，但我有法海军的严格的义务在身，因此就没有去。"

父亲便不得不在加尔加答海港，和他的伯父福洛伊将军分手了。

对于我这样一个十岁的孩子，这是一个多么惊心动魄的故事呀！我完全听出了神，不知不觉地，自己好似做了将军，每天总是梦想着大象、银胳膊和印度人的仪仗。

父亲很喜欢我爱听这故事，但母亲却担心起来；在母亲的慈爱心头，非常明白这样的故事对我会产生怎样的影响。

有一次，母亲对父亲说：

"以后不要再讲这故事了，就是不听这样的故事，这孩子也老喜欢着海上的冒险呢。"

"这不好吗？这正是我的儿子，他要变成我伯父一样，最好也没有了！"

跟伯父一样——这正是我的希望。可是，可怜的爸爸，他没有知道，他已在我的心里点起了怎样的火。

母亲毫无办法阻止我想航海的希望，好像已经是断了念头，可是在她慈爱的心头，总想减少一点儿我对于大海的爱恋。因此，有一天，母亲对父亲说：“你退了伍，到冰岛去捕鳘鱼好不好呢？”母亲又说：“你到冰岛去，可以带孩子一同去，他跟着你可以学习一点儿航海的知识……”

母亲知道渔夫上冰岛，只消从春到秋，一到秋天，就可以回家。所有渔船，都要等到第二年的春天再开。这样，每年的冬天我跟父亲都可以留守在安全的陆地上了。

但是，黑暗就在眼前，谁能推算人的命运，谁又能避免命运呢？

四

父亲是八月里回家的，六、七、八三个月都是很好的天气，一到九月就渐渐恶劣起来。

接着又到来了飓风，时常有翻船的消息。

“勃兰萧海峡有一条轮船遭难，船员和船一起沉入海底。”

“葛冷比那边有几十条渔船覆灭了。”

“杰奇群岛附近，海面上浮满了难船的破片。”

到处听到这样的恶消息。飓风不单在海里造成了损害，陆地上也有极大的灾祸。山崩、倾倒的大树，塞住了道路，苹果树被风吹倒，折断的树，叶子跟火煨过一般都干枯了，还有青色的苹果，跟竹竿打落一般，绿绿地滚满了一地。

村人们都显出垂头丧气的样子，到铁奴岛去打鱼的船，每年总是在九月中这时回来的。

这飓风继续狂吹了三个礼拜。有一天傍晚，风声骤然停息，海上和陆上到了忘却一般的静寂。我想：“这次的风灾，大概已经完结了，照这个样子，明天就可以去起网了。”

在天气转变以前，我同父亲曾经在海中的渔场里下了网，三个礼拜的大风，心里担忧着，恐怕会被潮水冲走，弄得无法去起。吃晚饭的时候，我对父亲说：

“爸爸，明天去起网，仍旧带我一同去好吗？”

“哪里有这样便当！”父亲笑了，“明天还要转西风呢，你没看见天上一片红光吗？星又那么亮，天气那样闷热。你听，那不是海啸的声音，明天会发大西风，恐怕你出生以来还没有见过的呢。”

第二天，没有一个人下海。

我跟父亲两人爬到屋顶上，把瓦片用石头压好，再用绳子缚住，以备发起风来的时候，不给吹去。太阳躲在云端没有露出脸来。天明以后，西风愈吹愈紧。天空一片灰黑，云缝里偶然透出一丝二丝微绿色细长的光线。海水还没有涨上满潮，海心中已发出吼叫似的沉重的海啸。

“啊哟!”

父亲突然放开正在缚石头的手，从屋顶上直起身子，远远望去，在海心灰空下的水平线上，淡淡地浮出一点儿小白点儿。

“爸爸，是船吗?”

“好倔强的家伙，简直是找死嘛!”父亲生气地喃喃着。

果如父亲所说，今天西风特别的猛烈。船在保尔地港进口，实在是非常危险的事。

那船在远处映闪了一下，立刻消失了白影。四周卷起一道乌云，冲起一股黑烟，跟火烧场里的一般。乌云一道道地升起来，那么大的无边无际的水线，好像全部焚烧起来了。

我们跳下屋顶，跑到村庄里。村人们都赶到码头上去了。满村子闹得沸沸腾腾。

“一条船，一条船!”

“这么大的西风!”

“快，快去看看!”

跑到码头上，一眼望去，满海泛起一片雪浪，忽高忽低，好像一块动摇不定的雪的原野。一声巨响，卷起一阵大浪，呼啦啦一声，又撒开了一片雪白的泡沫，乌云被狂风吹卷着，打落在沸腾的海面。

船渐渐地近来了。这是一条双桅的帆船，篷帆紧紧地卷着。

“啊哟！在打着信号旗啦，这不是路于兄弟的船吗?”威尔老头张望着望远镜说。

路于兄弟是村中最富的两个兄弟，他们有好些船只。

“在叫领港呢!”

“啊！不错，叫领港！可是去了，又有什么用呢?”

说这话的是领港人尤萨尔公公，在场的都是海员，但没有一个人接上腔来，大家都明白尤萨尔公公的话是不错的。在这样狂风大浪当中，把船开出去是万分的危险。

不多一会儿，从村庄那边，看见路于兄弟中的一个跌跌跄跄地跑来。路于好像不知道风力的猛烈，一跑出村屋，立刻像丢下大包袱似的跌了一跤。

他像游水一样在风中爬着。好容易走到我们避风的炮垒下，半途里被风吹走了帽子，他也不追上去拿回来。他满肚子担忧，简直不知道失了东西。那条快要遭难的船正是路于刚从倍庸造船厂打来的新船。船上是巴斯克地方雇来的船员。这是处女航，还没有保过海险。

“有人肯去吗？照吨数算，每吨出两毛钱赏格。”

路于拉着尤萨尔公公的防水帽说。

尤萨尔老头难为情地摇摇头。

“去是想去的，不过老板，你看这么大的风浪，船怎么能开出去呢？”

泼到海岸的浪头，常常比防波堤还高。风像一把大扫帚，扫上了浪沫和海草，吹起旧哨兵岗舍的屋瓦跟炮垒遗址上的沙土。黑云碎成片片，掠浪飞去。滚腾着一片白沫的海面，把黑云显得分外凄厉。

双桅船上的船员看见没有领港下海，候着风势间歇，掉过了半边船头想从斜航线开进口来。

这个时候，闪一下眼都是危险的。要等候风势间歇——不小心就会翻船，何况没有领港，盲目进口，危险性可更大。迟迟早早，这条船总是逃不掉要覆灭。船员的性命，只争在一分一秒之间。

这期间，从村上跑来的人，愈来愈多了。

路于跟发狂一般，抓住了每个驶船的人，一一地问。

“喂，每吨二毛钱，不，就是四毛钱吧！”

他这么大声叫喊，可没有一个人肯冒着风浪前去。路于的哀求渐渐地变成了怨骂：

“我已经出到四毛钱，还是没有人肯去。我这么哀求，没有一个人答应，你们都是无用的饭桶！平常时候随随便便就下海，遇到这样重要关头，却没有一个人勇往直前，大家都赖住了屁股。”

没有人回答他。有的摇摇头，耸耸肩膀，装出难看的鬼脸。

“呵呵，这里都是一些无用的饭桶！你们都是穷光蛋，当然满不在乎；这么一来，我可得丢失三十万法郎。呵呵，怎么办，到底怎么办！你们都是些小胆鬼，都是一些不怕羞的小胆鬼！”

这时候，有人低声而沉着地发言：

“拿艇子来，我去！”

大家骇了一跳，回头看时，却是我的父亲。

“啊！你，卡必里，好汉！”

路于发疯地握父亲的手，父亲装作陌然的脸向我走来。

“卡必里，你去，我也去。”

这是尤萨尔公公。

“啊，一吨二毛钱，我绝不食言……”

路于还是尖着嗓子大声地喊叫，尤萨尔公公厌恶地瞋视着他说：

“不要钱！我们去，并非为你！你不会明白我们的意思，我们是救同行朋友的命，卡必里去，我也去；不过我们要是回不了家，以后家里老婆当叫花，礼拜天在教堂门口化两个铜子，那时候，你可别装作不知道。”

路于没有听完他的话，就向我父亲走来：

“卡必里，你放心就是！你的儿子我会照顾的。”

父亲连头也不回地说：

“废话少说，谈不到这上头。喂，郭松伯伯，借你的艇子用一用……”

郭松伯伯的艇子叫圣约翰号，无论遇到怎样大的风浪，从没有断过一条帆索。在保尔地村是出名的。

“好的。你老兄去，我当然借给你，不过，卡必里你要当心呀！”

父亲拉着我的手，冒着猛风向圣约翰号的船棚跑去。

除了父亲和尤萨尔公公以外，还得要一个船员。

"卡必里叔叔，我去!"

这是我的堂兄，他不管别人的阻挡，坚持要跟我父亲一起下海。

一待圣约翰号配好了篷帆和舵桨，父亲把我紧紧抱在他的粗胳膊中，在我耳朵里明白地说，声音很低，但我却记得很牢：

"不要给别人知道，偷偷儿对妈说，我很想见她一面，可是来不及了。"

五

冒着这样的当头风，连出口也有点儿不容易。

防波堤的尖端，不断地被怒涛洗泼，要是不开过这个尖端，圣约翰号无论如何受不住这样的风。

拉船的工夫，好容易连船带网索一起放进水里，圣约翰号方才在水路中间把稳。这期间，守灯台的腰里捆着一大卷粗网索，两手扳紧着铁栏杆，一步一步在防波堤上走过去，并不是由他一个人拉那二十五个工夫才拉得动的艇子，在这样大风浪的时候，二十五个人拉还是一件不容易的事！原来守灯台的要把腰里捆着的粗网索，套进防波堤尖端上的铜辘轳里去，把网索套进辘轳里，才能把艇子拉出防波堤。

守灯台的几次遇到大浪的袭来，他习惯这种被巨浪冲洗的工作，遇到浪来的时候，他把身子紧紧匍匐在石垣上，让它在头上泼过去。终于，网索套进了辘轳，浑身跟水老鼠一般走回来。

工夫们合力拉网索，父亲、尤萨尔公公和堂兄三人所坐的圣翰号，就迎着汹涌的巨浪，一上一下地剧烈地摇摆着，慢慢向前冲去了。每次浪水打进船里，就叫人担心不知会不会满船都是水。

“开出水路了。”

“放绳呀，对了对了，再来一下。”

“好，停下来，好像放开了网索呢。”

原来绷紧像木棒的粗索，突然宽松下来，落进水里。正在这时候，艇子剧烈地一侧，绕过了防波堤的尖端。

我爬到炮垒上，手脚紧紧抱住信号旗的旗杆。旗杆被风吹着，跟大树一般摇晃，发出叽吱叽吱的声音，好像马上会断的样子。

我望见父亲把着舵，他的两旁，尤萨尔公公和堂兄蹲下了身子避风。圣约翰号好像被怒涛冲走的小鸟，在激流上漂荡着；忽然，停下来一动不动，以后跟射箭一般被海水冲走，四周被袭来的浪沫包围，完全失掉了它的影子。

双桅船望见领港的艇子出来了，就好像把舵轮正对着灯台，同时圣约翰号也换了进路，风吹满帆地驶去。

“啊！了不得，卡必里想横过双桅船的面前呢！”

“这个太危险了，何必呢！”

“不，要不这样做……”

两条船渐渐地接近起来。

“啊哟……”

“好险呀！”

只有一刹那之差，小小的圣约翰号，很巧妙地在硕大的双桅船的船头底下穿过，掉转了船身。两船之间，张起连络的绳索来了。

岸上的人大声欢呼起来。

“了不起！”

“干得好！”

“卡必里究竟能耐！”

“他们用带头拖吗？”

“这么大的风，怎么拖得进口……”

在这样大浪之中，圣约翰号要拖着双桅船进口，不但万万办不到，连叫尤萨尔公公爬上大船里去也完全是不可能的。两只船靠得近点儿，小小的圣约翰号要是撞在巨大的双桅船船身上，不变作粉屑子那才怪；要不然就是尤萨尔公公掉进海里。谁都明白，无论如何没有妥当的办法。

两条船接好了连络，在风浪中漂荡着，渐渐地靠拢来。

“啊！老头儿站起来了。”

“好像要爬上大船去——啊呀，好险！”

一个浪头打来，大双桅船和小艇子都差不多要直竖起来，船上人连忙随手抓住手边的东西。

“跳上去，跳上去，吓，就在这儿跳呀！”

路于发狂地喊，他的喊声在船上是万万听不到的。而且尤萨尔公公也无须路于的叫喊，已经三次四次地想望着双桅船栏里跳上去，可是两条船被风浪拨弄着，忽然离开得很远了。

一会儿靠拢，一会儿漾开，一会儿靠拢，一会儿又漾开，两条船在巨浪的拨荡中，继续着永无完结的苦战。

“这样下去，总是难救的了……”

“真是没有法子了，只好救双桅船上的人不着，还是回来了的好。”

“哪里的话，卡必里绝不是这样的人，他是不管自己的死活，绝不肯见死不救的。”

“啊呀，瞧呀，双桅船上的人发疯了。”

“好危险，一个不小心，那还了得？”

双桅船对正小小的圣约翰号的横肚，斜刺里直冲过去，圣约翰号要是一个不小心，被巨大的双桅船船身撞上了，即使不撞得粉碎，一定也免不了翻船。

双桅船侧着快要倾跌的姿势，趁着一个大浪直驶过来，几乎撞上圣约翰号的船身——一刹那间像被水吸进去一般落进波浪的深谷里。

“好呀！……”

“行啦！……”

陆上的人重新发出了欢声。领港尤萨尔公公把身子一纵，抓住了双桅船上巨大的绳梯。

但是风势更加狂烈了，凡是风力吹到的地方，所有的一切都会被它毫不留情地掀翻和打坏。

陆上的人好容易才站得住腿子，面孔当着风，连透一口气的工夫也没有。而比风更厉害的，是跟铁山一样压下来的压力。在这种暴风的压力下前浪推后浪，像雪崩般地重叠起来，卷起浩大的漩涡。

双桅船的主帆，被风吹成片片，大部分已绞成一卷了。但船势还是像疾风一般的快速。没有主帆的船身完全失了均衡，一边的船栏向着天，斜倾的甲板被浪水洗泼，立刻就要倒下来的样子。

和双桅船并驶的圣约翰号，因为这样前进，有在水路中冲撞的危险。为了避免这个危险，又不得不掉过头来向海心倒驶过去。港口的水路是窄的，在这样大风暴的时候，两条船无论如何是无法并行的。

这时候，正是圣约翰号准备掉头的一刹那。

双桅船正想把倾倒的船身直立起来，不料向天的船栏上，突然扯起了一张三角帆。

“啊哟！”

陆上人群中发出一声掉魂落魄的惨呼。

圣约翰号被三角帆挡住了去路，不能向海心驶去，在这千钧一发的时候，它拐到边上去了。

这期间，双桅船得了三角帆的力，直起船身，顺利地向口子开来了。

我一心注望那小小的圣约翰号。

进了水路的双桅船已经脱了险，但父亲和堂兄的小艇子，还在防波堤之外。

圣约翰号被大船的风帆妨碍了进路，只好退出狭窄的水路，向防波堤右手可以望见的那条港口驶去。当风暴较小的时候，那里的风势常常比别处好一点儿。

但今天的情形是特别的，全部海岸完全发了狂，连那条港口中，也不用想把船靠岸。因为那一带好像海边的要塞，矗立着一排排可怕的礁石。而且在一小时之前，那些可怕的黑齿，早已露出在崩泻的怒涛之中了。

圣约翰号在离开礁石带百米的海中，收下了帆，抛了锚。小小的艇子，跟生物般癫狂着，在四处袭来的大浪中，放下了锚。

“那条锚索靠得住吗？”

如果断了锚，船立刻会撞到礁石上，人不消说是要稀烂的了。即使不断锚，这小小的艇子，不断地汲出打进的浪水，在这样的怒海之中，又能够留得住多久呢……

我还是一个孩子，但我早识得怒海的威力。看这情形，父亲和堂兄除了等死以外，再无别法。但是对于这怒海狂澜，谁又有什么办法呢？……

陆上的人现在都担心小船了。

我从炮台上跳下来，跟被风吹走一般，飞奔到可以清楚望见港口的沙滩上。在那儿，许多人手挽着手立成一堆。

“如果运道好，搁在礁石上……”

“哪有的事！这么大的风浪，一定会撞碎的。”

“急死人，可有什么法子没有？”

“不过，卡必里游水是出色的。”

“要不是鱼，那可……”

在这沸泛的浪涡中卷起着无数的海草和沙石——不单人无法游，就是一条木板，也是浮不住的。怒浪被礁石挡住，猛力地打回头，浪头和浪头结合起来，搅成一堆，掀得半天高，又像瀑布似的崩泻下来。

我一眼不眨地望着圣约翰号，屏住呼吸握紧拳头，出神地凝望着。突然背后有人抓住我的肩头，回头一看，正是我的母亲。母亲因我久不回家，跑出来找寻，她在屋后高岗上，又无意地看见父亲的那条艇子。

威尔公公和另外五六个人，围住了我和母亲。

“不要紧，没事的。当然难怪你们担心，不过一定可以得救的。”

“卡必里可不是一个马马虎虎的船员，他有法子，放心好了。上帝会保佑的……”

“对啦，也许风势马上会转向呢……”

大家尽力安慰母亲，但母亲对谁也不搭腔，一心默默地望着海中。

忽然，在狂风猛号之中，有人发出一声绝叫：

“锚断了！”

母亲一把抱紧了我，像崩坍一般在地上坐倒。

当我站起来重新望海的时候，只见圣约翰号掀起在大浪的顶上飞一般地疾驶而去。

我迫紧着充血的两眼，看见小艇逐渐地向死礁迫近。

完了！没救了——在这生死一发之间，浪头崩泻下来了，浪头发白而散乱，小船像旋钻一般转旋着，船身直竖，以后，就只见一片瀑布似的白浪飞沫。

两天以后，发现了父亲破碎的尸体，堂兄的尸身，始终没有捞到。

2. 海的喘息

一

父亲亡故以后，家里的日子就寂寞了。当他在外洋航海，有八年没在家里，但那时候的寂寞是有希望的，心里抱有欢乐的期待：总有一天会平安回家！

现在是即使如何等待，父亲再也不会回来。在我们的眼前，只有一个被海吞吃了的父亲。每次吃饭的时候，父亲的座位总是空着。

母亲不得不为生活而劳苦。日子是困难的，但我们还有一所住惯的老家，还有一点儿田地。

母亲一向是烫衣的好手，靠了这本领立刻找到了工作。

路于兄弟大概觉得应该照顾我们。有一天大路于跑来对母亲说：

“我的兄弟每个月可以雇你十五天，此外十五天我来雇你，你有了工钱收入，也不无小补了。”

路于对我们说的就是这几句话，这就是父亲一条性命的代价。母亲回绝了他的提议。

母亲每天太阳一出就去做工，直到太阳下山才回家。因此每天早晨我上学以前，还有许多工夫独自玩耍。下半天从学校回来，在母亲回家以前我可以任便做什么，没人管束。

我顶爱在沙滩上和防波堤上散步，潮落的时候在沙滩上玩，满潮的时候在防波堤上游戏。

早上在沙滩游玩是不大好的，我常常玩出了神，忘记了上学的时间。因为常常有这样的事，母亲非常担心。她想了种种方法，使我尽可能只在家里玩玩。可是一点儿效果也没有。

我还是不管母亲的担心，每天在海边玩，遇到天气晴和的日子，我就说：

“今天天气很好……”不到学校去了。

遇到潮落的时候，沙滩一直伸到海心没有水，我就说：

“今天潮落……”不上学了。

铁奴岛那边打鱼船没有回来，我就说：

“好吧，今天船没有来……”又不上学了。

无缘无故的，每天天一亮，就设法躲避上学，不知不觉地我变了一个害怕上学的懒学生。

但是，有一天，正当我在沙滩上游玩的时候，我遇到了一个人，他使我决定一生的志愿；在我的性情上受到了伟大而美丽的感化。

父亲死后已经一年了。

是九月下旬星期五的一个早晨，我很早起来爬到屋后高岗上，一边咬着当早餐的面包，一边等待潮落。那一天是大潮，潮水退落的时候，可以见到向来见不到的海心的暗礁。

海很平静，碧色的海水和黄色的沙滩，界线上长起一条白色的泡沫，很长很长地冲开去，一直到眼睛望不见的远方。远远的海中，一条弓圆形的水平线比平时显得更为遥远。沿海望去，隐约地望见伏雪海峡和亚伐教堂的尖塔。

海潮涨满以后，好久平隐不动，一开始落潮，便以飞快的速度退落下去。

我从高岗上走下来，赤着脚在沙滩上奔跑，追逐着退潮。回头看时，海边没有一个人影，只有我跑过的脚印，变成一个个小水洼，一点点跟在我的身后。

落潮的沙滩上，随处露出黑色的礁尖，这是经过海水几百几千年长时期磨折以后，遗留下来的残迹。礁石散在四周，每一个都变成一个小岛，岛的四边有许多蟹，我正在出神地扒抓着海草提蟹，听见有人叫我的声音。

因为不上学，有些心虚，我骇了一跳，连忙把脸藏在礁石背后。

“你算躲过了吗？呵呵！躲了头，躲不了屁股啦。”

没奈何抬眼一望，不是先生也不是母亲，因为并非会把我强拉上学的人，我放心地探出头来。

这是一个白胡子公公，村人给他起了一个绰号“礼拜日公公”。这绰号起得特别，因为他有一个老仆人名叫礼拜六，大家说“礼拜六的主人当然就是礼拜日”，所以就叫他礼拜日公公。原来的名字是特·保勒。他住在离保尔地约十五分钟路程的一个小岛上，以前这小岛是和陆地连接的，现在只有一条狭长的花岗石地峡相通。遇到大潮的时候，便变成真正的小岛。

这老公公是一位有名人物，“方圆二十里没有一个人不知道的怪人”，他得名的原因，因为不管天晴下雨，总是带着一把很大很大的大洋伞，同时他和老仆礼拜六两人离群独居。此外最有名的一点，他虽然是一个很顽固的老头儿，为人却非常和气，因此人家就说：

“这老公公是一个怪人。”

我被这拜礼日公公叫住了：

“喂！小孩子，你在这儿干吗？”

“我，捉蟹。”

“把蟹放了，跟我一起玩去好吗？我给你看好东西。”

我不回答。

“怎么，你不高兴吗？”

“我，我……”

“好，得啦，我很明白你为什么不肯和我一起，不过你叫什么名字？我不会告诉别人的。”

“噢，你是卡必里的儿子吗？就是去年秋天，因为救路于家的双桅船死在海里的——嗯，对啦，你的爸爸是一个大好佬！”

我对于亡故的父亲，是非常崇拜的，同时也觉得骄傲。因此让保勒公公把手放在我头上，盯着我的眼说：

“你今年几岁？今天是礼拜五，此刻还只有中午，你不上学吗？”

我脸红了，低下了头。

“懒上学，一看就明白；你说说为什么呢，呃，不用害怕，小傻子，我又不是巫术师。好，你看看我——你因为大潮，想捉些鱼虾使妈妈高兴吗？”

“嗯，还想去看狗头礁吗？”

狗头礁是不到落潮不能见到的暗礁。

“不过，你不去上学，却捉鱼虾，你妈妈会高兴吗？是妈妈叫你来的吗？我想你妈妈不但不高兴，还要哭着骂你呢！”

他说得不错，我害羞得说不出话来。

“好啦，不用说了，我也要到狗头礁去，潮水正好，带了你的篮子一起去吧。”

我默默地跟着他走，他一说就说着我的心里，使我暗暗吃惊。礼拜日公公，我是早已认识了的，可是听他这样讲话，却还是第一次。我不大想讲话，但他问我，我不好不回答。接连地被他问这问那，约莫走了十五分钟的路，我几乎把父亲、母亲也即是我一家的事情都说光了。特别是讲到印度的那位伯父，我更加得意非凡。

“一个难得的小冒险家，这是腓尼基血统中混着日耳曼民族血统的原因吗？喀必里，卡必里，那么从哪儿迁来的呢……”

保勒公公不知想些什么，嘴里喃喃地自言自语。

二

落潮的沙滩上，留下各色各样的海草和贝壳。

老公公常常拾起贝壳和海草，放在我的篮子里，每次他问我：

“你知道吗？这叫什么名字？”

“那些，我是常常看到的，可是不大叫得出它们的名字。”

“你跟这儿那些人一样。你们打鱼，其实不是打鱼，是在海里打劫，只是把海里的生物糟蹋罢了，你们还不知道，海和大陆一样是我们慈爱的母亲。海和大陆一样，有地也有山，也有田野和森林，住着各色各样的生物。我们不能糟蹋陆上的土地，也不能糟蹋海。你说对吗？可是你们，看了那些无边无尽的水平线、那些云、那些波浪，你们不可单想到风暴和翻船。”

老公公说得那么声势汹汹，把我这孩子骇坏了。他在那顶大洋伞下，盯住我的眼睛，举起手来，一会儿指着海，一会儿指着天，一会儿又指指沙滩上的贝壳，热心地讲述。

“好！到这边来，我要使你明白，什么叫作海，你瞧，这是什么？……”

在礁石窝里还留着一点儿海水，变成一口小小的池塘，中间游着各色各样的小鱼，浮着海草。老公公指的是小池中的菟葵蒂，根子牢牢地贴在礁石上，头上开着黄色的花一样的东西。仔细看去，花片尖上有一条白色的边。

“这是草，还是别的生物？——你不知道？好，这是动物，花草是不会走路的，但你仔细望它，它会慢慢地移动。走近些，好好儿看呀。这像花般的东西，不是在那儿一伸一缩地摇动吗？生物学家称它‘海儿葵’，土名就照你所说称作菟葵蒂。我还可以给你仔细证明，这不是花草，我们可以请它吃一只小虾。花草是绝不吃东西的……”

保勒公公一边说着，一边捉了一只小虾，放在菟葵蒂的花心中，花片一缩，把小虾吞进去了。

我又在水洼中发现了小鲟鱼，它把鳍突进沙里，打算钻进去，因为有白色和茶色的花斑，我立刻知道这是鲟鱼。

“因为它有这种花斑，所以被你发现了。其实不单是人，海底下还有许多一见东西就吞的老饕鱼，这种鱼也会发现鲟鱼的花斑，一发现就被它们吞吃了。可是鲟鱼喜欢四处游玩，所以它们从深的海底中逃出，时常到岸边的浅滩上来。在海的深底中，有许多恐怖强横的暴徒，老在那里打架厮杀，吃来吃去。所以这种又弱小又游得不高明的鱼，总是被它们吃掉，势非断种不可。但是世上万事，都安排得好好的，你看，这鲟鱼的尾巴，不是长满了刺蓬吗？这是鲟鱼的盾牌，敌人一来，它们立刻用盾牌保护身体，敌人看见遍身是刺，就把它们丢开不想吃了。世界上弱小的东西并不一定都要败亡的。等你长大了一点儿，你就会更加明白这个道理，这就是学问上所谓‘自然均衡’的法则。”

这时候，我正处在一个万事寻根究底求知欲非常盛旺的孩子时期，可是没有一个人好好地教我。

起初，我有点儿害怕这老公公，口也不敢多开，只是专心地听着。可是不知不觉地，这种戒备完全消失了。

跟着退去的潮水，我们终于跑到狗头礁。我们在那儿从这块石礁跳到那块，完全忘记了时候，不知在那儿耽搁了多久。

发现稀见的贝壳，和第一次见到的海草，我就拿给保勒公公看，请他讲给我听。我的衣袋里装满了贝壳、海藻和小鱼。

偶然回头向岸边一望，前面已经涨起了薄雾，见不到岸了。天空变成一片灰色，身后隐隐听到海水的声音。

我知道在这么辽阔的沙滩上，要是被雾包围住了，找起路来是非常困难的，但保勒公公没有说什么，我也就不响了。

但是包围海岸的雾渐渐浓了起来，从地面到天空，好似一股浓烟，眼看就向我们这边过来。老公公抬起头来，开始吃了一惊的样子。

“糟啦，恶雾来了，要是被它围住，就辨不清方向。罗曼，把篮子提了，快回去吧，别弄得‘捉危险的迷藏’才好。”

正说时，浓雾跟云一样，立刻罩在我们头上，把我们两个人围住了。我们再也辨不出海陆天空的颜色。在灰色的暗雾中，只隐隐听到身后的海声。

“后面是海，我们一直向前走好了。”

老公公丝毫不显出慌张的神情，拉着我的手拔脚就走。

不过，一直向前走去，却望不见一个目标，简直连自己踏下的脚印也无法见到，只有老公公一个高大的黑影，透过雾气在我身边一动一动地走。我们在这样的盲目的雾中，走了一里多路。

大约又走了一刻钟光景，我们遇到一个大石礁。

“公公，这是青地礁呀……”

“哪儿的话，这是雄鸡礁呀……”

“不，是青地礁，公公。”

“啊哟，你好强硬……”

如果这是青地礁，我们便得从这礁石向右拐弯，要是雄鸡礁，那就得向左拐弯。

要是有一点儿阳光，我们当然立刻可以断定这是青地礁还是雄鸡礁。不，即使是在晚上，有一点儿月光也好；可是在这浓雾之中，所有的石礁就不过同样是长满海草的石礁罢了。

“好，我们侧着耳朵听一听声音。听到有声音地方，那就是岸边。”

可是，什么也没有听到，不但岸上，连海里的声音也没有。空中是纹风不动，我们好像在又厚又大的棉花堆里，不见也不闻。

“这一定是雄鸡礁。”

过了一会儿，保勒公公说了。我没有作声，跟着他准备向左拐弯。

“孩子，靠近我的身边，不管怎样，千万别放开我的手。好，开步走，一——二，一——二，……”

又走了十分钟光景，老公公忽然抓紧了我的手，我们听到隐约的浪声。我们错了。原来那座石礁果然是青地礁。我们走到海边去了。五六步前，就有潮水洗泼的声音。

“孩子，我错了！你说得对。应该向右手拐弯的。快回头！”

“但是向哪儿回头去呢？我们打什么方向走才好呢？”

听到浪声，虽然知道那儿是海，可是回头走时渐渐地什么也听不到了，到底我们在向海岸走，还是向反方向走，完全搅不清楚了。

三

雾中的暗影逐渐浓厚起来，夜晚已经近来了，低下头去，竟看不清自己的脚。

老公公的表，一会儿就是六点钟了，海潮已经开始涨了。

“走快点儿才好，被海潮追上可不得了啦，潮水比我们的腿跑得快多呢！”

我心里害怕，哆嗦着抓紧了老公公的手。

“不过，孩子，不用害怕，天色一黑，陆上便发风，把雾吹到海里去，而且一会儿就可以望见灯塔的灯火。”

这些话也不能使我安心，天色已经昏黑下去了。

“公公，风为什么还没有呢？”

老公公没有回答。没有风，而且在大雾当中，也绝望不见灯塔里的灯火。

我记得几年前，就在这片沙礁上，有三个女人被大雾迷住，逃不出去，给海水淹死了。一礼拜以后，人家发现了她们的尸首，我曾经见到三个浑身发黑、衣服破烂的尸首，被人扛到村中的公墓里去。

我再也耐不住，低低地啜泣了。保勒公公并不斥责，他和善地抚摸我的头顶说：

“啊啊，不要哭，让我们一块儿大声嚷起来吧。从今天早晨起，高嘞上有海关的关员守在那儿，要是听到我们的声音，他们一定会答应的。好吧！来，一块儿……”

我们直着嗓子叫嚷，老公公大声一喊，我接着带哭声地喊。可是，尽管叫嚷，没有一声回音，在浓雾当中，连回声也没有。在这怕人的静寂中，我心里更加害怕了。我只是想——我们就这样死在深深的海底了吗?

“不要喊，走吧！这底下，可以走吗?”

我们又拉了手，茫无目的地走去。

约莫走了半点钟光景，也许还要更多些，我心里已完全绝望，哭泣着，撇去了老公公的手。

“公公，我不高兴再走，我就死在这儿吧。你把我丢下得了……”

我在沙滩上坐下。

“啊哟，好孩子，不要哭。你，你这么哭下去，光是眼泪也会把你淹死了。你死了，你妈妈怎么办呢？好，走吧！站起来走吧!”

不管他怎样说，我可总是不肯站起来，我已经不会动了。

突然，我吃了一惊，发声叫道：

“公公!”

“嗯——怎么啦?”

“快，快！你蹲下来。”

“怎么，孩子，你还不站起来？……”

“不，公公，你摸摸看!”

我抓住了老公公的手，叫他在沙上摸。

“这是怎么回事？……”

“这，这不是水？水——明白吗，公公？”

这一带的海岸，都是很细的细沙，落潮的时候，细沙含着水汽，胶成坚硬的平滩，常常有一细绺的水流，向海中涓涓不息地流下去。

我把手放在沙滩上，不知不觉地断住了这细小的水路。

“这一边就是岸，公公！”

我指着水势流来的方向，兴奋地站起来。有救了！——这希望踊跃在我的心头。现在，我拉着保勒公公的手走了。

我们不时地站下来，把手放在沙上，我就决定水流来的方向。

“孩子，你断得定吗？——断得定！好孩子，了不起，了不起！我们有命活了。”

不过，这种高兴还支持不到五分钟，水流没有了，我们四处摸索，把手放在任何一处，只有沙，没有细小的水流。而且，在我们的前方，又隐隐约约地好像听到海波的声音。

“孩子，你不会弄错吗？好像我们又走到海里去了呢！……”

“放心好了，不会错的，要是近海的地方，沙泥还要湿得多啦！”

老公公没有作声。

现在，我们又茫然地停下来，不知要怎样才好。老公公拿出表来看，在这昏暗的迷雾中也看不出表针了。

“潮水已经涨了有一个钟头了……”

“所以，公公，我们跟岸也很近了呀。”

果然，我又没有错，在我们的背后，渐渐听出浪声。这是向我们身后追上来的潮头。

“那么在我们前面听到的，是潮路的声音吗？……”

“对啦，公公，是潮路呀！”

在这带海边下方的沙滩上，有许多丘冈一般的阔大的沙洲。在沙洲和沙洲之间，有宽阔的低洼，它们都大得很。远远望去，好似一片砥平的，但水流是不留情的，它总是先向低的地方流进去，所以涨潮的时候，潮水首先流进这些低洼里，当低洼都满了水，那些较高的沙洲，就好像岛屿一般，上面还是干的。但低洼中，每逢涨潮时，就好像陆上的江河一样。

我们现在站着的，原来就是这种较高的沙洲。可是在我们的面前，却是灌进了潮水的沙滩上的江河——这就叫作潮路。

现在的问题，这潮路是浅还是深。

“来，你紧紧伏在我身上，我们得涉过这个潮路。”

我却默默地站着。

“你害怕吗？水上脑袋，水上腿，哪个好呢？趁现在只有一点儿腿上的水，得赶快涉过去！好，快呀！”

“可是，公公，两个人一起在水里跌一跤，怎么办呢？”

“可是，孩子，潮涨上来了，你还想留在这儿吗？”

“不，我现在在这儿大声地喊。你一边听着我，一边管自渡过水去。等你到了对岸，你就叫喊，这样我们听了声音就可以知道方向。”

“好吧，那么，趁此刻潮水还浅，你先渡过去。”

“嗯，我比你游得好，公公，你先渡。”

“好孩子，谢谢你的好意，我真高兴！”

保勒公公紧紧地搂抱了我，好像我就是他自己的儿子。我胸口一阵热，几乎要流下泪来。

但是，我们不能耽搁了。潮水正在猛烈地涨上来，潮声一刻比一刻高起来。老公公跳进水里去了。我就大声直叫了。

“何必这样直叫呢，还是唱点儿歌吧。”

老公公的声音从见不到的地方发出来。我就唱起拉乔的快乐歌。不时地喊道：

“公公你好吗？……”

雾中传来老公公的声音。

“呵呵，放心吧，马上可以渡过了，再唱一首吧。”

一会儿，在较远的地方，听到老公公的叫声：

“罗曼！现在好了。你渡吧，快来，半路中有一点儿深，到这儿不过上膝盖的水。”

接着，老公公便唱起哀凉的船歌来。

我把衣袋里的贝壳、海草一概丢光，爬进水里，可是我的身子没有保勒公公高，一会儿，水就上了脖子。我虽只是一个孩子，对于游水却有相当的自信。可是潮水流得很急，不能一直游，迎着倒回的逆流，使尽了吃奶的气力，拼命地游过去。

大约游了十五分钟光景，我终于可以在沙上站起来了。

“啊，来了，我真担心啦。”

老公公发出欢喜的叹声。

但我们又得打算以后的道路，岸在哪一边呢？雾是更加浓了，再加上了昏暗的夜色。

纵使可以决定已经离岸不远，但岸上的声音可一点儿也听不到。只要能够听到一点儿牛鸣、轮轧，或是勒响的声音，我们就可以知道陆地在哪儿。这类声音可一点儿也没有。我们面前只有死一般的冷而迷蒙的静雾，后边是追逐上来的潮音，一阵比一阵高起来。

这潮音是我们唯一的指南针，一种既不正确又不可爱的恐怖的指南针。

四

跑得太性急了。结果，我们又重新迷路。可是跑慢一点儿，海潮准会追上我们，立刻把我们卷到海里去。

渡过潮路时的一线希望，又显得渺茫起来了。我们在昏黑的迷雾中互相手握着手，悚然地立下来。

“罗曼，走吧……”

“往哪儿去呢？……”

“向前，没有潮声的地方。”

当我们茫茫然走去的时候，我们忽然不约而同地停下来。从蒙蒙冷雾和夜暗的空中，我们听见隐约的钟声。连忙定下心来静听，隔了两三秒钟，第二下钟声又响了。以后连着，又是第三下……

“公公……”

“啊，啊！……”

无疑地，这是保尔地教堂的钟声，晚祷的钟声。

我们手也来不及放开，就向着钟声鸣响的一方，不约而同地飞奔过去。

“愈快愈好，晚钟不大打的，晚祷？只有一刹儿时间，也许这钟声，是上帝特地叫它来给我们领路的。”

我们一边跑，一边数着钟声，什么话也说不出来。如果我们没有跑到岸，钟声就停下来，这得救的欢喜，就会立刻消逝，不得不在恐怖的大雾和黑暗的迷路中，被死神抓住了。

不知跑了多久，跑着，跑着，跑得连气也喘不过来，终于跑到高堋下了。高堋底下，有一条细长的石礁路，是从保尔地村到保勒公公的小岛上去的通路。

“罗曼，我们逃出性命了，祷告吧！”

老公公紧紧搂抱着我说。

保勒公公想带我到他家里去。

“今晚，你就宿在我家里去，我叫礼拜六到你家里去关照，免得你妈挂念……”

我坚决拒绝了。母亲一定早已回家，正孤零零地等我回去——我心里这样一想，恨不得立刻飞到家里去。

“那么，明天晚上，我到你家来，给你妈妈说去。”

我也不希望老公公到我家去，他一来，一定会对母亲讲今天的事情，那么一来，我懒学的事情和别的一切，她立刻都知道了，这叫我多难受。可是老公公说要去，我又不好意思叫他不去。

和老公公分了手，回到家里，谢天谢地，妈妈还没有回来。我连忙烧起炉子，把湿衣服烘干了。等到母亲回来，我只装作没事，坐在火炉面前，直到上床的时候，我装着忽然记起的样子，告诉了老公公的转言：

“啊，对啦，妈妈，明天晚上，礼拜日公公说要到我们家来。”

第二天晚上，老公公果然来了。

我窘得不知怎样才好。当他的脚声进来的时候，我还想立刻逃走。

“这孩子，没有讲起昨天的事情吗？”

老公公一坐下，马上对母亲说了。

“啊，没有听到说呀……”

"他昨天整天没有上学去。"

我心里一跳，果然，这多嘴的老头儿。母亲斜过伤心而不安的眼，向我望过来，可怜的母亲，她没有想到外人也来说我的坏话。

"唉！罗曼，你……"

"不，慢点儿，不要生气。"

保勒公公向母亲安慰着，说：

"他不上学，却救了我一条老命。来，孩子，不用害怕，到这边来。昨天碰到这样大事，他干吗不对妈妈说?"

老公公拉我到他身边，对母亲说：

"呃，卡必里太太，我真眼羡你，你有一个好儿子，你也对得起他的爸爸啦!"

老公公对母亲一五一十地讲述了我们怎样碰到，怎样被迷雾围住，怎样逃出了性命。

"要是没有这个孩子，我这条老命一定没有了。起初我当这孩子什么都不懂，但一旦遇到危险，我的学问都没有用处了，他的本领却救了我的性命。要不然的话，这会儿我要不被大鱼吞吃，我的身体也得给虾蟹做解剖实验室了。所以，我想借用你的儿子，我是向你来借儿子的。"

母亲正要说话，老公公摇摇手又说了：

"不过，我绝不想伤害你的宝贝，我只是想由我来承担这孩子的教育。我看这孩子求知欲很强，用起功来，绝不会比别人差些。太太，你的意思怎么样，你肯不肯交给我？我自己虽然没有孩子，我对孩子却很欢喜，我绝不会使他不快活。"

母亲没有法子，只好默默地点头答应。可是一句话也没有说，只是把眼睛低着不作声。保勒公公站起来，向母亲伸出手去，说道：

“我很明白，你为什么拒绝我的请求，我知道，你太爱他了，没有这孩子你不能过活。你想靠自己一双手，把孩子养大：为了孩子，为了他过世的爸爸，这是对的，对不对？不过，太太，你可得好好儿想一想。这孩子现在有很好的根底，好比一块沃土，你叫谁放下种子去呢？叫谁——在这保尔地村可没有这样的人，在保尔地是不行的。那么把他送到外埠去求学吗？说一句不客气的话，这对你可不是容易的事情。而且这孩子有一种独立自主的性格，这种性格，必须有人好好儿领导他，这一点，你也得仔细想一想。当然，把孩子交给别人，心里是不好过的，这一点我非常了解。可是，这是做母亲的真正的爱吗？我想：为了孩子，做母亲的可得万分忍耐。啊，你且静心想一想，我明天晚上再来。”

老公公回去以后，母亲动手做夜饭，可是坐上饭桌，她什么也不吃，好久好久地注视着我。当我的眼睛偶然和母亲的遇在一块，她就默默地把眼光移到炉火上去。

在睡觉以前，我向母亲道晚安的时候，看见她的眼里含着泪水。

“妈妈，你为什么哭呢？是不是因为保勒公公的话使你欢喜得下泪了？还是因为我们要离别了，心里难过……”

这时候，我丝毫没想到自己要跟母亲离别了。我走到母亲身后，轻轻地抱住她的肩头说道：

“妈妈！”

“怎么？”

“不要哭，我绝不离开你。”

“啊，我不哭了。不过，孩子，保勒公公的意思，对你是好的。妈妈在想，我们还是离开的好。”

3. 岛上之家

一

一个晴朗的秋日，我走过细长的地峡，从保尔地村到老公公的岛上去。

大概老远地已经看见我来了，老公公站在门口等我。

“好，来了吗？你会不会写信呢？不会，嗯，不要紧。你给妈妈写一封信试试看，你说你已经平安到此。再说明天我要差礼拜六公公给你去拿衣服。我先看你的信，就可以知道你的程度。进去，坐在那边……”

保勒公公也不让我想一想，独自滔滔地说个不了。

我照他的吩咐，走进一间装满图书的屋子，在一张上面放有纸笔的桌边坐下。老公公就把我丢下，跑到外边去了。

我拿出笔来试试，不但写不出信，心里还想哭出来。我刚刚跟母亲分别，心里多么难过。老公公的态度，却马上这样严厉。可是我只好依他吩咐，强着头皮写信，眼泪一粒粒地滴在纸上，写了几个字，墨水就被泪水淹糊涂了。

这是我出生以来第一次写信：

我来了。我的衣服，明天礼拜六公公来拿。

我想这封信太短了，可是再也想不出别的话来。

差不多有一刻钟光景，我心里一心想把这封信弄得长些，尽是把笔杆子咬着咬着，总想不出另外的话。这时候，听见隔壁屋子里有人说话的声音。那是保勒公公和礼拜六公公正在谈论我的事情。

“这孩子终于来了。”

“你以为他不会来吗？”

“不过——我有点儿担心，以后我们家里一切事得重头改一个花样。”

“为什么？”

“你要到正午时候才吃早饭，我是没有法子，早上只好喝一杯酒，可是叫小孩子等到正午吃早饭是办不到的。要是也叫他跟我一起喝杯酒当早饭，那倒好了。”

“礼拜六，谈到喝酒，你就疯啦，你当小孩子也喝酒吗？”

“我活了这么久，我可从来没养过小孩子……”

“那么，你自己总也当过小孩子啰，对不对，礼拜六？”

“当是一定当过的……”

“那么你想想看，你小的时候，人家怎么样养你的，你也那样养这个小孩子好了。”

“不不，这不行。唉，办不到的，咱们这儿，可打不了样的。我小的时候，就是在地下稻草堆里过日子的。这样一想，其实还是叫他在母亲那边好，你可忘记了，你是得叫他幸福的。”

“我没有忘记，不过，你可千万不要忘记，这是最要紧的一点，你只要不忘记这句话就得啦。”

“那么，怎么办好呢？”

“你只要想想你小时候爱什么，你就给他什么，要不然你就问他自己要什么，就给他好啦。”

“对啦，万事有你在此，百无禁忌。”

“还有，礼拜六，你可知道小孩子有什么用处？”

“这只有你才知道，照大家的说法，小孩子也叫作小鬼，他们只会捣蛋，弄得人没有办法，哪里能有什么好处呢？”

“可是，礼拜六，小孩子大有用处，比方咱们生活中发生了一点儿不对，遇到糊涂的时候，小孩子就来改正我们。小孩子有一种很大的力量，是大人们及不来的。”

我茫然地听着他们的话。过了一会儿，保勒公公走进来，看了我的信：

“只有这一点儿吗？——啊！也好。下种以前，如果田里还没有种过东西，倒反而好呢。好，我们去溜溜步……”

到岛上之家的第一天，老公公就带我各处游玩，一直溜到傍晚。

保勒公公居住的岛，叫作毕尔刚岛，是一个很特别的海岛。

岛的形状像一角倾坍的金字塔，无论从哪一边看，都是一个细长的三角形，最高的地方，正对着海面矗然耸起，从顶峰到陆地，伸开很庞大的斜坡，这便是岛上最大的地面。那斜坡下半截，差不多跟平原一样低。离陆地约四百米的地方，没入海水中。这岛子和大陆，只通过一条细长的地峡，中间是一条宽阔的港河。

岛外向海的一边，被海风吹刮着，到处都跟焦土一般，露出红色的泥土跟岩石，但南方向陆地的一边，那缓缓的倾斜面上，一片都是绿色的美丽的草木。

老公公的屋子，正在岛上最高地方三角形中的顶点。这儿有几处高堆，可以望海，也可以望陆。虽然四面风都吹得到，不过房子造得结实，禁得住大风。

这是从前路易十五的时候，因防御英兵的侵入而建造的，是一个要塞。墙壁是用岩石砌成的，屋顶的瓦很厚，子弹也打不进去。

保勒公公买下这座古堡，四边添造了回廊，把大的屋子用板壁隔出几间，改造成好像生长在大地上的石岩一般的又结实又舒服的住宅。

不过岛上风大，特别是北风从海上吹来的日子，窗子里连头也伸不出去，但对于岛子倾斜面上，这北风又是天赐的鸿恩。

面临港河的岛南的倾斜地，即使在严冬时候，也跟泥洞里一般和暖。

岩荫跟崩崖之下，受着和暖的阳光，虽在寒冬之中，也开着红红的夹竹桃跟钓钟草的花，结着累累的无花果。

这地方现在已开垦了很好的耕田，当老公公把这岛子买下来的辰光，向南一带的土地，也是一片荒凉的。保勒公公和礼拜六公公两个，每天耕着泥土，扒着石块，堆起矮矮的石垣，这么经过了几年，全部岛子便慢慢地变成一片自然的大农场。现在只有岛的西边，还遭着海风和浪沫的侵蚀。在那儿便有蒲泰纽种的母牛跟母山羊，在岩荫之下啃着疏落的牧草。

最可惊的是这么一个巨大的工程，完全是保勒公公和礼拜六公公两手独力创成的。

我常常听人说，“保勒老头是一个吝啬鬼，他做那么大的工作却舍不得多雇一个人”，觉得这个话是不对的。老公公严守自己的规律，他常常重复地说：

“人是完全可以靠自己的，我要做一个榜样给人家看。”

老公公这规律，也表现在日常生活的细事中，他什么事都不求别人。牛乳是自己的牛榨的，青菜果物是自己的土里长的，鱼是跟礼拜六公公两人去钓的，面包也是岛上种的麦子做的，烘得很好。磨粉的小风轮，更是保勒公公的得意之作。岛子很大，种出许多麦子，一年还吃不完。岛上的农场，还有苹果、葡萄之类的果园，因此地下室里还酿造苹果酒和葡萄酒。

这许多工作中，礼拜六公公是一个重要角色。礼拜六这位老公公，年轻时候当过见习水手、外国船上的船员、海军军官的勤务兵、捕鲸船的厨子，等等，颇有一点儿经验。

至于保勒公公和礼拜六公公两人的关系，绝不像一对主仆，他们好像两兄弟，同桌吃饭，吃同样的菜，所不同的是老公公不大喝酒，而礼拜六公公是爱酒如命，心心念念只记得“喝一杯再说”。

这样朴实美丽的关系，真是天下少有。当时我还是一个孩子，并无多大感想，现在回想起来，禁不住觉得深深感动。

二

来岛上之家两三天以后，我开始学习了。

“嗯，罗曼，我不打算把你教成一位老爷或绅士，这个，我是不会教的。我只不过教你学习当一名船员，而且最要紧的一点，先教你做一个顶天立地男子汉，好不好？做一个男子汉，真正的男子汉！至于求学，有种种方法，一边走一边玩，一边也可以求学，你爱不爱这种求学的方法？”

我觉得奇怪，这在我这样的孩子，是完全不会懂的。

“一边玩，一边也可以求学吗……”但是一开始，又使我大为一惊。

下午，我们往岛上的海边去散步。

一边走着，一边老公公和我谈了许多话。不久，我们走进了一座小小的槲树林中，老公公指着地上问道：

“这是什么？”

我低头看时，是一群蚂蚁排成长行走过。

“蚂蚁……”

“嗯，它们在干吗？”

“好像在搬东西。”

“好，你就跟着这蚂蚁的行列去找，一定可以找到它们的窝。在那儿你细心地看，看有些什么，一定可以发现惊人的事情。要是不见什么，那么，明天早晨再去看，明天再见不到，后天再去看，一直到看奇妙的事情为止。”

“这就是求学吗，公公？”

“对啦，这就是求学。”

我心里觉得这学求得好怪，便离开了公公去看蚂蚁窝。

整整两天，我就光看着小蚂蚁忙碌进出的蚁窝。

这期间，我发现了一件“果然奇怪”的事情。同样的蚂蚁，有的拼命劳动搬东西，有的却什么事情也不做，光是闲散着。

“对了！”

我兴冲冲地跑到老公公面前，把我所发现的情形告诉他。老公公把手放在我肩上，满意地说了：

“对啦，你发现了一件重要的事，这就行了。那些不做工的蚂蚁，既非害病也不是残废，它们是工蚁的主人。做工的蚂蚁，便是主人的奴隶。那些当主人的蚂蚁，如果没有当奴隶的蚂蚁帮助，它们就找不到食物。这不是怪事吗？一边做工，一边是什么也不做，大家一块儿做多么好！可是它们不这么干。它们不做工，身体就不强健吗？不，一旦遇到战事，它们比做工的要勇敢得多了。你见过蚂蚁打仗没有？”

“蚂蚁打仗？”

“对，没见过吗？好，以后你可以见到的，它们打起仗来真是了不起。打仗是那些不做工的蚂蚁的事。在战争中它们把敌方的蚂蚁捉来当奴隶。以后，你可以见到这种打仗。在这以前，我先给你读一本书。这本书是一个学者叫法布尔的人写的《亚马松蚁的战争故事》。这本书你一定要读一读。”

“这本书很有趣吗？”

“有趣极了。当这本书上写的蚂蚁战争的时候，欧洲正巧也发生了大战，是人和人的悲惨的血战。人杀人。不是杀人便是被人杀。杀死敌人或是我们被敌人杀死。在那尸山血海的战场里，我是留得性命的一个。我们的部队沿爱尔部河进兵，河对岸是俄国军的阵地，我们的面前落满了猛烈炮火。我们是躲在一个土阜后面前进的，我们一点儿不知道自己的前锋部队的情形和他们死伤的程度。一边跟着部队前进，我心里在想着一件事情。我记起这一天，正是我母亲的生日。

“——今天是我母亲的生日，大概今天我绝不会阵亡的。我要是阵亡了，我的母亲将怎么办呢？逢到生日的时候，我总送母亲一点儿礼物。

“忽然看见我脚底的泥泞的壕沟中，开满着一丛琉璃花，在打仗的时候，并不跟演习一样排队直进的，那时候部队布成一条散兵线，东一个西一个的慢慢地爬，在敌人的炮火底下，这可以减小损失的数目。在这生死关头的时候，不知怎样，我忽然发现那琉璃草的蓝色的小花。

“——对，我摘了这些花，送给母亲当生日礼的最后一次礼物吧。

“这么想着，我便向这个泥泞的壕沟蹲下身去。刚蹲下身子，头上嘘的一声，吹过一阵可怕的风，心里一跳，连忙缩进脖子。这时候，就听到一声震天动地的炸裂声，我的背脊在柳树上撞了一下，身子跌进壕沟里。这时候，我们的部队正走出当作掩蔽的土阜，恰巧是在敌人的炮火底下，在我头上飞过只有一发之差的那阵风势，正是命中我们部队的敌人的扫射炮弹。抬头一看，我们部队里的战友，一个个死的死，伤的伤，倒在地上，没有一个逃掉，——血，流了一地的血。血淋淋的手抓着地上的草，破烂的泥靴中流出一滴滴的血。——以后，我又见到眼前的一丛蓝蓝的小花。我不知在战场上应不应该想起母亲，但我要不是想去摘花，我的身体一定早已炸得无影无踪了。我跌在沟里，爬也爬不起来……听着炮弹接二连三地打过来，我就向母亲和小花祈祷……”

老公公闭着眼回想当年的情形。

我很想听他讲下去。

“后来呢？公公!”

我推推他的膝头。

“嗯，后来，后来没有多久，我们的救兵来了，是纳衣将军（拿破仑部下的名将）率领法国炮兵队到来了。于是我从柳树底下爬出来。这就开始了著名的爱尔部河炮战，展开一场剧烈的炮战，把对岸的敌人打退了。”

三

保勒公公跟着拿破仑在弗里特兰打过仗，参加过爱尔部河的炮战。他的战争谈使我听出了神。这晚上便开始谈法布尔的蚂蚁战争。

法布尔是一个瞎子，他看东西须得借用仆人的眼睛，那些仆人都是很忠心、很聪明的。他们充当法布尔的眼目，也充当他的手，一心服侍主人。

法布尔默默地听仆人们讲述所见的东西，然后静静地想，想过之后，便由法布尔说，仆人们笔录——法布尔就这样长年长日做着研究的功夫，写出蜜蜂和蚂蚁的许多很有趣的书。

保勒公公的教法很好，要是他拣一本书说："你得读这本书！……"强迫我读，像我这样十岁、十一岁什么事也不懂的孩子，一定会害怕读书。读了之后一点儿都不记得。可是他从来不强迫我，于是法布尔的书很快地得了我的爱好，到现在还记得清清楚楚，好像昨天才读过的一般。

老公公也绝不叫人一味攻书，等我读完了法布尔，他又给了我另外一本。

这本书叫《鲁滨孙漂流记》。这本书他是当圣经、当教科书的，他的生活完全学这本书的。他所以把毕尔刚岛弄得这样好，所以每天不折不挠地努力工作，所以拿一柄大洋伞，以及所以把仆人叫作礼拜六（书中本来是礼拜五，他改了礼拜六），以及他全部生活的信条，都是跟这本《鲁滨孙漂流记》学来的。

“这是一本有趣的书。它给人一种高尚的精神。”

老公公把《鲁滨孙漂流记》给我的时候说。

“我希望你学习这种高尚的精神，一个人只要有坚强的意志，即使独自一人也可以生活下去的。没有一件事是人力所办不到的。现在我所说的话，你或者还不懂得意思。等你更大一点儿的时候，你就会明白了。所以我在今天也不是白白说的，你以后自己会明白的。不过，罗曼，现在我们不谈高深的道理，《鲁滨孙漂流记》这部书，每个人读了都会发生兴味，我想你读了一定很高兴。”

我不相信会有一个孩子，读了《鲁滨孙漂流记》会无味的。这本书，完全把我迷住了。

我无日无夜地梦想着海上的冒险、翻船、漂流、无人岛、野人、这种未知的国土和未知的恐怖。印度的伯祖父或鲁滨孙——成为我的唯一的梦想。

我国还没有一个鲁滨孙，幸而没有人不想做鲁滨孙——为什么这样有趣的灾难，不落在我身上呢？——不过，也许有一个时候，我也会遇到的。我希望我早点儿能够遇到！

我每天这样地想着，自己对自己解释，偷偷地感叹着，安慰着自己：

“我可没有这样的幸福呀！”

“像漂流记上所写的那种事情，我也听到过，罗曼，你念给我听听好吗？”

因为我太爱这本书，有一天晚上，礼拜六公公对我说了。

礼拜六公公多年以来干过种种事情，只是他不识字。

保勒公公笑着说了：

“你读给他听，还是给他讲的好。”

从此，每天晚上空下来，我就给礼拜六公公讲《鲁滨孙漂流记》。

礼拜六公公漂过十年海，到过许多远处的国度，对于海洋和外国，有许多亲身的经历。因此每逢我讲到与他经验不同的地方，他就中途打岔，提出异议。碰到礼拜六的抗议，我总是一句话简单撇开：

“书上是这样说的呀！”

“真是这样说的吗？”

“那么，我就念给你听，好不好？”

于是，我拿起书来念。礼拜六举起粗大的手擦着鼻子听，以后发出文盲的悲哀的叹息，说道：

“既然书上这样写，那也没有话说。不过非洲海岸我也去过好多次，狮子游到海里来抓船，这样的事，不但从来没有见过，连听也没有听到过一次呢！”

礼拜六公公也讲他经过的事情，他对海洋和外国都熟悉。在北冰洋的怒海中有过长期的经历，胸中藏着许多回忆的故事。

“有一年，离开现在不知多少年数了，那时候我还年轻，身体也壮健得多……”

他讲起故事来，每次加上这样一个冒头。

“那时候，当船员实在辛苦，我们那条船，在北冰洋海上过冬。海完全冻结起来，冰很厚，人在冰上跑，也绝不会踏破的。没有法子，船就冻结在冰当中，整整地过了半年。张开眼睛，只看见冰和雪——这样地，待到春天解冻回国的时候，六十个船员，剩下来已不到三十个——都死了。活的人大家在冰雪中挖个洞，把尸首埋进去了。这样的坟有三十多座，排在冰上边。带去的狗也活剩了没多条——冷是不用说了，可是人死并不是为了冷和饿，因为没有光。没有光人就活不了。”

“光?”

“对啦！没有光。”

“没有光，人就要死吗？为什么没有光?”

“我也不知道什么道理，北极相近的地方，一年之中，半年白昼，半年黑夜，所以我们在那边等了半年，只不过是从傍晚等到天亮罢了。这期间，人和狗都疯疯癫癫地死了。永远点着灯自然好些，可是要点半年灯，我们船上可没有那些油。”

这是很有趣的故事，比《鲁滨孙漂流记》不会逊色；因为太奇怪了，我只当并不是真事。

“那么，礼拜六公公，这是书上说的吗?”

礼拜六公公显出惊奇的神气：

“我没有念过书，书上不知有没有说过，我是自己亲身经历过来的。”

不是书上的故事，为什么说得这样动人呢——我心里总是不能明白。

读读《鲁滨孙漂流记》，听听礼拜六讲故事，这样一天天地过着。在我这幼小的心头，愈益增加我对海洋的怀念。我就觉得在陆地上过着平平安安的日子，实在叫人好不难受。

我常常去看母亲，每次去的时候，我就把鲁滨孙和礼拜六公公的故事当作自己的经历一般，神气活现地讲给母亲听。

母亲听了很担心，有一天特地跑来对保勒公公说：

“请你想法子，把这孩子留在陆上做事。”

老公公显出没有法子的神气：

“不过，太太，他自己这样热心想念，要他突然改变是不容易的，我是绝不鼓励他的，你要我改变他，实在有点儿为难。你如果不喜欢我的教法，我可以把孩子还你；但是我想，你把孩子带去了，要改变他的性格，也是办不到的。这孩子最爱寻求天下的难事，如果好呢，可以获得非常的幸运，但是差一步，就会闹出大事情来。——我是这样想，你也仔细去想一想吧。”

保勒公公是一个顶天立地的人，为人也和气，这是大家都知道的。说不定有一天，会允许我和母亲一起离开毕尔刚岛的。

现在回想起来，我这个人是太傻了。保勒公公一向研究小鸟的鸣声，他也常常教我学习。他相信小鸟也有言语，工作一闲，就去听小鸟的鸣声，一一地记录下来。可是我完全不了解鸟的言语，每次学鸟语的时候，老公公总是生气，我总是哭泣。

这小鸟的言语是很奇怪的，我现在非常懊悔，为什么不好好学习。照老公公说，鸟所说的话，大概是下列几种意思。

“肚子饿了。”

“那边有食物。”

“快飞！”

“造巢去！”

“暴风雨来了。”

另外有一句，“咔，哇，柱……”我已经忘记了是什么意思。

我可总不相信鸟兽也会讲话。我年纪还小，完全是不懂事的孩子。

“我们听了音乐，心头高兴，但音乐并不是一种言语。我们说不定会从小鸟那儿学得初步的音乐。”

有一天，老公公这样对我说。不错，只消看牛马家畜之类，似乎多少懂一点儿人的言语。保勒公公听出小鸟的言语，也不见得不可能。

闲话少说，母亲被保勒公公一说，觉得也没有强说话的必要了。我依旧留在毕尔刚岛，常常为了海燕和鸥鸟的声音，弄得哭丧了脸。

“呃，罗曼，现在你以为我老是教你一些奇怪的东西，等你年纪大了，就会明白现在以为没有意思的东西，却有真正的价值。不过你知道，你母亲害怕你将来去当船员，以后我也打算不教你去当船员。因为年纪小的时候，一心想当船员，终于达到目的，当了船员，等年纪老了，对海洋渐渐厌倦起来，就会怀念陆地了。可是，罗曼，你不管我怎样说，还是想当船员，这大概因为天生的身上流着卡必里的血统；你必须满足你的天性，同时也必须尊重母亲的意见。所以我要你现在下个大决心，你可以立志做一个安特莱米萧这样的人，或者是把日本介绍给欧洲的西波德那样的人，或者是英国罗伯特福漠翁那样的人。也好，——比方，把有益的动物、新种的植物，拿回到自己国度里来，或是到遥远的外国，到人迹不到的土地，去游历世界，研究学问。罗曼，我觉得这是很有意思的，你以为如何呢？——把南美洲的咖啡装到法国，再把巴黎的东西装到南美洲去，一辈子干海上运输事业，我也觉得不坏。但我以为献身学问，对你要适宜得多。呃，当一位科学家、一名科学兵。到那时候，你现在那些不喜欢学的东西，我相信，就可以派老大的用途了……”

但这只是美丽的梦，只是老公公的一种梦想。我虽不知道在这种教育下，是否真正能够成为他所希望的人，但这时期，的确是我一辈子最重要的开头。正当这重要关头，人格学问俱各超人的这位恩师身上，突然发生了重大的灾难。于是，就开始了我的厄运和冒险的经历。

四

保勒公公无论到什么地方去，总是带着我一起。不过有时候，他一个人随便驾一条小船，到格莲岛去听小鸟的鸣声。格莲岛是一个很小的孤立的海岛，离开保尔地约有三里海程。

有一天，我还没有起来，老公公一个人驾着小船走了。到吃午饭的时候，还没回来。向来没有这样的事，我有一点儿不大放心了。

“也许是搁了潮了，要到晚潮才回来。”

礼拜六公公这样说，也有点儿担心的样子，常常向海面望。

“天气很好，海面很平静，不会发生什么危险的。”

可是到了晚上，保勒公公还是没有回来。礼拜六在岛顶上烧了一大堆火，准备守一个通夜不睡觉。

“我也陪你守夜。”

“不行不行，他回来要骂的。”

我只好爬到床上。

天没亮就起来，跑出去看，礼拜六公公还是在红红的篝火前走来走去。

“你起得好早……”

“我睡不着……”

火堆中加上了木柴，噼啪地响着，烧得更猛了。火光惊醒了夜鸟，不时地发疯地扑着翼翅，在红红的火焰上面飞翔。

一会儿东方发白了，海上还是静寂无声。

“一定发生了什么事了，我到格莲岛去走一趟。”

“礼拜六公公，我跟你一起去。”

“好，一起去吧。”

格莲岛是一块由杂乱的花岗石冲积起来的岛，这儿的居民，只有鸥鸟和海燕。我们在岛上各处找遍，没有老公公的踪迹，也不见小船的影子。

这消息立刻传遍保尔地村，村人们都替保勒公公担心起来。老公公是一个怪人，但是讲起白胡子礼拜日公公，是没有人不知道的，也没有人不喜欢的。

“不会翻了船吧？”

“那么，船总找得到的呀！”

“被海潮冲走了呢……”

村人们几次会集，互相商量办法。礼拜六公公虽然也到会场，但总是默默地坐在一旁，独自转念头。

从此，一天到晚，我和他两个不离开海岸，潮水一落，就跑到石礁缝里到处去找，一直找到很远。有时候找着找着，沿着海边走去，不知不觉已到了离开保尔地村几十里远的冷静的海滩上，才发觉天色已晚，那样的也有过好几次。

礼拜六公公嘴里不多说话，平常跟“保勒老板”也不多谈。每碰到打鱼的，他老只是沉着嗓子问一声：

“一点儿都没有吗？”

这一句短短的问话，打鱼的完全明白他的意思。

“一点儿都没有！”

这时候他看见我眼中含着泪水，便把手放在我头上说：

“别哭，别哭。”

可是他自己的嗓子也发颤了。站在沙滩上听着波浪的声音，我愈加想哭出来了。

五

保勒公公失踪以后，大约过了两礼拜光景。一天，有一位名叫倍雷士先生的，走到毕尔刚岛公公的家里来。这个人是保勒公公的侄子，一向住在诺曼地的，是老公公唯一的亲属。

我们把老公公失踪的情形详详细细告诉他，他就从保尔地村雇来了十二三个渔夫，在附近海岸一带找了整整的三天。等到第三天傍晚，这位倍雷士先生叫集了一同找寻的村人和我们两个。

“大家都辛苦了。找了这么久还是没有一点儿影子，再找也没有用处了。我想大概是被海潮漂走，不会再活的了。此后也不必再找了。”

听了这话，礼拜六公公可耐不住了：

“先生，你怎么会知道呢？你怎么断得定他一定死了？海潮会把船漂走，但不一定会把船冲翻的。我想老板也许是漂到英国去了，说不定明日早上就会突然回来，谁能够断得定呢？”

倍雷士先生一边抽着烟，向礼拜六公公盯了一眼，闭下眼皮没有作声。旁边许多村里的渔夫，谁也没有搭腔。村人们明白礼拜六公公可怜的心肠。

第二天，倍雷士先生把我跟礼拜六两人叫到面前去。他正和村里的公证人谈话。

“你们两个，立刻离开这儿吧！毕刚岛上已没有你们要做的事。除了牲口归我管理之外，这屋子要闭锁起来，召人出卖，在找到买主以前，由我管理，明白了没有？”

我们一点儿也不明白这是什么意思，但倍雷士先生可不管我们明白不明白，又回头跟公证人谈话去了。

礼拜六公公木立着，捏紧了拳头，连目也不能开。两眼充血，像火烧一般紧盯着倍雷士先生的脸，忽然回过头来对我说：

“走就走，收拾行李去!”

礼拜六公公拉着我的手走出了这个屋子。

我们离开岛子，走过与陆地连接的细长的地峡，又回去见了一次倍雷士先生。

“先生，在法律上你是老板的侄子，我和这孩子只是外人；可是我虽然活得这么老，烧了灰还是一个船上人！你要看看真正的船上人是怎么样的人，我就给你见识见识！你可不要神气活现，好好儿记着吧!”

礼拜六公公这么说着，伸出太阳晒黑的大拳头在他的面前扬了一扬。倍雷士先生脸色发白地躲开一边。他就回转屁股对我说：

“罗曼哥儿，让我们道一声再会，不是对这家伙，是对毕尔刚岛呀!”

这样地，我和礼拜六公公一起回到我母亲的家里。

礼拜六公公在近村找到房子以前，就住在我们家里，我们将不能一起过活了。

每天早上我们一定到海边上去，没有停止找寻。这样地过了三个礼拜。有一天晚上，礼拜六公公终于对我和母亲表白了自己的决心，我们就分别了，他说，他要到英国杰奇群岛去。如果在那里再没有消息，就打算到英国本部去打探。他说要是探不出保勒公公的生死下落，无论如何是不肯放心的。

“海里既然一点儿影子也没有，我想他一定不在海里。”

"一定不在海里?"

母亲这样说着，惊奇地注视着礼拜六公公的脸孔。公公摇摇头，一声不响。

第二天早上，我把礼拜六公公送到村边的码头上。

当我们分别的时候，他站在开到杰奇群岛去的船上，大声说：

"罗曼，毕尔刚岛上虽然没有人，你仍旧可以时常去看看，去的时候，可不要忘了，给黑母牛带把盐去，它顶喜欢吃盐呢……"

4. 到城里去

一

从毕尔刚岛回来，礼拜六公公到杰奇群岛去以后，母亲又不得不为我担心了。她给住在陶尔城里的西门伯父去了一封信，商量我的问题。

同村的几个伯叔，都是老实的船上人，生活过得很刻苦，只有陶尔城的西门伯父，从小不喜欢海上生活，他不管卡必里家世代的传统，认为结实的陆地比海可爱。现在是在城里当执达吏，很多了几个钱。

信去了没有回音，大约过了一个月光景，这位伯父突然到保尔地村我们的家里来。

“恰巧有点儿事要上这边来，所以没有写回信，省了花邮票；银钱得来不容易。现在趁便来看看你们。唉，万事总得忍耐才好。今天恰巧又找到一个贩鱼的，十五里路，只要十二个苏。虽然也不算便宜，就只好花几个钱，坐了贩鱼的马车来了。”

听了这番话，就可知道西门伯父是一个多么精明的吝啬鬼。

伯父从母亲的嘴里听了前情后节，马上换了一副声气，开口说道：

“照你的话，你是不想叫这孩子去吃海上饭，这话不错。当船老大当渔夫，那是很下等的生意：第一是辛辛苦苦地挣不了大钱。不过你说，好容易在礼拜日公公那儿读了一点儿书，所以还想给他多受点儿教育，你这意思可不是要我出钱吗?”

“哎哎，这个，绝不想在金钱上累及你。”

母亲感得轻微的矜持说。

“钱，我没有钱呀，大家都说我多了钱，那都是谣言。我有的只是债务，眼看得不得不卖掉田地了。那些田地也不好，每年只有损失呀!”

母亲听完了伯父的话，接着又谈到了正题：

“据村子里牧师先生说，孩子的父亲，在海军服务那么久，结果又死得那么惨，只要办好手续，也可以不花钱进官立学校的。”

“呵！——你是要我代办手续吗？对不起，我办不了！你想，我多么忙，第一我对那些政府要人虽然都要好，可是我不愿为这种事情去麻烦人家。我以后还有自己的重大事情要请托他们呢！这件事情敬谢不敏。我可以教你一个好办法，去找路于兄弟，叫他们担任这孩子的教育费。他不是亲口答应的吗？学校里一点儿用费，当然应该出的。”

“不过，那种人，对这件事……”

“好啦，不管他们肯不肯，我对他们说去。”

“不过，我的意思，到了现在，也不必再去……”

“你怕羞吗？这不是开玩笑，应该要求的事当然要要求的，怕什么羞？在我看来，不去要求才真正羞呢!”

结果，母亲只好听从伯父的话。母亲那种矜持的优美的心，在伯父看来是半文不值的。

“唉，没有法子，为了你们的事，把我自己的工夫都耽误了，只要能够帮你们的忙，这也是没有办法的。只要你们明白，我就把自己的公事搁了再说。”伯父正如他自己所说是一个忙人，谈完了话，马上带我到路于的铺子里去。

“那么，你先去看看，路于兄弟两个是不是都在铺子里，我在后面等你；要是两个都在铺子里，你对我打个招呼。我懂得他们的脾气，要是只有一个人在那里，他就会说：‘这件事我一点儿不接头，等他回来告诉他吧。’第二天去，还是一个人，他们已经商量好了：‘你这话已经转告了，他说好像没有说过这句话，也许是你弄错了。对不起，这件事可不能答应。’我可不上他们这个当。”

我去一望，恰巧路于兄弟两个都在铺子里。

现在我还记得情形，那简直是一个奇妙的场面。

打开门去，我不禁脸红起来，跟这些自私自利的人站在一起，好像污辱了亡父的精神，心里实在觉得对不起。

我站在后面，听伯父谈话，我羞得几乎眼睛里出火了。

路于兄弟板着一副怪脸，好似在想：“什么？他在说些什么！”直愣着眼听伯父唠叨地说，一会儿，好似坐在针垫上，刹地站将起来：

“送到学校去？这孩子！”

小路于发出癫狂的声音，大路于接上来：

“送到官立学校去？这孩子……”

以后两兄弟一起叫喊：

“叫我们？——我们路于兄弟！”

“当然，当然你们！你们两个明明答应了，把可怜的孩子，这卡必里的孤儿，收留作自己的义子……”

“义子——我吗？——”

大路于说：

“义子——你吗？——”

小路于接上来，以后两兄弟同声叫喊：

“义子——我们吗？我们路于两兄弟！”

于是伯父和路于兄弟，两方面唇枪舌剑地吵起嘴来。

小路于尖着嗓子吱吱吱，立刻大路于沙着嗓子哦哦哦，接着是吱吱吱哦哦哦打成一片，说来说去还是这句话。

在这震耳欲聋的吵闹声中，伯父还是不动声色。

“我们没有答应过，应该做的我们已经做过了。”

“我们已经做过了。”

“对啦！我们已经做过了。”

弟兄俩同声地说。这使伯父吃了一惊：

“啊啊！这倒第一次听到，你们做过了什么？”

“虽然我们没有向死者答应过，我们叫过这孩子的母亲，每个月给她做工。”

“每个月给她做工。”

“还给她工钱。”

“对啦！还给她工钱！”

弟兄俩理直气壮地说。伯父在鼻子里笑了一声，还是不肯退兵。可是他们那么倔强纠缠，终于使伯父忍耐不住，大声地斥道：

“这便怎么……怎么样呢？像你们这种不讲理气的家伙，我倒还是第一次见到。给过了，给过了，好像把全部财产都给了。啊啊，给的……是工钱啊……可别把人家当傻子吧！做工给工钱，是当然的事，你们叫人做了工，人家不是给你们挣回几倍利益吗？你们难道给他的母亲特别的工钱了吗？”

于是小路于咯咯地笑，表示很得意的样子说：

“我们给的自然是普通的工钱，如果可能是想多给的，不过工钱的数目是公会决定的，我们不能自由做主，那可没有办法。你好像以为卡必里是救我们的财产才死的，这你可大大地弄错了。卡必里并非为我们死的，他不过想救自己同行的船员才送了命的。这关我们什么事，你可别把冬瓜缠到豆棚里，你把这件事即使弄到衙门里去也好；衙门虽好，也不是闹着玩的；要是自己找死去救人的人，一个个都要担任他的后事，衙门也没有那样的预算呀！发发善心，等孩子再大一点儿，会做工了，就到我们的工场里来！这办法好不好？杰龙你说对不对？”

“他肯做工，我们当然雇他……”

大路于摸摸自己的下颏，向我看了一眼。

西门伯父一番辛苦的奋斗，结果就得了这样的回答。

走出门外，伯父拭拭额上的汗，说道：

“咳！实在是……”

我想伯父受一场气，一定要大发其火了，不料他却说：

“实在了不起！做人就是要这样才行，我们应该学学这种榜样。这对兄弟比我还能干，虽然是敌人，到底叫人佩服。一旦被他们抓住，连骨头末也不会留给你。要不这样做人，哪里能够多赚钱呢？”

伯父遇到了比自己更强的人，完全甘拜下风了。

于是要路于兄弟出钱送我入学的计划是失败了，伯父提议带我到他的家里去。

伯父的公事，大概是要找一个账房的，所以特地跑到保尔地来。

当账房我还太小。伯父说：

“第一年不过白吃饭，不能做什么事，所以如果五年之间肯不拿工钱，就可以把你养成一个人才。开始几年的食宿，自然只好牺牲了，到底是自己嫡亲侄儿，只好认一点儿损失帮一点儿忙吧。”

母亲真正的希望，并不要进官立学校，只要我可以不吃海饭，她就什么都满意。可怜的母亲连这样的伯父都去求托，为的只要我不到海里去。

第二天早上，我不得不跟伯父到陶尔城去。

伤心的别离，我哭了。母亲比我哭得更厉害。伯父粗暴地把我拉开。我向母亲道了别。这是阴雨蒙蒙的日子。

二

在游客眼中是图画一般的陶尔城，在我却是一个触目伤心的城市。到城里天色已晚，在寂无行人的阴暗的街头，冷雨潇潇地下个不住。

我们是从早上搭了贩鱼人马车离开保尔地的，贩鱼人的目的地是康加尔，因此在离陶尔城约二十里的地方，我们不得不跳下贩鱼人的马车。以后跋涉过沼泽地上的泥路，走过长长的一段公路。伯父跑得很快，我时时落后，伯父就恶狺狺地斥道：

“走快！”

跟母亲别离的悲哀还充满在我的胸头，肚子又饿起来了。从早上跟母亲吃了一顿最后的早餐，一直到傍晚还没有东西下肚。伯父只说我走得太慢，从不叫吃点儿东西，或是休息一下，我又不敢要求。等到傍晚，远远望见城中的灯火的时候，路才比较好了一点儿。

伯父家在一条阴暗而冷静的街上，是一座有大门廊的二层楼房子。伯父拿出钥匙来，开了门，走进里面就粗心撞了一头，原来里面还有一道门。伯父又拿钥匙打开了，我以为再没有门了，不料又是一道。这一道是结实的铁门，铁锈的门拉开来的声音使人觉得好像进牢狱。后来我才明白——伯父的门为什么要这样的结实。

屋子里一片漆黑，我的手被他拉着，走进了一间霉蒸气的大房间，好像走进教堂里一样，脚音发出咯咯的回声。

走进一间小屋子，点燃了蜡烛。这儿好像是厨房，有橱有架，许多旧的木盘，小的钵头，龌龊而杂乱。虽然是一个气闷的地方，但是我想，现在总可以吃饭烤火了，不禁心里一股高兴。

“伯父，我来烧炉子。”

“什么，烧炉子做什么？”

伯父向我冷冷地瞥了一眼。我的衣服淋透了雨水，冷得牙齿都合不拢来，见伯父这道眼神也说不出第二句话来。

“吃了饭早点儿睡觉。”

伯父从食橱里拿出一个圆面包，切了薄薄两片，稍微放了一点儿牛油，一片给我，一片放在自己面前，把切剩的面包仍旧藏进食橱，门上用锁锁好，我很难受地听得一阵钥匙的声音。

他大概会对我说：“这面包不叫你花钱呢。”可是我的肚子不能满足，我在自己家里，在毕尔刚岛老公公那边，起码要吃这样五六片面包。

这时候，进来了三四只瘦猫，跑到伯父跟前，猫也想吃夜饭了，——我心里高兴了一下，伯父大概要给猫拿面包的，也许顺手再给我一片。

但伯父没有开钥匙。

“嗯，猫口渴了，等一会儿，马上给你们。”他吩咐我用一只腌臜的小钵盛了水。“以后你总是在家里每天不要忘记给猫喝水，不要忘记呀。”

“嗯，那么吃食呢?”

“吃食? ——这屋子里老鼠多得很，尽够它们吃，你给它食吃，这些懒鬼马上打盹了。”

这样地吃完了一顿悲惨的夜饭，伯父拿起蜡烛，站起来说：

“好，睡觉了，你睡在楼上那间大屋子，我带你去。”

又脏又乱的，不仅仅是厨房，上楼去的楼梯上，从下到上，也满堆着许多莫名其妙的家具。铁锈的火炉架子、旧钟、石膏像、木雕像、瓷花瓶、水勺子等等，而且廊下的墙头上，又乱杂杂地挂满了油画、玻璃镜框、古代的宝剑、盔甲，在烛光映闪之下，一会儿显得挺大，一会儿缩得小小的。

“这些杂乱的家具，伯父拿来做什么呢?”

后来，我明白了。伯父除了在衙门里当执达吏之外，还有别的生财之道。伯父幼小的时候，离开了保尔地村，在巴黎官家拍卖行里做事，有二十年光景，以后到陶尔城来，收买了执达吏的事务所。但他当执达吏只是一个外表，实际上他之所以买下执达吏的事务所，为的是做旧货古董生意。执达吏的职司，是依照官厅的命令，扣押债务人的财产，再拿来拍卖。西门伯父利用了这个职司，凡是他所扣押下来的东西，拣好的便用别人的名义，贱价收买下来，再高价卖给巴黎的大古董商，一转手之间，从中挣一笔大钱。伯父家里所以堆满那么多的古董，其中就有这种不正当的秘密。

他带我进去的楼上那间屋子，照样是堆满了旧家具和古董品，简直找不到床在哪里。

墙上挂着一张壁毯，上面织出一个硕大无朋的野人，屋梁上挂着一只制成标本的水老鸦、一条张着血盆大口的鳄鱼。底下放着一口大木箱，木箱后面放着一副中世纪的铁盔甲，里面好像躲着人，马上要动起来的样子。

“你害怕?”伯父看见我发抖，说了。

“我冷。”其实并不仅仅冷。

“那就早点儿睡！快睡下，我要把灯拿走了，这屋子里不许点火的。”

我爬进床里，伯父正要走出去，中世纪的铁盔甲好似锵然地响了一声，我立刻害怕起来：

“伯父，这盔甲里藏着人呀!”

伯父回过头来向我刺了一眼：“胡说白道，你可别闹我麻烦！真讨厌，快睡着，小浑蛋!”伯父走了。

把湿湿的毛毯蒙在头上，整整的一个钟头，我一动也不敢动。母亲，家乡，毕尔刚岛——想着这一切，暗暗地流下泪来。以后又责备自己的怯懦，多少恢复了一点儿勇气。探出头来一望，庞大的屋子里射进一道苍白的光。雨已经停了，外边在刮风，从高高的窗子里，照进月光来。风打着玻璃呜响，浮云在月亮底下掠过。

我呆呆地望着月亮，“月亮呀，你保护我一夜吧!”

——行船有灯塔，我有月亮，灯塔发光，船不会触礁，月亮照着，我也就安心了。——心里就这样地想着。可是月亮上升，屋子里渐渐暗起来。一会儿，它走到窗外去了，我把毛毯掩住了眼睛。可是心里总觉得这大屋子的角落里家具背后，好像躲着什么东西，怯生生地张开眼来想瞧一个明白，这期间一阵大风把屋顶吹得吱吱轧轧地震动起来。墙上的壁毯摇了一摇——上面红黑的野人把蛮刀举起来；挂在屋顶上的鳄鱼把尾巴摇摇，张开血盆大口，飘呀飘地跳起舞来；黑影子在天花板上无声无响地晃来晃去；铁盔甲里面的人好似醒过来，铁甲锵锵地响动——我直着嗓子想大声叫唤，可是没有声音，身子也不转动。拉一把毛毯，塞住耳朵，好像已经没了命。好久好久喘不过气来，以后就渐渐地神志模糊了。

5. 狗和面包

一

好像是母亲叫醒了我，张开眼来，伯父站在我床边。太阳已经高高升起来。

望见红黑野人，他似乎忘记了昨夜的事情，装着陌生的脸，安安静静站在壁毯上。

“你发什么愣？”

伯父脸色阴沉地说了。“从此你不比在自己家里，每天早上，爬不起也得爬起来，快穿好衣服下楼去，我在出门以前，要把工作指点给你。”

伯父正如那些身材矮小的人所常有的情形，非常的性急。在这副矮小的身体中，也许有很多卡必里家的精悍之气。——正如老鼠身上藏着山猫的魂胆，一刻安静不了。

伯父每天早晨四点钟起床，在顾主上门以前——那得八九点钟，简直跟疯癫一样，把账簿打开合上，合上打开，打算盘、记账，忙个不了。

花一整天工夫，把他在早晨四五个钟头中所做的工作抄在另一张纸上，就是我每天的工作。

伯父出门后，我立刻停下工作，因为早上醒来的时候，心里实在气不过那个挂在墙上的红黑野人。

“这讨厌的家伙，要是每天晚上出来捣乱，我可吃不消啦！”

我从早上在厨房里见到的工具箱里，拿出铁锤和钉子，走到楼上，只见那野人跟昨晚完全不同，一副正经面孔，好好儿地站在墙上。

“你这骗子，你装着正经脸可瞒不过我呀。你服不服……”我在野人两边手上各钉上一枚钉子，钉住墙上。再看那中世纪的铁盔甲，照例还是持着枪站在那里，看去老像要动的样子，叫人心里不舒服。不过光天化日之下，不见得会有妖魔作怪，我便大胆当着铁甲的胸口，铛地给了一铁锤。以后再爬上木箱，把锤子向天花板下的鳄鱼扬着，吩咐道：“你再像昨晚那么跳舞，就得跟铁甲一样，给你吃一锤头，好好儿记住吧！”

报过了仇，心里舒服多了。不过还不放心那个野人。“要是今晚上再作怪，我要在你眼睛上、喉头上钉上大钉子。你可不要忘了！”恐吓了之后，便若无其事回到账房间里。等伯父傍晚回家，我已把嘱咐的抄写工作完全做好了。

伯父很忙，每天都出门，回来的时候，见我已把工作全部做好，很满意地说：“每天工作完毕，你可以舒散一下，拿一条鸡毛帚、一条揩布，把那些家具上的灰尘拭拭干净，也可以舒散舒散。”

我从来没有用鸡毛帚和揩布舒散过。自从来伯父家后，每天想念在毕尔刚岛那种快乐的生活。

日子一天天过去，工作也习惯了。抄写账簿渐渐熟习起来。伯父四小时所做的事，我也可以在四小时内赶完。只有一件事情，总是不习惯，那便是食物太少。每次吃饭的时候，看看桌上薄薄的一片面包，再看看藏在食橱里的大面包，心里总是难受得很。

不管起来睡觉，心里总是惦记着面包，我常常做面包梦。有一天，伯父照例切好一片面包，正要把大面包藏进食橱去，我下了决心，鼓起老大的勇气，伸手再去拿添。伯父头也不回地藏进橱里，一边上锁一边笑着说：

“你如果要，你就说好了，我可以特别给你一整个，你要吃的时候，就可以吃。”我高兴得脸都红了，想抱着伯父向他道谢。

“我先同你说明，早饭吃两片，中饭或夜饭就得有一顿不吃。三餐每餐吃两片，第三天就得一天不吃。监狱和教养院里，规定每天吃三十八迭加格兰姆的面包，我每天就给你三十八迭加格兰姆。如果还不够，那你真是老饕，我这儿可不行的。”

三十八迭加格兰姆到底多少呢？——第二天伯父出门以后，我拿出字典来查，字典上写着：“一迭加格兰姆等于十格兰姆或两格罗，或四十格林。”再查格罗和格林写道：“一格罗等于八分之一盎司，一格林等于二十分之一格兰姆。”

原来如此吗？这样想着，还是不明白，而且光翻字典，肚子也不会饱的。

我想弄明白这件事，走到对街的面包店去。当我离家的时候，母亲从自己可怜的积蓄中，给了我四十个铜子。我把这些钱看得很宝贵。

“买三十八迭加格兰姆面包。”

面包店老板显出莫名其妙的神气。

“呃？你要几公斤啦？”

“我要三十八迭加格兰姆。”

“呵，哪里有这种买法！”

“不过，我恰巧只要三十八迭加格兰姆。”

“这就糟了！三十八迭加格兰姆……”

面包店老板是一个很和气的人，计算解释了半天，从一公斤面包中约莫切了四分之三的光景。

一公斤的四分之三，这便是一天的食粮，伯父所谓三十八迭加格兰姆。吃过中饭约过了一个钟头，我已把四分之三公斤的面包吃得精光。吃夜饭的时候，我的肚子就不饿了。

从这天傍晚开始，伯父给了我一整个的面包，因为白天已吃了四分之三公斤的面包，肚子已经相当满，我只从整个面包中，切了比平常更小的一片。伯父见了微微一笑：

“哼哼，吃别人的就放开肚子老实不客气，吃到自己的马上就这个样子，不会乱吃了。——以后你自己会挣钱的时候，你也就舍不得花钱了。”

伯父完全不知底细，我心里觉得好笑，闷住声不笑出来。

但是从母亲那里拿来四十个铜子，约莫用了两礼拜就没有了。因为每天伯父出门以后，我总是跑到面包店里，购了半公斤面包来吃。

这一天我的钱完了，想到从明天起，又不得不重新饿肚，心里真是难受。刚刚和面包店老板搅熟，又不得不分手了，这么想着，就跑到对街的面包店去。

“老板娘，早安……”

“啊，日安，迭加格兰姆吗？罗曼！”

“我从明天起，不来买面包了。”

“啊，这是怎么一回事？”

“我事情忙了一点儿。”

“啊，真可惜，好容易大家搅熟了，我本来还想转托你一点儿事情……”

“托我什么事？”

“说出来真难为情，我们老板跟我从小都没有念过书，一点儿学问也没有。真是少壮不努力，老大徒伤悲，现在想起来真后悔；——不是别事，就是我们那些主顾，要我们每礼拜六开一张账单去。我们俩开这账单可是吃力得很。正想到你，想请你每礼拜六给我们开一开账单。可以吗？罗曼哥儿——我们每礼拜六送你两件点心，随你欢喜的挑，算是小小的谢礼。”

我听了说不出的高兴：“老板娘，如果只消礼拜六一次，那我就开始好了。”

我心里想——你们要送就送我面包好了。——可是我说不出嘴，我不愿意对别人说自己伯父的坏话；而且说“我每天都在饿肚子”，到底也不好意思。

二

据伯父说，教养院和牢狱里每天只发三十八迭加格兰姆面包，一个大人有了这点儿面包便够，为什么小孩子的我，反而不够呢？……

在教养院和牢狱里普通除了这些面包之外，还有汤、肉、青菜之类的副食品。可是在我伯父家里的副食品，绝没有汤、肉、青菜之类那种好的东西。这儿只有一条青鱼鲞。据说是滋养料顶丰富的，而且只有中饭时才有。一条鱼还得跟伯父分而食之，一条分作两片，实在小得可怜。而且伯父不在家里吃饭的时候，我还得留下半条，等明天中午再吃。

我老是说着吃食，实在因为在伯父家里我那种饿肚子的情形，完全是不能用言语形容的。只要我再谈一谈白滔的故事，大家就会明白了。直到现在我还记得，那可爱的白滔。

伯父家后，有一座邻家的花园。主人叫作勃浮尔先生，是一位富翁，没有太太和孩子，在那么大的屋子里，只有独自一人，养着一条狗名叫白滔，过着安静的生活。白滔是一条辟列纳种的全白狗，毛色美丽，躯干硕大，样子很好看。它有一座农村风味的狗舍，正放在靠近伯父屋边的灌木篱边。

每天，我心里很伤心。吃饭的时候，邻家的主人总是吹着口哨子，端着一只洁白的食钵，里面放满了牛奶面包糊，放进白滔的狗舍里。白滔和许多狗一样，是不大贪食的，吃了早饭就不吃午饭，吃了午饭就不吃晚饭，每次都是这样，常常有满钵头的牛奶面包糊放在一边，动都不动。我常常看见白滔在旁边睡着。

白滔常常从花园里到伯父家院子里来往，因此灌木篱笆上特地打了一个挺大的狗洞。刻薄的伯父也不说一句话，因为白滔的狞猛在近处是有名的，伯父就利用它，借此当作不花一文养了一条看家狗。大家都说白滔很凶恶，但我是爱狗的，不多几时就跟白滔成了好伴侣。我常常从那个狗洞里爬进邻家的花园去，白滔就摇着尾巴跑过来，很高兴地舔舔我的手脸。

有一天，白滔衔了我的帽子逃进自己的狗舍里，躲着不肯出来把帽子还我，我从篱笆洞爬进邻家花园里，看见白瓷的食钵里满满的一钵头牛奶面包糊，白滔瞧也不瞧，两只脚正抓着我的帽子玩得起劲。

我肚子里正打饥荒，见了再也忍不住，屈膝到地，跟狗一样把嘴伸进钵头里吞了一大口新鲜牛奶！我完全忘记了羞耻，把白滔的食物吃得一滴不剩。白滔摇着尾巴在旁看着，我心里一阵害羞，高兴得连眼泪都掉出来了！好狗儿，可爱的狗儿！——在伯父家受苦的这个时期，白滔正是我唯一的朋友，而且也是唯一的安慰。

这天傍晚，我又爬进狗洞去找白滔，白滔举起淡红的鼻子舔舔我的手，瓷钵头里剩了半钵头牛奶面包糊。它那水汪汪的眼睛注视着我。我很明白它的用意。

“白滔，谢谢你，白滔白滔！……”我抱着白滔，用脸偎倚着它，它伸出舌头舔去我脸上的眼泪。

三

人的命运是不可知的。

如果白滔永远这样把食物留给我吃，也许可能永远不知道以后所讲的那些悲欢苦乐，永远受着伯父的虐待，最后也变成伯父一样怪癖而无聊的人物。

但是，快近夏天的时候，邻家的主人带着白滔到乡下别墅里避暑去了。

一天，阳光晴朗的早晨，邻家的大门打开来，开出一辆小小的马车，主人勃浮尔先生手拿长鞭，高高地坐在车夫座上，后座的行李之间，蹲着他的爱狗白滔。站在伯父家的门廊下，白滔望见我，想从马车上跳下来，但这时候马鞭一扬，轮声轧轧，马车很快地走开了。

“白滔，再见！”我想和它道别，却说不出声音来。马车已跑得很远，白滔还是汪汪地叫着，我默默地向它挥手。

从此我又孤独起来。整天和毫无人性的伯父面对着面，每天只惦念着饥饿的肚子。

伤心的日子，一天一天过去了，伯父出门以后，工作空下来，独自坐在阴暗的账房间里，心里常常怀念着母亲，这时候，我耐不住想给母亲写信。写好了许多长信，从来没有寄出过一封。从陶尔城寄信到保尔地村，要花六个铜子的邮费，我知道母亲从早到晚整整做一天工，所挣的不过十个铜子。

白滔还没去乡下别墅的时候，每天有牛奶面包糊留给我吃，伯父每礼拜给我的面包，在那儿渐渐减少，我还没有留心到。但是吃不到白滔的剩食以后，伯父给我的面包已成为七天之中我唯一维持生命的食粮。有一天，我发觉数量大减了。

伯父自己吃的面包，放在那口有锁的橱里，我的放在一口没锁的橱里，但是除了伯父和我之外，厨房里再没有第三个人出入。我以为伯父总不会偷我的面包，那么，这点儿仅仅够活命的面包，到底是谁偷了我的呢？我心里奇怪得很。

可是两三天之后，我在厨房门外亲眼看见伯父在切我的面包。

我气不过，决心冲进厨房里去了。“伯父，这面包是我的呀！”但伯父一点儿也不显出慌张的神气，嘴里把面包呷哺呷哺吃着，说道：

“你当我吃你的吗？这是给白猫吃的。阿白给小猫喂奶，肚子饿得很可怜。你总不想叫它饿死的吧？畜生，我们也要爱惜的呀！”

我发愣，说不出话来。

自从发现此事，每想到这种说谎、偷盗、无耻、心地卑鄙的人，竟是我的伯父，心里真是不快。然而想到我就是这个人的侄子，连自己也觉得害羞起来了。

伯父是一个真正道地的吝啬鬼，又贪心，为了挣钱和自利，就是用绳子勒死上帝他也干，当然他不会想到对小孩子的不良影响。——应该看看我的榜样——他差不多要这样对我说，他一味干那些卑鄙残忍的事，而且每天都干。

总之，陶尔城那些不幸的人，一旦走上了伯父的执达吏事务所，便深深地落在陷阱里，再也翻不过身来。

伯父把执达吏这个公职当作放高利贷一样，对于那些不幸者的哀苦的请求，从来是置之不理的。

有的人痛哭流涕地请求他，提出正当的理由，恳切求他展缓扣押拍卖的限期，伯父就跟聋子一样，满不在乎坐在云端里听着，然后显出厌恶的神气，拿出表来放在来人眼前。

“我的工夫是宝贵的，为了这些无聊的事，又耽误了我许多时间，你的处分可以从缓，不过我公事公办，时间是宝贵的，好吧，延缓每个钟头，就得赔偿四法郎的损失。你看，现在是十二点一刻，好不好？就这样办，再见！”这便是伯父的日常文章。

有的妇人痛哭哀求，跪在他面前在他的靴子上叩头，有的老头子向他苦苦求情。“请你展缓一个月！”“只要求缓一个礼拜。”“等傍晚儿子回来，这是最后的请求，只要四个钟头……”

——这是每天都有的事，在这儿也书不胜书。我只想明白伯父到底是一种怎样的人。他那种毫无人性的对人态度，使我悲愤痛心。在背后我常常替那些被伯父牺牲的不幸者的命运哭泣。我是年纪不大的孩子，幸而还不十分明白伯父那种狡猾毒辣的口实。

但是有一天，发生了一件事，伯父的卑鄙的性子，使我这小孩子也觉得无法忍受了。我便决心给这卑鄙的伯父当场扬破丑把戏。

那时候，伯父常常有使用阴毒的手段收买连带地产的旧房子，修过以后再用大价钱卖出去。因此修房子的泥水木匠每礼拜六到伯父的事务所里来领工钱。

有一次礼拜六，来了一位泥水作头，这时，事务所里只有我一个人在记账。

“老板不在家吗？怪了，他自己叫我礼拜六来领工钱，我才来的。好吧，反正约好了的，大概就得回家，我就在这儿等他。”泥水作头在椅子里坐下，等了他好久。不料过了一个钟头、二个钟头、四个钟头，伯父还是没有回来，泥水作头等得厌气起来，但还是忍耐等着。直到晚上八点钟伯父终于回来了。

“啊，我当是谁，原来是拉法兰司务。你看，我多么忙，实在要命。”

伯父显出很忙碌的神气，脱去上褂，也不理睬泥水作头，走到我跟前来。

“今天没有什么事吗？嗯，有信？——拿来，给我看。”五六封信来，一一仔细地看过。以后，又看诉讼手续的文件。再查了一遍我的账目有没有错误——这一次检查就整整花了半个钟头，这期间，还是让作头等在旁边。伯父遇到比自己低下的人，老是这样的态度。

“那么，司务，你有什么事情找我呢？”

让人家等够了，他才慢吞吞地对泥水作头说了。

“嗯，前几天，老板约我礼拜六来领工钱的。”

“嗯，说是说了的，真不巧，今天没有钱。”

“呃？——不过，老板，我明天要付众伙计的。我还向老板一位同行人借了一千法郎，出了票据的，到期付不出钱他就要跟我打官司的。老板，我是相信老板约会的话，所以今天就要等你的钱发付去……”

“话？什么话？我对你这样说的：‘司务，你的账我礼拜六付。礼拜六，这就说好了。’——对不对？不过你误会了，当我是说：‘这礼拜六我付账，你来好了。’——拉法兰司务，听话要听得明白才行。我是答应你礼拜六付钱的，不过今天恰巧一个钱也没有。好在礼拜六也不限定今天，每礼拜总有一天。司务，你得当心，不要忘了约会。”

“老板，我不懂您的意思，请您不要开我玩笑！我是一窍不通的家伙，不过，我答应人家几时付钱，我就非付不可……”

“那么，你付不出的时候怎么办呢？”

“我要答应人家，绝不空头答应的，所以只好麻烦您，请你老板帮帮忙，如果明天我不付钱，我便会被老板同行的执达吏告到衙门里去。就因老板早就答应了我，所以我给执达吏苑鲁乔先生出了期票，明天我要付不出这张钱票，苑鲁乔先生礼拜一早上就要来扣押家产，眼看着就会把我的女人逼死！老板，请你想想我的苦况，无论如何帮帮忙！”

泥水作头几乎要哭出来，伯父还是毫不动心。

“对不起，没有钱，我很同情你；可是没有钱，你总不能叫我为了要付你钱，到什么地方去偷盗不成？对不对？实在没有法子。”

我在一旁听着，忽然想了起来。四五天前，伯父跟另一个执达吏苑鲁乔偷偷地讲了好久，后来伯父拿出一千元钞票交给他：

“转托你，把他赶上绝路。”那时我并不知伯父托他什么事，现在听了作头的话，知道他向苑鲁乔借了一千法郎，明天不还，就要扣押家产。

我虽然还是小孩子，也有些疑惑起来：“怪了，伯父跟苑鲁乔不是在那儿搅恶毒的把戏吗?”

“好吧，泥水作头太可怜了，我一定要救一救，事后我会倒多大的霉，也就不管三七二十一了。”——我下了决心。

伯父当然不知我的存心，还在那儿反复地说没有钱。

“我已经说过，我现在没有钱，有钱当然付，当然立刻就付，不过，现在……”

这时候我大声地说：

“有钱，伯父，我刚刚收下了一笔钱……”

我的话还没有说完，我的小腿被狠狠踢了一脚，禁不住叫了一声。

“啊哟!”

立刻身子向前一弯，脸孔又狠狠地在桌角上撞了一下。

伯父假作惊，站起身来，装作安慰我的样子，使劲地抓了我一把手臂，几乎抓出血来。

“好糊涂，当着客人的面，这么不小心……”

泥水作头并不明白怎么一回事，在一边直发愣。原来我的小腿是在桌底下被踢的，被抓的又是我的手臂，泥水作头当然不会知道，可是伯父尽管故意打岔，泥水匠毕竟已经听到了我的话。

“老板，刚才他说，好像有着钱呢，请你无论如何行一个方便……”

“什么，他说了什么?”

“哎！刚才这哥儿说钱有着呢……”

“谁说——有钱?”

伯父到此还想图赖，我已愤怒得热血冲到头上，也不管自己肉体的痛苦了：

“有的，就在这儿。”

说时迟，那时快，我一把拉开了抽屉，捧出伯父不在家时收下来的厚叠的钞票。

泥水作头伸过手来接钞票，伯父从旁拦住泥水作头的手，从我手上很快地夺去了钞票。

伯父和泥水作头脸色都发白了。大概我也发白了。三个人你瞧我我瞧你，半晌没有开口。

“拉法兰司务，我的记性真坏，我本来一心付你钱，特地到外面张罗到这么晚才回来，结果一个铜子也没张罗到。我不在家的时候，有人送了钱来，罗曼早说了，也用不到纠缠到这时候了，我做人太好了，万事总吃点儿亏。所以我托你，你是这么正直规矩的人，你不要到四处扬名，反而累我受苦；外人都当我好说话，我这执达吏就当不成了。这个我是害怕的。好吧，这是三千法郎，本来要到明后天才能收到，我没有这钱，就没有办法了。因为我欠了人家一笔债，要是不还，有关我的名誉，这些钱是有血的，但是没有法子，就付了你吧，你写一张收条：‘今收到国币三千法郎工钱全部了讫……’”

我想拉法兰司务这一回不知多么高兴，而且伯父到底也不是怎样的坏人。

“老板，您答应我是四千法郎的……”

“什么？三千你就不要吗？”

“这怎么办呢，老板，这四千的数目也不是我决定的。依我至少五千，是您老板叫我退让到四千，这是不行的，要受一千损失，但老板一定只肯四千，没有法子只好减到四千，老板，谢谢您，再不要作弄我了。”

“哼哼，这样的吗？那么你三千是不要的了；谢谢你，这对我大有帮助。我正需要这笔款子，打算明天晚晌以前再去想法子，这么一来，就用不到费心了。”

“老板，请你不要开玩笑，我是急得要命呢，我是一窍不通的，五千法郎的工事，明明知道赔本，减到了四千，现在拿了三千去，叫我有什么脸去见伙计……”

“司务，我不和你开玩笑，你不要，我不会硬叫你拿三千去的。铜钱银子开不得玩笑。在现在这种艰难的世界上，绝不会把钱硬送给人家的。三千法郎你不要，我就只好不付，这对我反而好呢。”

泥水作头几乎要哭出来的样子，结果只好接受三千法郎，而且照伯父的吩咐写了收条。

“这就行了吗……”作头司务沉着嗓子说。

“对啦。今收到国币三千法郎，全部工资了讫——好，三千，你点点数目，没有错。”

泥水作头气呼呼地把钞票放进袋里站起身来，把一顶旧帽子覆在头上说：

“西门老板，我虽然是一个穷人，像你这样发财，还是让我做穷人的好！”

伯父脸色发白，嘴唇有点儿发抖，但立刻镇静过来，脸上露出淡淡的笑，说道：

“对吗？不过，司务，这再好没有，太好了！”

以后他若无其事，笑眯眯地跟送走他好友一般，一直把泥水作头送出大门。

关好大门，伯父的颜色立刻转变，眼睛里几乎喷出血来。我还没有明白怎么回事，立刻就飞来了石头一样的拳头，连躲避也来不及。

“啊！”地响了一声，我连椅子翻在地上。

“小鬼！浑蛋东西，谁叫你管闲事，我给你颜色看！小鬼！你说得好，你知道要吃苦的，你居然敢说，小鬼！”

我已不惊慌了，要到来的终于到来了。打就打，踢就踢——胸头涨满了报复的念头，抬起头来大胆地说：

“对的，那便怎么样？”

伯父嘴里叫喊着，又恶鬼一样地向我扑过来。我很快地钻进桌子底下，爬到桌子对面，伯父的脸孔在桌角上狠狠地撞了一头。

“啊哟！”他捧着脸倒在地上，我心里一阵高兴。隔了一张大桌子，再不会给伯父抓到了。——心里一疏忽，刚刚站起来，伯父抓起桌上一本又厚又大的六法全书向我掼过来，恰巧砸中了我的胸口，我又跌倒在地板上，来不及爬起，伯父的厚底靴又向我的脸孔踢过来——我闭着眼睛拼死——脸孔、肚子、胸口、手臂，不管什么地方狠狠地乱踢乱踏。我咬紧了牙齿忍受。

不知经过了多久，身子感到一阵寒战，我已没有劲儿站起来了。把头背靠在墙角里，满脸满手都是血，伯父盯着眼直望着我，也不扶我起来。

“去，洗干净！小叫花坯！记住了，以后再管闲事，我要你的命！”

“我回去！”

“什么？”

“我回去!”

“回去？——回到哪儿去？……”

“回到母亲那儿去……”

“哼哼！……好吧，你要回去就回去，这样便当？五年之内，你的身体卖给我了，任便我把你怎样，可没有人管我，回去？回到母亲那儿去？哼哼……你要喊就喊吧，浑蛋东西!”

6. 母亲的面

一

“一天到晚，这样挨饿、受苦，总有一天要逃出去当水手！”

我心里老存着这种念头，伯父不在家的时候，常常看那张挂在楼梯边墙头上的法国大地图，把从陶尔城到杜佛港的路程，计算过好多次。用地图测量路程的方法，也是在毕尔刚时保勒公公教我的，用木片削的仪器，计算到杜佛的距离。

头一天从陶尔城经过彭德松，第二天到奥兰城墟，以后是濮家桥村—卡在—多寿力—彭力圩—昂勿路。每天晓行夜宿，凭着两条小孩子的腿，第八天我可以到杜佛港了。

但是八天旅行，总得有些用资。假定每天花六个铜子的面包钱，八天就得四毛八——不——有四毛也行了，有了这点儿钱，至少我不会在半路上饿死——我心里这样盘算着。

不过，这四毛钱是一个大问题，我已经连一个铜子也没有了。从伯父家逃出去是很便当的，我已经计划了好多次，叫我没有办法的，就是这四毛钱的问题。

这期间，就发生了今晚的事情。

伯父把侄儿打得头破血流。虽然一个铜子也没有，我也不得不下了决心。

用凉水洗好了头上隐隐作痛的伤口总算把血止住了，上楼在床上躺下，还是睁着眼睛不能入睡。

“像这种伯父，我难道还要跟他一辈子过下去吗？唉，不愿意，无论如何不愿意。逃吧！不管有钱没钱！”

这样想着，没有钱的问题，便一点儿也不放在心上了。

“现在这个时候，桑子已经红熟了。树林子里有的是鸟窝，鸟窝里有的是蛋——况且这么长的一条路，说不定碰到一两个好心的赶车人，我是小孩子，身体轻，他们一定肯给我搭便车。赶车人休息的时候，我可以代他拉拉缰绳，一定还会分点儿面包给我吃呢。在保尔地村，我是时常见到这种情形的……

“……只要到了杜佛港，当船长的都是好说话的人，我立刻就是一个见习水手。出了一次海，就是正式水手。海外回来，再到保尔地去，母亲就不知会多么欢喜，我要把挣来的钱，都交给母亲。以后要是在海里遇到大风暴，把船翻了，那正是求之不得。木排、漂流荒岛、野人的进攻，还有狗、鹦鹉、猎枪……啊！我这不就是鲁滨孙了吗……”

我想想这，又想想那，早就忘掉了伤口的疼痛，忘掉了自己没有吃夜饭。

“要逃就在今晚上！”

伯父每礼拜天一清早就上新地产的房子里去，一定到夜深我已经上床之后才回家。因此从礼拜六的晚上到礼拜一的早晨，我跟伯父是见不到面的。

"对啦，要逃就在今晚上！"

今晚上逃出去，伯父要到礼拜一早晨才发觉，已经整整地过了三十六小时，有了三十六小时的辰光，就是一对孩子的腿，也可以走到离城六十公里的地方了。

"那么，打什么地方出去呢？"

大门里门都下了锁，要把锁弄坏，一定会把伯父惊醒的。

"好吧，打楼窗口爬到屋顶上，再打屋顶上跳落后院里吧。"

再爬过白滔的洞，到邻家的花园里，之后就只消爬上大麻栎树，越过花园的石墙。

"对啦，今晚上一定逃！"

我在床上握紧拳头低低地说。于是我侧着耳朵等伯父入睡的声响。

二

一会儿听见伯父好像走进自己的寝室里了。

"再等一会儿吧……"这么想着，又听到他从寝室里走出来的声音。

"怪了？……"他好像踮着脚尖上楼来了。我吃了一惊，忙再侧耳静听，果然——他上楼来了。

"他难道知道我要逃吗？"——翻身朝着床里边，屏住了呼吸，脚声在门外停下来了。

"来了——来干吗呢？"

门轻轻地推开来。

墙上映出一块硕大的黑影，我立刻明白是伯父用手掌遮着蜡烛的光。手影摇闪着，伯父轻轻地走过来了。

连忙假装熟睡的样子，伯父弯着腰伏向我的枕边，用蜡烛光照我头上的伤口。

“嗯，伤得还好。”他嘴里低低地念了一声，便跟走来的时候一样轻轻地出去了。

要是伯父一向都像这样地关心我，说不定我会放弃逃走的念头，不过，现在这念头太迟了。我已经嗅到海的强烈的气味，外洋轮船上那种浓烈漆香——憧憬的海——我的心在幻影一般“未知”的欢喜中跳跃了。

伯父走后一个钟头，我一动也不动地躺着。之后，我悄悄地起来，连忙打点行装。所谓行装，就只是把两件衬衫、三双袜子包在包袱里，拣最好的一件上衣穿在身上，又穿了一条宽大的呢的海军裤。

这时候，伯父已经入睡了，我小心翼翼地把皮鞋提在手里，轻轻地不漏出一点儿声音，走出了屋子。

忽然脑子里转出一个奇妙的念头。

“这是一个妙计，好有趣！”

我又回到屋子里。

屋子里虽然没有月光，但大概是眼睛习惯了黑暗，隐约地看得出模糊的物影。把椅子放在床上，两脚爬上椅子，伸手摸着屋顶下的鳄鱼标本，一手托住鱼身，一手拿出那把得意的海军刀，割断了吊绳。

把鳄鱼标本放在床上，再用毯子盖住了。

“好好儿地做我的替身。”

想到礼拜一早上，伯父气呼呼地跑来叫我起床的时候，会做出一张怎样的嘴脸，我就满心欢喜，乐得不得了。要是有红墨水，就在床上泼一泼，只说我是被鳄鱼吃掉了……

"算了，这就是对伯父的报仇!"

我用手拍了拍毯子底下的鳄鱼，告了"别"。

外边是一片漆黑，爬出窗口，在狭窄的屋檐边，好容易攀住了小墙，这可不是开玩笑的了。打小墙溜到地上，马上爬过白滔的洞，到邻家的花园里。

抚一抚激烈起伏的胸口，向四周打量，树木站立黑暗的空中，做出奇怪的样子，俯视着矮小的我。灌木丛里好像有一口黑魆魆的大洞，里边有什么东西在张望；夜风吹过树梢，萧萧作响，叫人毛骨悚然。我悄然地坐在白滔的狗舍前，竟不知道要怎样才好。

"白滔，白滔，要是你在这儿，我就不必逃走了……"

但我的身上流着卡必里的血统。

"这是怎么一回事!"我想，"我不是罗曼·卡必里吗？我怕什么!"

既然这么畏畏缩缩，开头不要逃就得啦。于是我离开白滔的狗舍，大踏步走向石墙边的麻栎树下。麻栎树伸出又粗又长的胳膊，好似叫人"止步"，我鼓起满身的勇气，斜睨着这株大树，拼命地一脚踢去，树干一动也不动，只有那些睡在叶荫中的鸟儿叽叽地叫着，惊飞起来。

"我是永远有勇气了。"心里这样想着，身上真的长出了勇气。

我把包袱扔到石墙外，跳上大树的枝条，打这枝条跳到那枝条，跟猴子似的，跳到了墙上。墙外展开一望无际的黑暗的原野，一点儿声音也没有。

"黑暗，寂寞——但外边是自由的!"我一口气就跳下了。

把包袱拾起，跟发疯一般整整跑了一个钟头，渐渐地气喘起来，停下脚步，我正站在一片大牧场的中心。

路的右边是一个水闸，水潺潺地流着，这正是收割干草的时候，从淡淡的阴影中，可以望见小山似的一堆堆的草堆。我走到草场上，靠着草堆坐下身子。

四周一片寂静，是离城八公里的地方，我觉得好像已经走到很远了。

喘息定下，头上的伤口隐隐地痛起来，肚子也饿了。满身大汗，精疲力尽，我心里伤心起来，在清香扑鼻的草堆上，颓然地躺倒了。

草中还保留着白天太阳的温度，心里静下，就听见近处池塘中蛙声阁阁。听着蛙声，不知不觉地就睡着了。

三

快近天亮的时候，我被寒冷冻醒了。料峭的朝寒，好似浸透我的胸头。

深盖的夜空渐渐转淡，晓星发出苍白的光芒，辽广的草场上，升起一朵朵白云似的朝雾。

我的衣服好像遇了骤雨一般，浑身濡湿，感到阵阵的寒噤。应该钻进草底下睡的，我睡着了，可没有留意，被夜间的露水打湿了。

不过身体的寒噤也还没什么打紧，而我的心头的抖索，简直是无法可想——整晚上潜伏在我心头的不安的情绪，渐渐觉醒过来了。

在昨晚以前，我的心也一样悲伤忧郁，但从来没有这样阴暗、沉重的痛苦。在伯父那儿受了那样的凌辱之后，一想到航海、遇险、荒岛，心中就会充满勇敢和欢乐的希望；可是，今天，干吗会这样痛苦呢？

“要是遇了险，我真不能回到亲爱的故乡去了，再不能见到可怜的母亲了……”

我的眼含满了泪水。

在濡湿的干草上，全身寒战着，抱着头，我好久好久地想着。

“再跟妈妈见一面吧——妈妈——她怎么样了。只见一面马上就走。”这样想着，我就变换了主意。

“对啦，我这就到保尔地去，要不再见妈妈一面，我不能到杜佛港去。就在今天晚上，我不要让妈妈看见，躲在杂物间里，等到明天天亮，立刻动身，这样就没有人会知道我已经回过家了。我不该把妈妈抛弃，应该暗地里向妈妈告罪，至少这也算我的一点儿孝心……”

我背包袱站起来，既然决定上保尔地去，就不能再耽搁了。今天一天，还得走四十八公里的路。

远远地听见晓鸡的啼声。早上的太阳，一会儿就出来了。

一上了路，我的心里就没有悲伤和忧郁。东方天空中玫瑰色的晨光，照亮了我的心。夜暗中无名的恐怖，已在晨光之前消失得无影无踪了。

柔软如绵的朝雾，渐渐凝聚在沟渠的水面，水面映出老柳的行列。东方的天空一会儿变成金黄，变成殷红，然后渐渐伸长到整个的天空。和风吹过树梢，露珠点点滴下，花草抬起头来，大地腾起淡淡的蒸气。

金黄的太阳——把四周映成金色，已经是清晨了。

“多美呀！可爱的清晨，太阳万岁——我自由了。”

现在我要干什么都自由了，我可以叫喊，我可以唱歌，再没有人会干涉我了。

“万岁，万万岁——我是皇帝了。”

可是这位背包袱的皇帝，很糟糕，一会儿工夫，不能不感到肚子的饥饿。

到处开满了野花，可是没有果子，虽然心里还以为吃是用不着担心的。不过看看眼前的情形，要找到野果是有点儿困难的了。

跟着时间的经过，这种担心渐渐地认真起来。

郊野上没有可吃的东西，但是村店的桌子上，已经端出热腾腾的礼拜天的盛馔，面包店门口，刚刚烘好的大面包发出一阵阵柔和的香味。眼睛看看，身上没有一个大钱，我满口咽着涎水，胃囊好像升到喉头上来了。

从昨天中午以来，我还没有吃过东西。我的皮带宽起来，裤子向下掉。把皮带抽一抽紧，过一会儿又宽起来。再抽一抽紧，抽得太紧了，最后便觉得呼吸困难，全身发热了。

我想，不要记着肚子饿，心里一定要好过些，便唱着歌打诨。于是路上的行人都惊奇地望我。一个背包袱的小孩子，大声地唱着，青天白日，在大路上赶路，这是谁见了都要奇怪的。

可是我的歌唱了不多久，嗓子就干得发痛。肚子饿，口里干——因为随处有清丽的溪水，口干还有办法，找了一个干净的地方，仆卧着身体，喝饱了溪水。总算把胃囊装饱了，虽然只不过是清水，大概总不会饿死了。

这样，就舒服了一点儿，不料过了约一刻钟光景，忽然满身大汗，喝了水都变成汗流出来了。可是除水以外，再没有可以装在肚子里的东西，不得不再去喝水。这样地，喝水、流汗，终于浑身乏力，发起懒来。等到发觉“水不能喝得太多”的时候，已经一阵头目昏花，神志模糊了。

好容易勉强走到清凉的树荫下，坍倒一般地坐了下来，我就一动也不会再动了。耳朵嗡嗡地响，眼中只见一片红色。

“现在我只要有一个铜子，就可以跑到面包店去了……”

可是我不能不走。

几个礼拜天上教堂去做礼拜的农人走过我的面前，他们回头望望我，低低地说着过去。

“这是谁家的孩子?”

“从来没有见过呀!”

“大概是赶路的吧?”

他们一定是这样在那儿说。

假使我告诉他们我是从陶尔城伯父家里逃出来的，那我一定会被人送回伯父处去——这样想着，心里更加害怕起来。

大概因为在清凉的树下休息了一会儿，多少添了一点儿劲儿，我站起身来，可是铺着沙粒的雪白的公路上，阳光骄烈，腿子硬得跟棒一样。

试着走走，也走不了多久，再勉强走去一定会晕倒了。我就决定随便地走去，一累，不管什么地方就坐下来休息。

一边拖着腿子踉跄地走，忽然记起保勒公公教我的一首短诗，因为身子累，心里焦，这首短诗，愈加显明地映到我的心中来:

天无绝人路，
鸟儿有窝花有露，
慈悲的大手，
把一切的生物加护!

果然，花在到处开放；小鸟儿喜滋滋的，打这枝跳到那枝。

“但是天哪，您一定是忘了我……”

我心里不禁这样地想。

公路穿进一座大林子，林子里的确清凉了不少，站下来喘一口气，忽然看见浓绿茂草中，映出红红的东西。

不错，是草莓了。顿时忘掉了身子的累乏，我拨开草丛飞奔进去。

“啊，果然！多么大的草莓！简直像一片种草莓的园子。”

林子中全片小小的地上，长满了殷红的草莓，像敷了一块红色的绒毯，我连忙拣大的最好的往嘴里塞。

多好味儿！这是力，这也是希望。

“这么一来，我到天边也可以去了……”

我一边吃，一边嘴里唱起歌来：

天无绝人路……

以后，我大声地笑起来了。

“哈哈……天没有忘记我的肚子。”

林中的草莓，尽摘也摘不完，我走到这边那边，尽挑大的吃。肚子已经不饿了。想到“必须带一点儿在路上吃”，又想，带多些，机会碰巧，还可以换面包。

一片面包！这是比一切都大的希望。用青皮树的叶子衬在包袱里，我随手摘了很多的草莓。

看太阳的方向，正午已过了好久，到保尔地村还有二十公里能上能下的路，可是我的腿已经受不下了。加点儿劲儿！我恢复了精神，高高兴兴向林子的空处跑去。

凭着一时的勇气，跑了不多时候，打昨夜以来的满身的疲倦，实在受不住了。我靠着里程碑在路边坐下，谁见了都知道我是累了。当我正在休息的时候，一个赶马车在路上经过的鱼贩，见到了我：

“小朋友，怎么啦？”

“我累了，伯伯！”

“嗯，好像很累了，你赶远路吗？”

“还得赶二十公里路。”

“二十公里，那是到保尔地吗？”

“是的，我上保尔地去。”

“我也去保尔地，你就搭我的车子好吗？”

我想，这正是生死关头了。

“伯伯，我想搭车，可是我没有钱，不过，你假使要，我有很好的草莓，喏，你试试看。”我打开包袱给他看。

“那……啊！”鱼贩把一颗草莓送进口里。

“嗯，这很不错，再来一颗……小斯，你身上一个钱也没有吗？”鱼贩把我从“小朋友”贬作“小斯”了。不过看他的样子，倒是一个正直和善的人。

“一个钱也没有。”

“好吧，没有法子。跳上来！不过，小斯，到了保尔地村店里，你把草莓卖掉了，我给你卖好了。那钱，你就买一杯酒给我吃。便宜吧？二十公里路呢！”

到了保尔地村店，我把那可爱的草莓卖了一毛五分钱。可是鱼贩子不答应。他说：“一毛五分钱，那简直是白送了，再加五分，您到哪里也买不到。”

终于，二毛钱做成了交易。

“那么，老板，你就把这钱给我跟这小厮每人一杯酒。”

我觉得这时候再不能犹豫了。

“伯伯，我不要酒，还是面包吧——”

“啊，那就这样，老板给小厮一点儿面包。”

是刚刚烤好的新鲜大面包。假使身边没有人，我一定要合掌感谢天恩了。

四

照原来的预定，我要在天色昏黑的时候，才能到保尔地，因为那位和气的鱼贩子叫我搭了他的便车，四点钟以前，我就站在自己的亲爱的家门前了。

母亲礼拜天要上教堂去做晚祷，这会儿，谅情还没回家。我躲着人眼悄悄地溜进自己家里。我的生长的老家！亲爱的妈妈的家！一切都没有变样子。几个月不见面，仍和昨天才见过的一般。所有的东西，都照原来的样子安放在原来的地方……

但我在家里，可不能疏忽，说不定一不留神，母亲就回来了。我便悄悄走出正院，躲进侧边的杂物间里。母亲不大上这儿来，绝不会被她发现。

杂物间中，什么也没有改变，除了亡故的父亲，谁也没有事情上这儿来。划桨、船舵、钓竿，以及跟古老的蛛网一般、又破又干的大网和粗网，还留着一股涩鼻的柏油味。一股亲爱的父亲的气味——我就在这涩鼻的网床上躺倒了。心里想着死在海上飓风中的父亲，从早上以来的累乏，渐渐从身子里觉到，一会儿就睡着了。

听见人声张开眼时，不知不觉已经入夜了，内外都已昏暗。

“那么，你礼拜天去吗?”

“嗯，我就这样打算，我不知道那孩子怎么样了，心里惦着要见见他。他无论怎样受苦，怎样伤心，都不会写信给我，我只是担心他每天在哭……”

杂物间的小窗，正对着正屋的厨房，我望进去一目了然。一个在炉子里烧火的我的母亲，立在母亲身后，靠在墙上说话的，是我一个住在村里的伯母。

“一定的，这是一定的，假使这样，你可大胆地说话，我要是换了你，绝不肯把自己孩子交给西门那家伙的。”

“那么，孩子就不会到海里去……”

“他本来就是海上人的子孙呀。”

“不，不，我不要他到海里去。阿姊，你的大儿子怎么样了？马基辛姊夫、福久内姊夫怎么样了？还有我们家里，可怜那罗曼的爸爸，还有那法兰梭思的男人，大伙儿都死在海里了——在我们四周，无论哪一家，都有人死在海里……”

“不过你得想想，我看跟西门比起来，还是海叫人放心些。西门那家伙，比野兽都还狠些，他是一个吸血鬼。”

“就为了这原因，我担心得晚上睡不着觉。也许那孩子，会变成西门那样的人——我想到这一点，我就坐立不安。有一次，连路于兄弟也说过这样的话：‘听人家说，西门现在有三十万财产，至多也不过是一个执达吏，不管多节省，要是正正当当地干，绝弄不到那么大的财产。’唉，我不知道要怎么样才好！我已经答应孩子在他那儿放五年……”

“你打算把孩子留到满期吗?”

“那我当然不想这么干，可是我要把孩子带回来，对方是西门，他一定用违约金、暗价费的名义，叫我出钱。如果我有钱，出钱也不妨，阿姊你知道，我打哪儿去弄这些钱呢?——唉，反正我总得见一见孩子……”

“这是对的，你去吧。那么，礼拜天傍晚，我带一点儿牛油来，算是我的一点儿小意思，你带给孩子去。在西门那边，他一定不会有东西吃。”

伯母回去以后，母亲开始做夜饭。锅子里烧着马铃薯，发出一阵阵的香气，直吹到杂物间来。我想起过去那些可爱的日子——我打学校里回来，肚子饿了。“妈妈，有吃的东西没有?”我就坐在椅子上，荡着两脚等待。母亲用白围裙的边裹着两手，把火热的锅子端进来。“很烫的，当点儿心……啊，刚刚烧好的马铃薯!”

一会儿，母亲对食桌坐下，灯火照着母亲的面，近在眼前，历历可见。母亲一向吃饭都是很快的。但她拿起叉子，好像忽然想起了什么，抬着眼向空中凝望好半晌，又叹了一口气；然后，寂寞的眼又落在我常坐的那小椅子上。

“可爱的妈妈！可怜的妈妈！妈妈的脸是多么悲伤呀！妈妈的脸，是多么的慈爱呀！妈是在想着我，在为我叹气呀!”

我把牙齿咬紧了，为的不要在杂物间哭起来。

吃过饭，收拾好了。母亲走到屋角里，跪下来，这边墙上挂着一张圣母像，摇晃着淡淡的灯光。

从前，我常常跟着母亲跪在这个地方，诚心地做过祷告。

“神呀，保佑我爸爸平安无恙。”

现在，又看见母亲的祈祷，我也就两膝跪在网床上，画了十字，打算低低地跟母亲一同念着从前念过千百遍的祷告词。但母亲念的已不是父亲的名字。

“神呀——保佑我可爱的罗曼！永远保佑他！”

从母亲发抖的唇中，念出这样的话。

“我在这儿！”我正想这样地叫喊，唉！我多想扑到母亲的怀里去呀！

五

我又哭泣着睡熟了。虽然是在自己母亲的家里，可是睡得并不好。

天亮以前，听见潮水泼打岩石的声音，我就悄悄地走出杂物间，忍着脚声，走到屋后刺金雀儿的篱笆边，不知不觉地站了下来。

“我就这样走了吗？”

这样想着，心里跳得厉害。

听见鸡在笼子里啪啪地扇着翅膀，邻家的院子里，狗扯紧着铁链狂吠。

山岗顶边的东方透出了白光，清楚地映出了我所生长的屋舍的黑影。

“这是我最后一次看见这所房子吗?”

灯塔里的灯光熄了，海在未明的天空下，透出淡淡的白光。山岗底下远处村舍的烟囱里有黄色的烟，慢慢儿，笔直地升了起来。听见木靴踏着砖石的声音，人们已经起来了。

可是我还是离不开那刺金雀儿的篱笆。

“妈妈那么惦念着我，要是知道我逃了，她不知会怎样呢？那么好的妈妈……”

我忍不住想回进家去。这时候，后门打开，母亲走出来，我不禁骇了一跳，连忙蹲在篱笆后边。教堂晨祷的钟声响了。母亲做工去了。

“妈妈是走村路去，还是走高堋上田路去呢?”要是村路，她会向坡下走去，要是走高堋上的田路，她就会经过我躲着的地方，走上那条窄狭的坡路去的。

“怎么办呢？怎么办呢？现在我应该赶快走了。我已经决心不跟妈见面了。让我叫一声妈吗，可是只要我一出声，我这一辈子就别想到海里去了。海！唉，我怎么办呢？海！妈妈!”

命运使母亲在这一天走了下村的路。听到关上板门的声音，我耐不住打篱笆上探出头去张望。可是这时候，我只见母亲的白包头布，从叶子缝中隐隐约约闪掠过去。

太阳伸到山岗上，晒满了房舍的屋顶，把盖着海苔的古老茅屋顶照得像绿丝绒。屋顶上疏落地开放着屋瓦葱的黄花，被清晨的微风摇抚。

海潮的气息渗入了清新的空气中，我的嘴上感到一股强烈的海的咸味。

海啊！海啊！陌生的港口，未知的国土——我就自己去开拓自己的命运吧！

“妈妈！完了……再见吧！”

高塄上展开了一望无际的旷野，跟刚刚打陶尔城逃出来的时候一样，我一溜烟地跑着，跑着——也不管道路，也不管田野，一直跑得透不过气来。

7. 出发途中

一

远远地，在山岗尽头，早晨的太阳骄烈地晒着，原野不见人影，我坐在草地上仔细想了一想。

开头本来打算一直走公路到杜佛去，但对于一个身无分文的旅人，走公路是没有好处的，昨天的行路，就可明白了。

我身边没有一个大钱，但到杜佛以前，总得有东西吃。

保勒公公常常说："海跟陆地一般，也是我们人类的母亲。海里有许多好吃的东西……"我记起了这句话。

"对啦，海边上有牡蛎，有黑贝，滋味都是很好的。"

牡蛎是上等的食品，好久没有上口了。

"好啊，牡蛎，往后路上不用担心了！"

我精神抖擞地立了起来。

"可是沿海到杜佛有多少路呢？"

"远就远吧，只要有东西吃，走一个月也不打紧！"

我可没有立刻下海边，在离开保尔地以前，随时都有遇见村人的可能，在高埘的小路上走了约莫三公里，才决定拐入海边的沙滩，开始寻找当早饭的东西。

这一带海边尽是黑贝，恰巧没有牡蛎。

“啊哟，没有牡蛎，好吧，没有法子，拿黑贝当早餐也好。”

我把黑贝在海水里洗了一洗，吃了一个饱。

望着碧蓝的海，肚子吃得饱饱的，高高兴兴地开步赶路，独自唱起歌来。在沙滩上奔跑着，跳过水洼，大声地叫喊——做什么都可以自由。比之在陶尔城牢监一般的伯父家里，真是大不相同。

“是啊，跑跑真有味儿！”

海滩上没有一个人，我独自说着。

“路还长得很，可不能赶得那么急……”忽然这么想到，也不明白已经走了多少路。

在潮水冲击的岩缝里，看见一些大片的碎板，我就拿来做船。我的海军刀锋利得很，把板片削成船形，是很便当的。板中心挖一个洞，用赤杨树的棒和柳树的细枝做成十字形，插在中间当作桅杆，再撕了一块手帕，当作帆篷——就变成一只很好的帆船。把这只新造的帆船放在落潮的水洼中，玩了有好半晌工夫。

这样地，天色已经晚了。这晚上便宿在山岗底下的大洞里，把干海草铺得厚厚的，这就是被服。当然不是怎样出色的客店，但比之陶尔城外草地上的露宿是好得多了。这不但可以在夜里防寒，而且也能避开人眼。因为反正是要睡在冷静的地方的。而这儿阴暗的海面上，恰正对着保尔地的灯塔，好似特意守护着我，就不觉得如何冷清了。

这一夜，睡得很好。

二

肚子饿得很厉害，醒来天边没有亮，胃中需要食物，隐隐作痛，潮水恰巧涨上，要拾黑贝还得等好半晌工夫。

好容易等潮退了，开始拾起来吃。可是这边那边地跑来跑去拾，吃得慢，饿得快。我这一顿早饭，就花了两个钟头，肚子还没饱。对于黑贝的味道，已经倒胃口了。

“假使拿来下面包，黑贝滋味也是很好的！”

我心里这样地想。

假使有充足的牡蛎，昨晚宿夜的那个洞边，倒是一个很好的地方了。在那里不用担心被人发现，有舒服的洞，夜里又有灯塔的光，而且还可以拿我那只新造的帆船来玩。我很想再在那边玩一会儿，不幸肚子却饿起来了。“走过去，也许可以找到比黑贝好的东西。”

我决定再走。

一边沿山岗走去，一边总是惦念着面包，走了一段，遇到一条大江的口岸，是入海的江口，江面宽阔，也很深。没奈何只好把衣服、皮鞋都缚在头上，慢慢地游过去，终于游到对岸了；可是身子累得不得了，肚子又饿了，两腿有点儿飘飘然，眼睛发花了。

走到一所海边的小镇上，我的身体完全被饥饿与疲劳累倒了。

“不要碰到熟人才好。”

我心里这么想着，急急走过街市。正穿过教堂前的广场上，吹来一阵面包的香味，我不禁立了下来。看见一家小小的面包铺子门前，面包堆积如山，光景很兴隆。我满口咽着口水，茫然地望着。忽然，背后的广场上一阵喧闹，皮鞋声、孩子笑闹声，立刻打进我的耳朵。回过头去一看，是一群放学回家的孩子，把我围住了。

“这家伙没有见过啊！”

“好古怪的样子！”

孩子们的惊奇是难怪的。

提着一个包袱，抱着一块船形的木板，鞋子上全是泥，帽子底下吐出湿淋淋的头发，贴在汗流满头的脸上；我这副有点儿滑稽的特里特别的模样，被孩子们见了吵起来也是当然的事。

孩子愈来愈多，好像看稀奇的动物一般，我的身边打起了一道人墙。

“乔绥夫，你看，他抱着的是什么东西？”

“不知道，不是一片木板吗？”

“不，好像可以吹的呢？”

“吹的？胡说八道，他不是没有带猴子吗？”

“猴子？——当我是出把戏的了。好吧！”

“这是帆船！”

我昂然地说着，打算推开人群走出去。

“帆船？——他说什么——哦！看哪！他说这是帆船呢，拿来看，拿来看！”

“啊，啊！”

孩子们大声地喧吵起来，我恼得眼睛都花了。

但我忍耐着，想挤出人群，背后有一个人想夺我的帆船，回头去看，是一群中最强的，个儿很高，比我大得多，大概是孩子头儿。我怒目瞅着他。忽然，身后又有人抓去了我的帽子，朝天空高高地抛上去。

“好吧！”

我立刻下了决心，一个使劲儿就推开了一个孩子，跳出围外，一手接住了落下来的帽子，望头上紧紧地一戴。

“干吗?”

我握紧拳头向人群前走过去，孩子们见了我这副凶相，骇得望后退下去。

正在这个时候，教堂的钟高声鸣响了。

“哦！施洗礼了，大家去看啊。”

孩子们都望教堂大门跑去，我脱了力，痴痴地立着。

从教堂里走出当教父的人，衣服穿得挺讲究。一出大门口，他从身后仆人捧着的一只大袋子里，一把把地捞出糖果向孩子们抛过来，孩子们争先恐后，抢的抢，拾的拾；糖果还没有拾完，那绅士又拿出别的施物。除了糖果之外，广场的石砖上，还滚动着铜子银毫的声音。一枚双毫角子，忽然滚到我的脚边来，我神志一清，忙把这银毫拾在手里。可是，被一个孩子看见了，他就怒着脸喊叫：

“坏东西，你又不是本地人，你敢拿!”

伸过脚来，用力踏住我在地上还没有离开的手。幸而那个当教父的绅士，还有很多装着施物的袋子；那孩子便放开了我，和别的孩子大声喊叫着跟上那绅士去了。

我等洗礼的队伍和孩子们走远，就跑到面包铺柜子前。一会儿，一个圆面包塞在我的口里，精神就好一点儿，走过了这条小街。

大约走了两个钟头光景，看见路边一所荒弃的海关的哨亭。这一天，就决定在这儿过夜。等到太阳落山，搬来了许多干的苜蓿，铺好一张很好的床。

“以后每天得想什么法子来挣一点儿面包钱呢?”

这样地想着，惦在心里就睡不着了，买了一公斤面包，总算吃了一顿久别的夜饭，这就花了六分钱，还留着一毛四，这大概可以吃两三天面包。可是以后呢？——心里胡思乱想着，终于想出一个好主意。

昨天，我如果有一口锅子，把海滩上弄来的食物煮一煮，就不致那么饿了；因为蟹、小鱼都可以用海水煮熟了吃的。其次，只要有一面小小的手网，在落潮后的水洼里，就可以随便捉些小鱼了。

“一面手网，一只锅子！明天一定要设法办到。”

以后，就睡着了。

三

第二天早上，在一个镇市的杂货铺里，买了六分钱的线，又买了一包火柴，可是顶顶便宜的洋铁锅子，至少也得三毛钱。买了线和火柴，已经花了八分钱，我只剩六分钱。

“阿婆，没有六分钱一只的洋铁锅子吗？”

“你过去到玩具铺子问问看，这儿不是卖玩具的。”

“不是玩具的锅子；不过，没有就算了。”

说着，就打算走出杂货铺，忽然看见铺子屋角落里，丢着一只蒙尘的打瘪的锅子，大概即使修好了也卖不出钱的了。

“阿婆，那只锅子卖不卖？”

“哪儿？——哦，那只吗，好吧，算一毛钱得啦。”

“我只有六分钱。”

“没有办法，就算六分也好。”

我便花了六分钱买了这只打瘪的锅子。

这一天，只走了昨天一半路，因为在山岗底下找到一个合适的地方，就决定在那儿过夜了。于是动手削了被海水漂来的木板，做了木针和结网用具，用一把刀子削木针，是很便当的。我是一个生长在海边的渔夫的儿子，织网的工作一向见惯，从小就会的。做好木针和结网的工具，便着手织网。花了三个钟头，样子虽然不大好，也做成一面可以用用的网。

我的主意没有错，很便当地捉了许多虾和小鱼。那只打瘪的锅子，也还可用。用海水煮新鲜的活虾，这美味，在城里有钱人也不大容易尝到。

可是福无双至，祸不单行；在沙滩上煮虾，烟火被海关上的守望哨望到了。山岗顶有一个守望兵，来查看了。那守望兵当时并没有说什么话，但到了傍晚，我看见这守望兵又在山岗顶上一直望着我。

那时候，我在搬干的海草，做今夜的卧床。在冷清清的海边上，快将晚晌的时候，一个怪孩子，急急忙忙地搬着海草，那样子的确是有点儿可疑的。

“要是查问起来，怎么办呢……”

我心里害怕起来，便把手网、锅子、帆船藏在海草堆里，单提了一个包袱，佯装是近村的孩子，玩倦了回家的样子。只当没有一回事，向陆上的田野走去。

海关守望兵的职司，只管巡查海边，所以离开海边，他也就不跟上来了。

在田野中，无须担心被守望兵见到，可是找不到可以度宿的地方，而且连躲风的树林子都找不到。所有的只是辽阔的原野和耕地。向海边望去，沿海村庄中，家家户户都已经点起了灯火。

“虽然望过去还很远，没有办法，今晚上只好睡在那边村庄的草棚中去了。”

走了好一段路，这晚上，就睡在清香浓郁的干草堆里。

四

早上，被鸟声啼醒，不多一会儿，早起的农人就要来晒干草了。

我连忙起来，跑出草堆，踏着朝露走去。我必须到昨天山岗下那个地方去拿那副重要的家具。

走到岗下，幸而海草还是原来样子，手网和锅子都没有人动过。把锅子从右肩斜挂到左腰边，又把手网从左肩斜挂在右腰边，右手拿一只帆船，左手提了包袱。这样地，我就立刻离开了那儿。

不管肚子怎样饿，我不能随时随地弄东西吃。我的餐时须看海潮的情形。海潮不落，不能在沙滩的水洼里捉鱼虾的时候，即使想吃也无法可吃。现在正是涨潮，要等到正午才能捉鱼。这期间我只好尽量地赶路，等到潮水慢慢地退落，我已经快将走到一个村庄里了。

“每天要等潮水吃食，这是不行的。”

想着，就决定在可以打鱼的时候，尽量打足了，存下余粮来。

那一天煮了虾和黑贝，吃好了很晚的早餐，我就动手准备存粮。在落潮的沙滩上，岩穴的水洼里，有各种各样的鱼。首先在近处打了半网的虾，以后又捉了三条美丽的比目鱼、一条扁鱼。

正想找一个安顿的地方，忽然遇见一位和善的老太太，带了两个小女孩儿，在沙滩上拾贝。

“啊哟，捉了不少鱼！”

老太太见了我的收获，出奇地直起腰来。

美丽的白发，很柔软地在额上飘动，是一位很和气的碧眼的上流老太太。两个女孩子都是金发，也是美丽的少女。我想遇到这样的人是用不到逃避的，便放心地说：

“我也想不到捉这么多。”

便打开了手网，给她们看跳动的活虾。

“哦！捉得不少！好不好，哥儿，把这些卖给我吧？”

我想：“当真？”

“要买吗？”

“对啦，行不行，不肯吗？”

我骇了一跳，要买这些鱼虾，就等于十二公斤面包送到我的眼前，一股新鲜面包味，钻进我的鼻子里。

“你要卖多少钱？”

我心里一愣，随口说了一句。

“一毛钱？啊哟，光是这点儿虾，也值五毛钱，你连价钱也不知道，大概不是打鱼的吧？”

“不过，我以后打算当一个渔夫，不，当一个水手呢！”

“那么，你是捉着玩的，就卖掉了吧。我给你五毛钱买这些虾，另外再给五毛钱当作鱼钱——好吗？”

老太太说着，就拿出了两枚五毛的银币。我愣住了，瞧瞧亮晶晶的银币，又瞧瞧老太太的脸。

“好吧，拿着，不用客气了。别叫老年人为难，你就拿这点儿钱去买心爱的东西。”

老太太把两枚银币放在我的手里，一个女孩子就从我的网里把虾倒进自己的篮子，另一个女孩儿又从我手上拿了一串比目鱼和扁鱼。

直到这几位意外的主顾走掉，我还是痴痴地立在那里。之后，便把拿着银币的那只手臂向天空挥了一挥。

“两枚五毛的银币，这就是一块钱了！”

高兴得不得了，我就沿着沙滩拼命地跑。

五

之后约过了半小时，我已走到一个小村子的街道上，不管三七二十一，决定先买两公斤面包。这时候，我再不怕海关的守望兵，不怕宪兵也不怕派出所的警察。要是他们查问我，我就给他看银币，昂然对他们说：

“并不是形迹可疑的人，我是一个富人啦。”

不过，宪兵警察都没有碰见，但是最重要的面包铺却找不到一家。在小村的大街上来回了两次，只有咖啡馆、伙食铺和小小的旅店，没有卖面包的铺子。

我要的是面包，找不到面包铺，光听听藏在袋子里的钱声，是过不了瘾的。我已不像先前那样胆怯，恰巧看见旅店老板娘站在门口，便上前打听了：

“嬷嬷，面包铺在哪儿？”

“这村子里没有面包铺。”

“那么，嬷嬷，可以卖一公斤面包给我吗？”

“我们不是面包铺，单单面包是不卖的，你要是肚子饿了，就在这儿用午餐好了。”

“午餐？”

“就是中饭呀！”

里面正烧着什么，吹来一阵阵油煎的香味，我耐不住了。

“一顿中饭多少钱?”

“一份上等猪肉、一碗乡下菜汤、圆面包再加生菜，三毛五分……”

“好贵呀——”好吧，不管三毛五四毛，我实在忍不住诱惑了。我便跟老板娘走进小小的食堂。一会儿，就拿来一个三公斤左右的大面包。”

我想吃的就是这圆面包。接着，果然，腌猪肉是很好的。我就把猪肉夹在面包里吃夹肉面包。头一片连滋味也不辨，就吞进了——接着第二片，第三片——滋味的确不错。

切第四片的时候，我决定这是最后一片了，便切得大一点儿，吃好之后，看看猪肉还有点儿剩。

“猪肉剩下来可惜。”

于是又切了一片面包。猪肉吃完了，还剩着一点儿汤，看看面包，已只剩了薄薄的边。这样的大吃，以后不是常常可以碰到的。

“吃剩东西是罪过的。”

于是我又把它吃完了。

我只当食堂里只有我一个，留心到时，听见有人在闷着笑声低低说话，回头向门口一看，只见玻璃门的帘子后，刚才那个老板娘，正跟老板和一个女仆，三个人笑着看我。

“老板，他胃口真好哪!”

老板娘说着，大家都大声笑了起来。

我难为情了，情愿早点儿跑掉，默默走到老板娘跟前，拿出一枚五毛的银币。

“本来，是每客三毛五，这是平常的食量，你面包吃得多了，照普通价钱是不够的，好吧，小朋友，就算五毛钱。”

“老板娘把五毛钱藏进袋子里，不给我找头。”

我羞得脸都红了，连忙跑出食堂，背后老板娘大声地说：

“当心点儿，不要碰碎了玻璃，这孩子真粗莽。”

我跟偷儿一般逃出这家旅店，在街上拼命地跑。

一顿饭花了五毛钱，虽然有点儿后悔，但吃了这一顿，的确长了不少气力，自从出门以来，这是第一次精神饱满了。

8. 旅行画家

一

吃了一顿难得的饱餐，衣袋里还剩五毛钱——抬眼望着青天，觉得：

“世界是属于我的。”

有了五毛钱，每天的面包暂且是没有问题了，我便决定不再走海边，依照原定的计划，走陆上的公路。

一件糟糕的事，我不知道我现在已到了什么地方。走过靠海的几个村子和市镇，我都没有见到地名。如果走公路，路边就有里程牌，标明下一个是什么城镇。但沿海岸的山岗脚下是没有路牌的。

“下一个什么地名？”

如果向人去问，哪有赶路的人不知道自己的目的地的，一定会被人当作形迹可疑，说不定会交给警察。

英法海峡的地理，我在伯父家的地图上是很熟悉的。这一带全部是一个突入海中的海岬。假如不沿海走，只消背海向东走去是不会错的。这儿向东，大概是到伊齐尼，或是维尔城，不过到底是伊齐尼还是维尔城却是一个疑问。

“要是伊齐尼的话，还可以在海边打鱼。”

那么，即使把五毛钱都花光了，以后的吃食仍用不到担心。

“要是不幸走到维尔城……”

维尔城离海很远，路上花光了钱，吃食就大成问题了。

“到底是什么地方呢？”

这是一个大问题，狐疑了好半晌，还是不得解决。

“走到了再说，老待着不是事。”

我决定见到路便走，暂时与海分别了。

朝东走，第一条发现的，是田野中的小路。望小路走去，一会儿就是一条低低的上坡路，走不多时，我发现一块白路牌。

——由此往凯德维三公里。

“三公里到凯德维？从来没有听过凯德维的地名呀。——好吧，走到那边再说。”

我又向略陡的坡路走去。

走到凯德维村的进口，那儿又立着一块蓝路牌。

——凯德维第九县公路，由此往卡略涅五公里。

“什么？——凯德维、卡略涅，地图上都没有，都是第一次听到。”

“究竟我跑到哪儿了呢？”好像是迷了路啦。

村上人看见我这副彷徨失措的样子，都怀疑地注目着，我不好向他们问路，又被人看得难受，只好茫无目的地匆匆穿过村子，又走上了田野中清冷的坡道。

上了坡，前面分开两条路，路口上立着一个白大理石的大十字架。村路上常常有这种十字架。这时候，我倦极了，就坐在十字架底下的石级上休息一会儿。

四周静寂，广阔的田野，只有零零落落的几株大树，见不到一个人影。向上坡来一边望过去，只见田野尽头，是一带树林。白色的钟楼尖顶，在夏天午后的阳光中辉耀。再过去便是上午离别的碧海，闪耀在蓝天之下。

一早赶路，已经四肢累乏，我靠在日荫下的石级上，不知不觉地忘神睡着了。

醒过来时，夕阳的红光已经照着我的脸上，吃了一惊，正想跳起身来，忽然听到：

“啊，不许动……”

有人大喝一声。

“完了——谁来干涉我?”我连忙跳起来，打算逃掉，举目向四边探路。

“叫你不要动呀！对不起，小朋友，你睡在这地方，把四周的风景都集中一起了。好孩子，照老样子靠着，我送你一毛钱。”

抬头一看这人的样子，不像会把我捉去的。他戴一顶呢软帽，穿一件灰呢宽大上衣，是一个青年人。坐在路边上，膝头上放着图画纸，看样子是一位画家。我就放下了心事，照原样靠在石级上闭上了眼。

“谢谢你，闭了眼睛也好——这正是疲劳的样子——喂，你可知道这儿叫什么地方？……”

这个人一边画着，一边说了。

“我不知道!”

“那么，你也不是本地人吗？你是不是修锅子的？对吧……”

“不对……”

我笑了。

“喂喂，不要笑——你不是修锅子的，干吗带着锅子？”

啊哟，来了！终于一句一句地打听了。——不过我觉得这人很不坏，决定对他讲实话，大概他一定会了解我的。

“叔叔，我到杜佛港去，预备到那边去当水手。锅子是用来煮鱼的，我拿这个网捉鱼，我是渔夫的儿子呀。我已经赶了八天路，身边还有五毛钱呢，叔叔！”

“哦，不过，你怎么可以把这话说出来呢？你那么有钱，说不定有人要谋财害命呀。说不定我就是一位强盗，你怎么办呢？”

我笑了。于是他一句一句问我。我就把出门以来如何生活，以及一切一切都说出来了。

“呵！真了不起，虽然你的动机很幼稚，但是抱定这样的决心，一定可以成功的。怎么样，跟我做朋友好吗？我也想到杜佛去，不过，我不急着赶路。大概预定在十月内到杜佛。沿途画点儿风景画，遇到风景好的地方，就勾留这么三四天，作为生画；遇到风景不好的地方，就不耽搁。高兴跟我一起走吗？你给我背这个行李包，至于吃饭住宿，你都不用操心……”

这时候，我真不知道怎样回答才好。

我就背起了画家的行李包。

“叔叔，谢谢你，就这样决定好了。趁天色还没有夜，我们走吧。”

二

青年画家的名字，叫作柳香·亚德。

这天晚上，我把自己的情形，完全对这位画家说了。

“你的伯父，真是一个可怕的人……”

我给他谈了西门伯父的情形，柳香好像自己受了欺侮一般，大为气愤了。

“怎么样？再到陶尔城去一次好吗？”

“到陶尔城去，做什么？”

“我给你伯父画一张讽刺画，贴在大街上，写明‘西门伯父饿侄图’。不管这老头儿多凶，保他两个礼拜，在陶尔城站不住脚。”

“不过，我不高兴，我宁愿一辈子不再见到他。”

“呵哈哈……我只是开开玩笑的。当然不见他就算了。不过你说你想当水手，这大概是你的天性，对于这件事我原本外行，没有资格跟你讨论；可是我以为这也不是顶好的职业，又危险，又辛苦。你只见到当水手的勇敢和快乐的一面，所以想当水手。不过，也好，既然这是你的理想。一个人想当什么就当什么，这是顶好的事。你这一向就干了一番自己要干的事。你年纪还轻，离开伯父家以后，好好儿地独立生活过来了。不过，罗曼，你可忘记了一件顶顶重要的事情。”

“我忘了什么？”

“你不是有一个亲爱的母亲吗？你得想想，这时候你的妈正在多么担忧，多么伤心。你离开伯父的家已经八天，伯父一定说你逃到你母亲那里去了。母亲或许当你是死了，每天一个人在那里哭泣呢。”

听了这话，我立刻担心我的母亲。那么好的妈妈，一记起来的时候，我再也忍不住了，不觉眼睛里含满了泪水。

“所以，你必须马上写一封信。好吧，我行李包裹带有纸笔，你快给母亲写一封信。你要说明为什么逃出伯父的家，以及逃出以后怎样生活，详详细细写上了。以后——对啦，你告诉她路上碰到一个叫柳香·亚德的画家，这个人，对我很好。决定同他一起到杜佛去，所以路上一切可以放心。而且，那画家也有当船主的朋友，认识一些有名的船主，他可以托他们在好的船上找到一个职司。所以，一切请妈妈放心——你就这么写，那么，你母亲可以放心，你也可以安安心心地赶路了。”

我依照他的话，给母亲写信。一边写，一边想起种种事情，眼泪不住地流出来。可是写好之后，果然正如柳香的话，心里觉得突然轻松了许多。

跟画家柳香在一起度过的几天，是我在旅途中最快乐的时期。

我们毫无计划地随意走去。有时候，柳香作画了，对着大树清流的风景，一画就是一整天；有时候，一天到晚，一张也不画，疲倦了，就休息。一路走去，背着那个并不很重的行李包，走着田野中的道路，我深深地感到旅行的快乐。

“你累了，来，把包裹给我，现在我来背了。”

柳香常常这么慰劳我，那时候我就拒绝他说：

“不，我背着很好的。”

可是柳香看见我揩汗，常常硬把包裹夺过去，叫我休息。

我给柳香做的事，也是极简单的：每天早上，去购买一天用的食粮——面包、煎蛋、腌肉和兑了凉水的白兰地。每天早饭、中饭大半是在路边的树荫下坐着吃的。晚上，在饭店的食堂吃热腾腾的汤，以及种种好菜。像在海边那样吃活捉的虾蟹是不可能了。但捉得不管怎样多，要是每天光吃虾蟹，老实说也并不是什么好味道。而且饭店的被褥，不比干柴和海草。软松松的床、雪白的被单——

每次脱衣睡觉，我真是高兴得不得了。

后来柳香看出我并不是一个不懂事的乡下孩子，又好像大为惊奇。在毕尔刚岛跟保勒公公求学，对我大有益处。我对草木昆虫的名字，比柳香要熟悉得多。对于这小小的生活的世界，许多专门学家都难以懂得的学问，我都是从保勒公公那里学来的。

“罗曼，你简直是一个学者!”

有时候，柳香这么说着，表示大大的佩服。

我们一天到晚谈这谈那，两个人不说话的时候是很少很少的。柳香和我，在爽快、快乐、热心，这几点上是完全相像的。

我们这样地沿途逗留着，不知不觉地到了磨田。磨田跟杜佛是完全不同的方向。我也并不因此感到心焦，反正迟早要到杜佛的。到了杜佛，至少可以搭上走南美洲的邮船。这样想着，就忘记了行途的时日。

美丽的诺曼地——特别是磨田这地方，即使在诺曼地之中也是写生最适宜的地方。白松林、崩圮的山岩、削立的丘陵、树荫浓密的隘路，在这种风景中，到处的树荫下疾流着泛泡沫的急湍，或是变成一条小小的瀑布向下流注。画家的眼睛，完全被漂亮的新绿吸引住了。风物随处变幻，处处都是美妙的风景画。

以磨田为中心，我们每天在附近一带徘徊。有时候，一直到很远的东孚龙和苏特伐方面。当柳香作画的时候，我游到小河当中捉着香鱼、赤睛鱼、龙虾玩儿。捉来的鱼虾，便做当天的佐餐。

我太幸福了。这样的幸福是不能长久的。要不然像我这样应该受罚的人，反而得了赏赐了。

有一天早上，柳香正在作画，我没有事情做，闲坐在草地上看他，随便跟他聊天。忽然远远地走来一个保卫团兵士，这兵士远看去就是一个土头土脑的滑稽模样，短小个子，大脑袋，臂膀特别长，腿儿却跟鳄鱼一般的短。

“这保卫团是怎么一回事呀？我要是当了团长，不管饥荒闹得多厉害，也不要那种大南瓜当保卫团。”

柳香说着，就在着手绘描的风景画的纸角上画起大头保卫团的漫画来。

保卫团兵士走近过来，发现我们正注意他，马上把帽子拉一拉正，将佩指挥刀的革纽提到面前，挺起胸脯，慢吞吞地走了过来。

柳香见了这副神情，铅笔动得飞一般的快，画出了一个大头保卫团给我看。我见了这张滑稽的漫画，再也忍不住，就偷偷地笑起来。

这可把事情弄坏了。保卫团兵士走到我们跟前。

“先生，对不起，干吗老这样看我？这有点儿可疑，把你的身份证拿来。”

柳香装出满不在乎的样子，先把画了漫画的风景藏在纸夹里，说道：

“什么？哦，这点儿小事吗？便当便当，不过请你不要打扰人。我们看了你，你也看了我们，反正是一样的事情，彼此彼此！”

“什么……闲话少说，快拿出来看！嗯，你应该有身份证；我们的职务，就是检查来往行旅。”

“喂，罗曼，没有法子，把我的身份证拿出来给这位大老爷过目。好吧，请仔细看吧，就在这行李包的小口袋里。”

以后，又对保卫团说：

“对于你这个职司，我真是表着万分的敬意。本来应当放在银盘里呈请过目的，抱歉得很，身在旅中，万事不备。至少应该叫罗曼戴一双白手套捧上，也因在旅中没有预备。只消看阁下自己也没有戴着手套——正所谓彼此彼此！”

开头保卫团真以为是对他恭敬，渐渐听出是故意作弄，脸孔就红起来，恨恨地咬着嘴唇，把帽子向眼上拉下来，一心想找出什么岔头，瞪着眼念了起来：

“嗯，什么？地方军民长官钧照：左列人氏，务请准予在贵管辖境内，自由通行。嗯，嗯……柳，柳……西、安、柳香吗？柳香，亚德。职业，职业，嗯，嗯，职业。”

保卫团念到这儿，念不出来了。嘴里“职业嗯嗯，职业嗯嗯”反复了好半天，突然，念出来了。

“职业，昼，昼家……职业，昼家，哦，对啦！”（译者按：这儿保卫团读了别字，把画家误作昼家了。）

以后嘴里又喃喃地念了些什么。

“好，得啦！”

把下颏抬了一抬，就把身份证交还了我。

大概保卫团也觉得这种讨厌的家伙，也犯不着多缠了；正要离开我们走去，偏偏柳香得好休时不肯休。

“喂，等一等，我的身份证你已经看过了，我倒想请教请教，我情愿出两个法郎。”

“啊，什么？”

“有了这个身份证，遇到有事的时候，大概可以要求你们的保护，向你们请求的吧。”

“嗯，怎么样？”

“所以现在我要向您请一次教。请教我是用什么资格，自由通行天下的？希望你告诉我！”

“这用不到我们说，你的身份证上明明写着了。”

“写了什么？”

“你的职业。”

“哦哦！是不是所谓昼家？”

“对啦，你的职业，也就是你的资格。”

“哦，原来如此，不过我这个职业，究竟应该做些什么工作？”

“什么？你连自己的职业也不知道！”

“我的职业是昼家吧？昼家就是我的职业吧？我刚刚听您像是这么念的。对不对，我是昼家？”

“嗯？……嗯？……对，对的！”

“那么，以后我假如再遇见你们同伴保卫团，叫我拿出身份证来，那时候我做的如果不是昼家的工作，我会被捕吗？”

“这个，可能的。”

“所以我要请教，我当了一个昼家，什么事可以做，什么事不应该做呢？”

可怜这保卫团脸又红了，流出满头大汗。

“这，这个，你既然是昼家，就得做昼家的事项。”

“不过，我要是不知道昼家应该做什么事，那怎么办呢？”

“你，不犯规就好啦。”

“那么，昼家的规是什么呢？”

“嚯！你光说无聊的话。嗯，你想侮辱我吗？岂有此理！好吧，不必我说，跟我一起去。连自己的职业也不知道，简直是形迹可疑。我认为你形迹可疑，应该逮捕！你有话到团部里去说。还有这小孩子就可疑，你的身份证上并没有写明这个孩子。好吧小孩子，你也一起来！”

“哦，哦！那么我是以一个昼家的资格被捕了。”

“你不用管，逮捕就逮捕，用不到说什么理由，老老实实跟着我走，要不然我就把你吊起来。”

“好，走就走。喂，罗曼，走呀，不要忘了行李包。不过，老总……”

“什么?”

“好，请你把我反缚起来，把指挥刀拔出来。我既被捕，就得做出正式被捕的样子。”

不得了，我觉得这事情不是闹着玩的，我甚至有点儿怨恨这多事的柳香了。当保卫团说这小孩子就可疑，我好像被铁锤子打了一下。审问起来，立刻知道我是从陶尔城逃出来的，这便万事休矣！马上把我解回陶尔城，交给伯父收管。

柳香还是得意扬扬地吹着口哨子向前走去。

保卫团跟在他的后边，只离开一手的远度，一边瞅定了他的背影，一边走着。我在后面隔了五六步，无可奈何地跟着走。

再走半里路，就是那个有团部的村子。这时候，穿进一条大树林中的道路。笔直的大道冷清得很，除了我们再没有一个人影。走进树林约有一百米光景。我突然地想，要逃就在此时！与其受到审问，解送到陶尔城伯父家去，宁使从此独行受苦。趁这时候赶快逃掉——我故意装作不知不觉的样子，把脚步渐渐放缓。把背上的行李包望地上一抛，一跳就逃过了路边的水沟。

听到声音，保卫团跟柳香回过头来。我早已向茂林中蹿去。

“停下来！嚯！”

“罗曼，你干吗，害怕吗？去走一趟笑一笑好啦！”

身后听到他们两个的声音，但是我出神地喊道：

“柳香，我不高兴到陶尔的伯父家去。柳香，再见了！”

半带着哭声，奔进茂林的深处，连头也不回地望前直逃，也不知道有没有人追上来，树枝像鞭子似的绊着我的脸和手足，向着针似的刺蓬堆里，不管三七二十一，只是一溜烟地奔跑，奔跑。

发疯地奔跑着，忽然，一脚踏了空，一个大筋斗，连叫喊一声也来不及，我跌进了草丛中的大窟窿里。幸而没有受伤，可是立刻之间爬不起来，在黑暗的窟窿里躺倒了。

穴边上都是刺蓬和蔓草，茂盛得连日光也透不进来。好像一头被猎狗追逐的野兽，我紧缩着身子，屏住了呼吸，侧耳静听。树林中四周沉寂，只听见鸟声啾啾，穴的沙土被我在跌下时推动，沙沙地崩泻下来，好像一只计时的沙漏。

过了一会儿，看看没有人追来，我才大大地透了一口气。

“但是以后怎么办呢？”

“把柳香带到团部之后，那保卫团一定带着别的保卫团来捉我。”

“现在在这儿被捕了，一定会送到陶尔城的伯父家去，尽可能逃得愈远愈好……”

最后，我伤心起来了。

那时候我连做梦也没有想到：只要跟柳香一起到团部里，把事情说说明白，立刻就可以释放。我们仍旧可以继续快乐的旅行，向杜佛走去。我愈想愈觉得抛弃了那可爱的画家柳香·亚德，实在太对不起他。心头又沉重又阴暗。不过，再想想我们所以不得不这样分手，原因之一，也在于柳香那种爱闯祸的怪脾气。

9. 马戏班子

一

两小时之后，远远地已望见苏特伐村的屋舍。不过，随便进村去，要是碰见保卫团之类，可不得了。我便绕到村子后面，通过小路，向维尔城走去。

走了一会儿，心神慢慢安定下来，心一定，就担心到前面的旅程。在到达昂勿路海边以前，每天吃什么东西呢——那只锅子，那面手网，在磨田的时候，我都把它们丢了。这一带，四周全是山和田野，也许路边偶尔有些草莓之类；要捉鱼是办不到的。

今天早上是吃饱了的，这会儿肚子倒没有饿，可是若再过一会儿，不消说是又得挨饿了。

这一带，兵很多，每次见到保卫团，我总担心着会捉我，小心翼翼地走过去。而且我又非常惦念刚才分手的那位可爱的画家。

每次远远地望见一个人，我不觉骇了一跳——大概因为心里惦着的缘故：看那帽子的样子，好像是“保卫团”，又好像是“柳香”；认为柳香的时候，就急忙跑近去看，但永远只是可怜的幻想。

柳香绝不会在此地重新碰到的了。从帽子的样子认为是保卫团的时候，连忙跳过路边的水沟躲在麦田的草堆后面，待看清了才敢出来。

这样地，在不到三里之中，我已跳了十回的水沟。有一次正在这样地跳时，忽然听见衣袋里有银角子丁零的一声。

“啊！——”

用手一摸，果然是银角子。六枚。两枚是五毛的大银毫，四枚是一毛的。

“哦，对啦！——”

这是今天早上柳香拿一张五元钞票叫我去买食物和烟卷得来的找头。

“原来还有找头，我可完全忘记还他了——”

但现在我要还，也没有办法还了。——我应该保存起来，待以后有机会见面时再还他！我下了决心。现在我正要钱用，我只好默默地祝祷：

“柳香！对不起！目前我暂时借用一下，等我做工挣来，我一定还你。”

这是一桩意外的财运，我想定了又开始赶路。

天还没有晚，就走过了维尔。可是真不幸，我又迷路了。原来打算走濮家桥村的，不知怎的却走了康·索·拿洛的路。走到雪内杜莱村，我才发觉走错了路。但既然走了这么多路，再没有法子折回去，反正打这儿经过亚库，也有一条路通到卡因。虽然绕了远道，也不算受多大苦。这晚上就躲在田中的菜子堆里，一躺下就睡着了。

离开我的窝儿约百米地方，有一片牧羊的草地，中间有一个羊舍。羊舍木棚中好像有五六只牧羊狗，那些狗挣着铁链子望着我这一边，不时地吠叫。夜是漆黑的，微风吹来，树叶子沙沙作响，飘来一阵阵羊臊味。好久没有露宿了，在这庞大的田野，我不是孤独的——有羊，还有狗——想着，我就安心地睡着了。

我对柳香谈到海边旅行的时候，他总是很佩服的样子，常常这样叮嘱我："啊，你没害伤风算运气的。露宿倒没有关系，不过要当心晓寒，一不小心，会伤风发热的呀。"真的，早上的寒气，即使在夏天也不能马马虎虎的。

我虽然深深地钻在菜子堆里，一阵寒气紧包全身，张开眼睛立刻跳起身来，太阳还没有放光，东方鱼肚白的天空已映出了树木的梢头，地平线染上了淡黄。略呈青苍的空际，几点寥落的晨星，发出黯淡的光。山谷中腾起一股灰色的朝雾，跟带子似的氤氲着。地上好像下过小雨，一片潮湿。灌木丛中，小鸟儿已经起来，撑开翼子，竖起羽毛，正想把身上的露水抖掉。

这样的昼行夜宿，两天之中，平安无事地赶着路。不过从早到晚无休息地奔波，我也是吃不消的。日中时候，找到了一个适当的休息所，我便躺下来睡几个钟头午觉。

过亚库城第三天——路过一座叫山古莱的树林，时候还在上午，夏天的太阳照在地上，热得气也透不过来。

我累极了，想找清凉处休息一下，跑进树林子里。但树林里也一样。草木低垂着头，微风不动，连鸟声也没有。空气在那儿燃烧。

童话中说，森林的仙女把她的魔杖一挥，天、地、草、木，一切生物都沉沉睡去，这苦闷的沉寂，使人联想到这个童话。当万物都显着死寂的辰光，只有昆虫还在活动。在漏进叶缝的光线中，蜜蜂嗡嗡飞鸣。仔细留心草叶浓荫处，小毛虫正忙忙碌碌地在动。昆虫好像反而爱好这种炎暑的天气。

终于，在山毛榉树的树荫里，找到一块适当的场所，懒懒地躺下，把手臂当作枕头，一会儿就睡着了。

不知道睡了多久，颈项里忽然一阵刺痛，惊醒过来，拿手一摸，摸着了一只蚂蚁。

“混账东西！原来是你！”

正在想，忽然小腿边又是一下。

“好家伙……”

立刻，胸口头又是一下。这，这怎么行！全个身子，背上、肚子上，到处都刺痛起来了。

“啊哟，王八蛋，这么凶！”

我被一种有毒的山蚁包围起来了，连忙把上衣、裤子脱光，精赤身体，翻过衣服使劲地抖。

蚂蚁大概已抖得一只也不剩，可是身上被咬起的块当然不肯立刻好，这种蚂蚁跟疟蚊一样，一定有一种很厉害的毒汁。我的身上愈来愈痒，愈搔愈难受。最后搔得隐隐作痛起来，还是不能不搔。手指头上染红了搔破的血。

假使读者见过羊群在旷野中遇到一阵急雨，雨过之后，被大群的苍蝇包围起来的情状，就会知道我是痒得多么的难受。——羊在雨后被群蝇袭击，实在是了不起的光景。它们来回奔窜，翻在地上乱滚，冲进刺林蓬里，简直跟发了疯一般。我的痛苦也正是这样。我想离开这闷热的树林，也许可以痒得好些。哪知路的两旁，奔了好半晌，到处都是密不通风的树林，简直是无穷无尽的样子。

道路渐渐高起来，到一个小坡上，看见前面的低地中，有一条小小的溪流穿过疏落的树林，我连忙翻过了，跑到溪流旁边。水是这样的澄澈——我再也耐不住了，把衣服鞋子在溪边一抛，跳身到清流中了。

这是诺曼地一带随处可见的碧泉，潺潺的上游处有一个小小的石碓子磨坊，听见咕咚、吱吱、咕咚、吱吱的水轮的声音。溪流两边长着细细的长草，低垂水中，顺流微荡。

水色澄明，可以看见底下黄黄的沙粒和长着青苔的石块，两岸泥塴上，有榛树和圆叶柳的行列，遮住了阳光。浓荫中有虫儿嗡嗡的声音。在水面的睡莲、长足水芹的叶子间，和双鸾菊、菖蒲花、白绣球花之间，有长着薄纱似的翅膀的蜻蜓和青蝇飞舞。

听到我跳进水里的水声，停在圆叶柳树梢上的一群斑鸠，陡地飞了起来，随后又飞到岸上，嚯嚯地叫着，把头浸在水里，抖抖羽毛，把水抖散了。相去不远的水上，一只胆怯的翠鸟躬着背飞来飞去，去的时候，快得像一颗子弹，闪耀着翠色的羽毛，飞过从树叶漏进的光线中。

冰凉的水，叫人浑身舒服，假若没有听见那重浊的呵斥声，我真不想从水里爬起来了。这声音，正是从我放衣服的地方发出来的。

“呔，这坏蛋！叫你们不许在这儿游水——又跳到水里来了！好吧，这一下再不容情了。我把你的衣服拿走，你要衣服到派出所来拿，浑蛋东西！”

啊哟！要衣服到派出所去拿！——衣服正在对岸的泥塴上，我恰巧已游到另一边岸的近处。

骇然回过头去，只见一个矮胖子，扬着拳头站在泥塴上。他穿着灰色的制服，胸口一块黄徽章，发着黄金似的光耀。原来是派出所的警察。

那警察真的把衣服团成一起，挟在腋下了。

我不禁哭声地叫：

“老伯伯！我不知道呀。”

“你不知道呀。你不知道！说谎——我也不知道。好吧，你要衣服到所里来，不要，就留在水里。”

我想急忙跑出水来，跑到警察跟前，向他哀求。但我是赤条条的，而对方又是警察，佩着刀，挂着徽章，任他高兴，可以随便把人送进看守所。要是知道我不是本地人，那怎么办呢？他们一定当我“形迹可疑”。我就不敢跳出去，重新在水里叫喊：

“求求你，老伯伯，我实在不知道。我没有衣服怎么办呢？”

“没有衣服当然难办，好吧，有话到所里说去。”

警察说着，又扬一扬拳头，挟着衣服走掉了。

我完全昏茫了，也忘记了自己是浮在水里，几乎淹下去了。连忙留神，回到原来的岸上，泥塴上的衣服已经空空如也。虽然是夏季时候，精赤着身子到底是不好走路的。

我躲在岸上的芦蓬里，为了不要被过路人发现自己的裸体，便把身子藏了起来。

“以后怎么办呢——”

这一副情状，绝不能跑到派出所去。况且我不知道派出所在哪儿。大概是在村里，我身上是一丝也不挂。一个陌生的孩子，在陌生的村庄里，精赤条条地走着，这会引起怎样的风潮呢？

我终究变成鲁滨孙了。事到临头，就没有书中那样的出奇制胜了。

自从离了陶尔的伯父家，也吃过不少的苦头，我可还没遇到过这样噩运、这样倒霉的情形。这一回，我真正是山穷水尽了。我再没有勇气站起身来，除了当一个真正光蛋的叫花以外，再也没有别的道路。不，我简直能不能当叫花也不可知，说不定就这样赤着身体饿死在这儿。我不想再站起，不想再走路，一切听天由命。我什么也不知道了，我死就是了——我独自低低地啜泣起来。

这样地哭泣了好半晌。这期间，赤裸的身子上不知不觉地受着日暮的凉意。阳光已经倾斜下去了，身子索索地发抖。不过溪流对岸的岗陵上，还留着一点儿残阳的余光。

“到那边去。也许在温热的沙地上，可以把身体温暖一下——”虽然心里这么想，可是这不得不再下一次水——一想到下水，不觉身体又发抖。

晚凉愈来愈厉害，我冷得跟透入骨髓一般，牙齿打战，手足紧搂，把身子缩作一团，索索地抖。这时忽然想：

“现在再不赶快到对岸去，那一点儿阳光，马上就会没有了——”

“要晒一下温暖的阳光，现在正是时候！”

这么一想，刚才发着寒战伸不开来的身子，突然振作起来。

“好，就在这一会儿，提起精神来！我是卡必里家的子孙，罗曼·卡必里呀！把精神提起来！”

下定决心，便又向寒冷清澈的溪流里跳了进去，不料那水中却意外的温暖。我终于舒舒服服地游到对岸。

溪岸离水面不远，好像一条结实的绳梯，我很容易地爬上去了。

在干燥的沙土上，晒了一会儿阳光，渐渐恢复了人气。人气一恢复，立刻觉到肚子正在剧烈的饥饿。肚子不管怎样饿，还是一无办法。那几毛银毫，早已跟衣服一起被拿到派出所里去了。

太阳只是斜过去，我再也想不出一条妙计，来脱出眼前的急难。离岸不远，好像就是公路，不时地听到车子走过的轮声。但是即使邻近大道，也不能对我有什么帮助。

“只要有衣服，万事都有办法了——”在我的周围有的只是树叶、草叶，和干的稻柴。我大概只好跟野人一样，用草木的叶子做衣服穿了。可是：

“我到底要怎么样才好呢？”

太阳下山了，夜一会儿就要到来。到了晚上，我是不是仍能跟从前一般钻在干草堆里望着美丽的星空露宿呢。在这小小的沙地上，精赤着身体度漫漫的长夜，这怎么能行呢？毫无办法，茫然地凝视着小溪流水。好像可怕的黑夜就躲在这溪水之下，不禁毛骨悚然了。

二

大概日暮前一小时光景，公路上忽然发出隆隆大车声响，好像接连着有好几辆的样子。渐渐地，走近我所蹲的沙地，轮声突然停下来。我这地方是望不见公路的。但链声、蹄声、解开马车的声音，是听得很清楚的。后来又听到一种既非马嘶，也不是驴鸣，而是我从来没有听到过的重浊有力的吼声，和隆隆的震动声。草丛中的鸟儿吱吱地叫着惊飞起来，硕大的田鼠不知打哪儿逃来，在我的脚边跌了一个筋斗。我骇然向脚下一望，原来我不知不觉地掩住了田鼠的洞。

“究竟公路上发生了什么事呢？”

我屏息静听岸外的声音，一会儿听见我头边的岗陵上有人窸窣地走过，立刻又听到谈话的声音。

“我弄了一只鸡来了。”

“怎么弄来的？”

“在马鞭头上缚一块小石，跟钓鱼一般钓来的。”

“钓来的?”

“这个很便当，打车子上把马鞭呼的一下抽下去，卷住了路边的鸡颈子，它就一声不响，惊吵的只是另外的鸡，你明白吗?”

“哦！好厉害！那得好好儿烧着吃呀。”

“对啦，叫喀勃寥见到了，他马上会抢走的。”

“那我们就只好吃一点儿鸡骨头。”

听了这话，觉得这些人，大概不是什么好家伙。可是我心里一跳，转了一个大胆的念头。

“如果对付好人，我当然不能这样做，试试看吧!”

想着，就爬上岗陵，从茅草中探出头去，向那两个人窥探。一看那讲话的并不是大人，只是跟我差不多年纪的孩子，却有一副古怪的大人嗓子，使我起先误认是品行不端的大人。知道是孩子，我的胆就大了，伸起身子喊道：

“喂，朋友！请你帮一下忙——”

两个孩子回过头来，似乎不知道声从何来，向周围张望了一周。我把茅草拨开来，把头伸得更出些，让他们可以见到。

“啊哟！一个脑袋!”

两个孩子大骇一跳，好像见了什么恐怖的东西，站起来预备逃走。

“淹死鬼!”

“瞎说，刚刚不是说话——”

“你没看见那么湿的头发，还有脸色简直跟淹死的一般。”

“不要胡说！死人是不会开口的。”

这时候，公路那边发出重浊的叫声。

“小浑蛋，揍死你们！又在这儿偷懒了——”

抬眼望去，公路上停着三辆漆成黄色、红色的巨型厢式马车，这是走江湖的马戏班子。

“喂，喀勃寥，你来看，喀勃寥，快点儿快点儿——”

两个孩子叫了。

“什么事大惊小怪的！”

“野人，你来看，这儿有一个野人，不说谎的！”

那个叫喀勃寥的大汉，大踏步穿过草地，走上岗陵来。

“在哪儿？你们说的那个野人？——”

“那边，茅草蓬里——”

把茅草拨开，发现了蜷屈一团、赤条条的我。三个人都大声哗笑起来。

“这野人，说的是哪一种言语！”

两个孩子被喀勃寥质问时，迟疑着不敢则声。我便提起神来回答他道：“法国话，老叔！我是道地的诺曼地种。”——于是我告诉他们警察拿去了我的衣服的事，三个人听得有趣极了，捧着肚子狂笑。

“喂，拉皮里，你到车上拿套衣服来给他。”两分钟之后，拉皮里捧了一套衣服来。

“好，把衣服穿好了，一道去见我们的老板。”

打扮完毕，三个人带我到最前头的一辆车上。

巨型厢车的后尾上，放有白漆的大梯，好像普通房屋的大门。走进门内，首先望见一只炉子，文火上烧着一只锅子，发出一股香味。我的喉咙就痒痒得难受。

上面坐着一个枯瘦的满脸皱纹的矮汉，他旁边是一个分外肥胖的老板娘，瞪着大眼紧瞅着我。

“多讨厌的眼睛！”我想。

在这儿，我又不得不说一遍经过的情形。这班人听了别人的灾难，却无缘无故地笑起来。笑够了之后说：“嗯，你要到杜佛去当水手，就是这么回事吗？”那枯瘦的老头儿说了，这是江湖班的老板。

“是的。”

“那么，我这套衣服，你总不能白白拿的，你怎样偿还我呢？”

我一下子答不上来，迟疑了一会儿，才决心地说：“老伯伯，假使你肯雇我，我会做工……”

“嗯，你会做什么工？你能不能这样子，把肩头和胳膊的骨节脱出来给我看看？——”

“骨节脱出来——我不会。”

“那么，会不会吞剑？”

“吞剑！这，这，我——”

“那么，喇叭、号筒、大鼓，无论哪一种乐器，你会不会使？”

“呃，我一件也不会。”

“嘘，那你到底有什么本领？你真是一个没用的小厮——”

这时候，那肥胖的老板娘把我上上下下地打量着说：“我们收留了一个废物啦，你看，他身上一点儿特别的地方也没有，只是一个普通的发育完整的身体。哼！他还想在我们马戏班做什么工呢！”老板娘耸着肩侧着身子表示瞧不起我的样子。我觉得脸红了。如果我有三条腿、两颗脑袋，那倒好啦！——可是恰巧，我正如老板娘所说，是两只手、两条腿、一颗脑袋、一个极普通的身子。

“那么，孩子，看看马——看看马总会的吧！”瘦小的老板说。

“哎，老伯伯，看马，我可以干的。”

“哦，那就干干看。从今天起，你被著名的辣波拉伯爵马戏班雇用了。我敢说一句大话，我这儿的动物都是呱呱叫的，而且比这更出名的，是狄列德的本领。狄列德是我的女儿，她跟仙女一般美，能够玩弄猛兽。说到辣波拉伯爵马戏班，那是到处都知名的，所以你得好好干。好吧，喀勃寥，你把要干的活儿告诉他。离天黑还有一个钟头光景，带他去学习学习吧。”

因为处在山穷水尽的境地，我不能对自己的工作表示什么意见。跟这班讨厌的家伙一起生活下去，当然并非愉快的事情，可是在这场合，也只好低头道谢了。

三

终于，我就算一个江湖班的伙计，参加了游码头的马戏班。但是老实说，实在还够不上称作伙计，我在这班里所干的活儿，不过是扫扫马粪。在辣波拉伯爵马戏班中，除了当马夫，再没有我能做的事。

也许说出来，谁也不会相信，这班上的老板辣波拉，却是一位真正的伯爵，保有正式的贵族头衔。遇到需要的时候，他便高兴地拿出来给人家看。在警察局县衙门之类，因为这伯爵的头衔，给他不少的便利。

辣波拉从华胄的伯爵堕落为这江湖班的头目，据说是因为年轻的时候，持身不正、行为荒唐的结果。他自暴自弃地把所有的家财像泼水似的花光，终于弄得潦倒穷途。那时候，跟现在这位肥胖的老板娘结了婚。

“讲起从前也不能说是谁不好，大家都是荒唐过来的锈铜烂铁……”有一次，老板用了这开场白，很得意地谈到了自己的过去。

这肥胖的老板娘，那时候，在欧洲任何大城市的剧场中，说起馥德·宝狄莱思，是无人不知的大明星。她是奥佛纽省人氏，年轻时代，以举世无双的绝技，压倒了当时的同辈。

那时，老板娘是女大力士，在一张油画上绘着她身穿红衣，一条穿白袜的大腿独立在台几上。另一张绘她年轻时候，身穿青缎紧身衣，手执长剑，与一个比她瘦些的骑兵队长比武。下面用金字写着——献给剑客。

这女大力士的武技正中时好，卖座力很大，薪金也多。已经潦倒了的辣波拉伯爵，据说对女大力士的名望大有帮助。那时，伯爵是杂耍场门口的叫场人，这种叫场的口才是不大容易的，他要凭着一张嘴，把看客叫进来。辣波拉的口才，在同行中也算一等一。每次他站在场子门前的叫场台上，鼓动生花妙舌的时候，杂耍场的看客便立刻满座。

这位鼎鼎大名的女大力士跟一等一的叫场人联合起来，扯起了独立的旗帜，便组成了辣波拉伯爵杂耍班，挣了不少钱，购办了野兽之类，便成为辣波拉伯爵马戏班。这班子又投合了时好，几年工夫，就扩大成盛大的一团，跟著名的“犹该”马戏班、“马西略”马戏班齐名，在各城市演艺。

可是使辣波拉成功的优势，也成为辣波拉失败的祸根，因为他有了钱，爱吃爱喝的老脾气又发作了。连顶好的野兽，都不给好好喂食，大半病的病，死的死，要不然就是卖给别的马戏班。

我被这班里收留的时候，班里已只剩一只狮子、两头狗熊、一条蟒蛇，跟一匹聪明的“学者马”。这马儿在白天的时候，还得跟其他两匹劣马一起拉车子。一到晚上——便把它当作“动物中最像人的动物”。

晚餐时候，我跟辣波拉班上的人做见面礼。首先是小丑喀勃寥和发现我的两个孩子拉皮里跟斐拉思。接着是两个德国乐师，一个吹小喇叭的叫海尔曼，一个打洋鼓的叫卡洛士，最后是有名的红星，玩狮少女狄列德——狄列德还只有十二岁，身材苗条纤弱，长着一对碧色大眼。

我还是新来的，又没有一点儿技艺，只是一个看看动物的小厮，总算也成了班上的人，准许与各位明星同席吃饭。

代替餐台，上面放着各色食具的，是一口白漆的长型大木箱，这木箱安放在马车的正中，把盖子打开，里面藏放班上的服装；盖上盖子就变成餐台，安放杯盘。餐毕就在上面铺上被服，便是红星狄列德的寝床。在这三用大箱的两旁，放着几口细长的木箱，那便是班上人的坐凳。

虽然是这么简陋的情形，可是厢式马车的头等舱，还是使人觉得舒服的。巴黎的住宅房子里，这么大的餐室，大概也不会很多。进口处，对阳台开两扇推门；车室两旁各有一排窗子，挂着红的窗帘，可以望见路边的行道树和碧绿的草原。

吃饭的时候，我又不得不谈一次自己的经历，不过我对于自己的家乡、母亲的名字以及西门伯父的名字，都不说真话。后来讲到保卫团的事情，与那位可爱的画家分手，最后讲到今天傍晚警察拿走我的衣服。

默默静听的狄列德，轻轻地喟叹着说："你真傻呀——"她好似对我发生了兴味，仔细地注视着我。两个德国乐师晃着脑袋惨然地微笑。虽然嘴里没有说，大概对于我这有勇无谋的孩子气，有点儿暗暗佩服。但是其他的人，只是跟野人一般，咯咯狂笑。

吃过夜饭，外边已经阴暗起来，天空还有一点儿余光。辣波拉老板说了：

“孩子们，到外边去，趁天色没有暗尽，练习练习柔术，咱们这行业，千万不能荒塌了身体。”老板坐在车后的木级上，狄列德把烟斗燃好了火拿给他。

斐拉思跟拉皮里扛出一口小木箱，放在路边草地上。先由斐拉思脱光上衣，解下裤子，把两手两脚坦然地伸开。接着，把脑袋向前后左右使劲乱抛，好似抛掉了不要一般。然后打开木箱的盖子，跨进两脚，立刻全身都藏进去，不见了。

“啊，怎么回事？——”

这是难怪我会吃惊的。斐拉思是一个十二三岁的孩子，这木箱很小，至多藏得一个三岁的婴儿。

其次，挨到拉皮里。拉皮里拼命地摇手脚，晃脑袋，向木箱钻进去，可是藏不了全个身子。坐在木级上看着的老板，提起身旁的鞭子，嗖的一声抽着拉皮里的背脊：“你又吃得太多了，打明天开始，我要规定你的饭量。”说过了，回头对我说：

“好，这回，是你了。”我骇了一跳，不觉倒退了几步；我害怕一不小心，那鞭子便会抽过来。

“叫、叫我藏在这个木箱里吗？”

“不，你还没有这种本领，随便什么，显显你的本领。对啦，你跳过那条沟子！”

那沟子很阔也很深，我一跳就跳到比沟子还远那么一米突光景。

“嗯，很不错，孩子，咱们要教你学三上吊。”辣波拉表示很满意的样子。

第一辆厢车是老板夫妇跟狄列德住的。第二辆装着动物，我们睡在第三辆车上。这是班员的卧室，还有各种小道具的仓房。不过我没有特备的卧床，就在车板上铺了稻草，睡在上面，比之向来的露宿，也许多少是好一点儿。

但这晚上我总是睡不着。熄灯之后，内外同样的漆黑，夜深人静，听见吊在车后的马匹不时地踏着蹄子，大概是拉着缰绳伸着颈子想吃路边的草。装动物的马车上，时时听到狮子粗大的呼吸。在炎暑的夏夜，静寂的沉默之中，狮子大概记起了蛮荒的非洲之夜。也听见它重重地挥着尾巴，有力地打着自己的肚子的声音。这也许是它昔日勇气的余威，从钝拙的下意识上涌腾起来，追怀着蛮荒的自由生涯吧。

我忽然想到今日的自身了。狮子是关在牢固的铁笼里，而我是自由的，要走就可以走。

“对啦，倒不如趁现在就逃走，继续赶路到杜佛去——”心里这样想着。但是我要走，必须把辣波拉给我的这套衣服穿着走。“那么，我不是卷逃吗?”我不愿意担一个卷逃的恶名。“我总得履行自己的承诺，暂时在这班子里干活——”

想想这，又想想那，我毕竟还是一个小孩子，又因为白天的累乏，终于深深地睡着了。

天亮了，在凉爽的夏晨的明光中，我又继续昨夜的念头，这儿的老板，似乎并不像陶尔城伯父那样凶恶，只要我多干些活，能够补偿老板的情分，以后我的身体就自由了。总之我决定到那一天为止，一边在这马戏班里干一个时期，一边也跟他们游江湖。

四

这天早上，马戏班的车子，向海岸地带出发。葛卜莱城有一个大市集，我们在那里搭起了篷帐。

辣波拉老板的口才，我就在这地方第一次听到；狄列德走进狮笼，也是在这葛卜莱城的表演中，我张大了惊异的眼第一次看到。

从箱子里拿出鲜丽的服装，狄列德穿上浑身裹紧的贴肉衫，外边披上绣金的银色外褂。头上戴上蔷薇的花冠。小朋友斐拉思和拉皮里全身红衣，打扮成红色的小魔鬼；两个德国乐师穿的是波兰枪骑兵的制服。帽上的须子，飘拂着眼睛。

但是可怜的我，却是一个黑炭；头面手脚都涂成漆黑，只有一对眼睛炯炯发光。就算是——跟狮子一起买来的非洲的黑奴，所以我不能说一句法国话，人家无论问我什么话，我都不能作声，只默默地露出白的牙齿痴痴地笑。我扮成了这样的黑炭，就是我的母亲，也不会再认得了。辣波拉把我这样打扮，是因为恐怕大群的观众中，有认得我的同乡人。

大家打扮完毕，全班人马站在帐幕之前，两小时中，一刻不息地打鼓吹号，把耳朵都刺聋了。

先由小丑喀勃寥打虎跳、溜地滚，大吵大闹了一顿，然后美丽的狄列德，手携着红色小魔鬼拉皮里，和着吵扰的乐声，作一次跳舞。之后，身穿陆军上将服装的辣波拉，口含着雪茄，慢吞吞地走上叫场台。这时候，被一场刮耳的喧闹声所诱引，帐幕面前已经拥满了大群观众，挤得连身子也转不过来。

诺曼地人逢时逢节一定戴上的白头巾，像大浪奔腾一般，泛滥在我的眼前，而且几百对观众的眼都望着我，我差不多头都昏了。

辣波拉陆军上将慢吞吞地举起一手，把下颏一抬打了一个什么暗号。吵闹的乐声忽然停止。之后，上将弯下腰来，把燃着的雪茄交给台下的我。

“我说话的当儿，你把这个拿着。”我正在昏头昏脑地站着，茫然地望着上将，突然屁股挨了一下腿子。“呸，畜生！你这黑炭头，简直什么也不懂！”

喀勃寥在我耳边喝叫了。我骇了一跳，回头望小丑喀勃寥。他便说道：“喂，小黑炭，大老爷把这么好的雪茄送给你，你不懂吗？瞧瞧你，这张脸，张开大嘴——多难看呀——”说着，在我鼻尖上啪地弹了一下指头，观众们都拍手大笑了。

我不知道怎么一回事，有什么好笑。我从来没把雪茄烟上过嘴。甚至还不知道烟是吸的还是吹的。我乱眨着眼睛，忘记了“禁止开口”，正要向喀勃寥问：“烟是吸的还是吹的？”可是喀勃寥一手揿住我的下颏，一手拉起我的鼻子，不管三七二十一，扯开我的嘴巴。上将辣波拉立刻把雪茄塞了进来。我这苦脸大概显得更可笑了，乡下来的观众马上捧着肚子大笑。

辣波拉将军右手高高举起翎毛的军帽，镇住了群众的笑声，左手向前面伸出了。

“好呀，诸位先生，兄弟就是你们一向认识的辣波拉——哦？是辣波拉吗？——这问：这个穿着陆军上将礼服的家伙——对啦，就是这个家伙，就是鄙人。那么，也许有人会问：这个一向有名的辣波拉，干吗要弄这一套奇怪的服装呢？——这不过是要博得诸位先生的欢心。因为诸位先生，假使是单独一个人的时候，每个人都是规规矩矩的正派人物，可是这样的人大伙儿聚在一块，那简直都是坏蛋，吵闹得不得了。”

观众们立刻现出不高兴的神气，到处发出生气的咕噜。

可是辣波拉满不在乎，很自信地做着得意的神气，慢吞吞地从我嘴里拿去雪茄，悠然地吸了几口，然后再塞进我的嘴里。我闷得慌，刚才那浓烈的烟气，已经把我熏醉，胸头泛腾腾，想呕吐。这时候，辣波拉说了些什么，我简直失了神志，好像辣波拉老板弯着腰，正对一个生气咕噜的观众在说着什么，零零落落地听到。

“对啦，您干吗要生气呢？这个我知道，因为您，正是一位完全正派的人物。心地正直的人，被人家说了坏话，当然是要生气的。因为他是完全正派的人物。可是大家瞧瞧，每个人都是正派的人。不过大伙儿聚在一块，对啦，不管是谁，为一点点事就大吵大闹，都变成坏蛋了——就是这个缘故。”

这当儿，那些生气咕噜的观众，又拍手大笑了。一定辣波拉又说了什么漂亮的俏皮话。

等到静下来，辣波拉又说下去道：

“所以，要是鄙人没有这套陆军上将的奇怪的打扮，诸位先生在这儿，一定这么样瞪着一对大眼珠，张开着大口，一定连瞧也不瞧我一眼，哈哈！一定当作这儿有一只瘦皮猴，立刻跑开去了。”

观众又咯咯地笑了。

“可是鄙人对于大众心理，是颇有研究的。鄙人很明白，不管做什么事，要是抓不住这大众的心理，终究是不行的。所以鄙人现在要对诸位先生说的，就是这几句话。首先，在诸位先生面前，这两位是有名的德国乐师，本马戏班特地从远道聘请来的。其次要介绍的，想诸位先生大概都已经认识，那便是柔术神童斐拉思和拉皮里两位少年。再要介绍的，是一时无两的小丑，大名鼎鼎的喀勃寥。

说到他的本领，用不到我说，诸位刚才已经亲眼见到。那么，另外还有些什么呢？出神还是出怪？花容月貌的仙女不凡，赤道非洲的猛狮，其余也不必多说，还是诸位先生自己鉴赏鉴赏。我这个叫场叫得太累赘，反而叫诸位听得不痛快，就在这儿打住。喂，伙计们，准备了没有，快些开场吧——”

辣波拉的叫场白，依照各地观客的情形有种种随机应变的地方，大体的纲领，却都是相同的。

走了几个市镇乡村，听了许多次，我差不多完全背得出了。许多应该记住的总不大容易记，偏偏这种无聊话，一记就记住，真是要不得的事情。

但这一天，因为是生平第一次，被烟气熏得胸口作恶，听着什么都茫然，后来走进帐幕的时候，简直跟做梦一样，我不知道自己在干什么，只是听人牵引着，跟木偶一般的活动。

我的面前是狮子的笼。狄列德打扮得跟公主一样华丽，一手执鞭，一手举起来，向满座的观众飞了一个见面礼的吻，就向笼前走来。

狮子把大脑袋伏在前腿上，好似正在瞌睡，突然啪的一声，鞭子打在我脚边的地板上，我骇了一跳，抬眼望狄列德。

“把笼门打开来！”像公主对奴隶似的，狄列德向我发令。

我把门打开，立刻跨进狮笼去。狮子一动不动。狄列德便退后几步，举起鞭子来向狮子肩上呼地抽了一下。狮子猛然抬起头来，呜哗地发出震动地面的吼声，站起两条后腿来。

我骇得闭住眼睛——双腿完全失了劲。本来被雪茄烟熏得已经有点儿昏醉，胸口难过，有点儿虚飘飘了，再加这当儿，突然被生平第一次听到的猛兽的咆哮所惊，说出来真有点儿难为情，终于昏过去跌倒地上了。

这偶然的事件，却被辣波拉老板巧妙地利用了。后来我听人说，当时老板马上走到观众面前说："诸位，您们看看，这狮子多么厉害，只吼叫了一声，就把那个小黑炭骇昏了。"

其实我是被烟气醉倒的，观众和班上的人都以为我是骇昏的。特别是那些乡下看客，相信我真是非洲的小黑炭。连小黑炭都给骇昏了！可见这狮子真是多么的凶狠！于是，拍手和喝彩的声音天崩地裂地爆发起来，几乎要把这小小的帐幕炸破。

我本人被喀勃寥抱着，搬到帐幕的后房去，直到散场为止，就在深黑的马棚里，跟草束一般地丢着。身子一动不能动，浑身寒噤，头隐隐作痛。

不知几个钟头——经过了一段很久的时间，虽然有人在我身边匆匆地走过，却没有一人问我一声，也没有一个用手摸摸我额上的热度。帐幕那边，时时传来观众的拍手声、笑声，夹杂着狮子和狗熊的吼叫。

渐渐地，夜已深了，听见观众的脚声乱纷纷地向外涌出去。过了一会儿，一切都静寂了。又过了不多一会儿，我觉得有人用手摸我的额顶，微微睁开眼睛来看，是狄列德，她拿一只杯子送到我的嘴边。

"喝吧，这是糖汤，你喝了可以好一点儿。你真傻，你以为我会被狮子吃掉吗？"

"嗯，不过，我本来已经不大舒服了。"

"反正是一样的。不过，你是一个好孩子。"

在班上听到这样亲切的话，这还是第一次。我想，我在这儿也不孤独了，心里觉得高兴。斐拉思跟拉皮里两个，总是弄一些恶作剧，作弄一切都没习惯的我。

"但是，我已经有朋友了。狄列德一定会变成我的好朋友。"我心里这样想。

第二天早上，全班人马一起围坐早餐的时候，我想为昨夜的事向狄列德道谢。但她不等我开口，马上把身子背着我，瞧也不瞧。我想，不道谢也不是道理，便试探着叫道：

"狄列德——"她不但不答应，而且连头也不回一下，我便没有再开口的勇气。斐拉思跟拉皮里不知道事情的原委，恶意地瞅着我笑。

"我依然是孤独的——"我这就打断了在班中交友的心思。

从此以后，每天过着无味的生活。

白天料理马匹，扫除兽笼；晚上，照例当小黑炭。这样的一套破烂的衣服，总算是我自己的了。但几乎每天都是一样，没有一天不过挨踢挨打的日子。然而虽然这样，还不得不咬着牙齿忍受。在这班上的生活，我愈来愈感到厌恶了。

"是的，我必须到杜佛去！"

如果母亲看见我现在这副情形，看见我在马戏班上当小黑炭——可怜的妈妈呀！我逃出了陶尔城伯父的家，把母亲孤零零地丢在保尔地那寂寞的老家中，并不是为了要料理马匹当小黑炭的啊。

我决定逃出这个马戏班。

夏天早经过去，入秋渐渐深了。晚上很凉，常常下雨。

到了寒冷的时节，我即使打马戏班逃了出去，也不能再度过去那种露宿的生活。我得赶快才行。而且这班子马上要离开葛卜莱城，几天之后准备出发到下一个开演地洛亚尔方面去，这个更使我焦急。因为一到洛亚尔，离开目的地杜佛就更加远了。

但是，明明知道一点儿没有准备，冒冒失失地逃出去，第一天就得受罪。我便先准备粮食，每次吃饭的时候，尽量把面包节省下来。此外每天工作余暇，用一双旧长筒靴的皮子，改造一双皮鞋，说是皮鞋，其实只是缝线凹凸的皮袋，但比之赤脚走路，总要好一点儿。我的计划完成了。

几天之后，马戏班要出发了。到那时，我的皮鞋可以做好。我决定在出发前夜离开他们。

正是这出发的前一天，我在马棚里，把那皮鞋拿出来，结上带子的时候，好像有人来了——抬头一望，只见狄列德站在门口，我连忙把那双怪皮鞋藏在身后。

“这是什么?”

“嗯嗯，没有什么。”

“你想逃走吗?”狄列德压低嗓子说。我骇得站起身来。

“我，我不知道，我不知道，这，这——”

“不——”狄列德轻轻摇头，拦住了我的说话，“不，我已经知道了。一礼拜之前，我已经看出你在做什么。你在那口麦箱里藏了面包，我早已见到。可是你不用慌，我不会对别人说的，而且——而且——我，我也想逃!”

“狄列德！你？——你干吗？狄列德，你不是有爸爸和妈妈在这儿吗？干吗要丢了他们逃跑呢？——”

“不！——”狄列德低而有力地说，“不，他们不是我的父母，我并不是他们的真女儿！不过，这话以后再说，这儿也许被人家听到——等会儿，你到那堡子的树林里去等着，我一定来！——你是一个好孩子，你一定会帮助我的吧？我，我也可以帮助你——好，等会儿再见吧。”

10. 流浪少女

一

我依照约定，在一所墙塌壁倒的寂寞的堡子里，踱来踱去地等了两个多钟头，狄列德还是不见到来。

“她一定让我上当了。——”正在这担心的时候，只见狄列德已远远跑来。

“快点儿躲起来啊，就在那边，那边榆树下好啦。假使被人家见到我们两个一起谈话，他们立刻就会猜到的。”

我们并坐在树林茂荫中一株砍倒的腐木上。

“狄列德，我不懂你的意思，你在这儿不是顶幸福的？你干吗要逃走呢？”

“你还不知道我的身世，要是知道了，你就可以明白我干吗要逃走。”

我们两个是差不多年纪的孩子，可是狄列德对我说话，就跟一个大人对孩子一般，口气很老。我可有点儿不明白，为什么这样神气活现的一位姑娘，反而来求我的帮助？看她那么求我帮助她逃走，可见我毕竟是卡必里家的子孙。而且狄列德既然发觉了我要逃的秘密，我也没可奈何。我就听她坦白地告诉我：

“辣波拉并不是我的亲生父亲。”

“哦，那么，你自己的父亲呢？”

“你不要作声——父亲，自己的父亲，我不知道，当我还很小，吃母亲奶的时候，他已经死了。”

“哦——那么，那大块头老板娘，也不是你的亲生母亲吗？”

“不是！你听着不要作声——我的母亲在巴黎，开一家小杂货铺。可是我记不起母亲的名字，我也不知道母亲住的那条街叫什么街，我只记得有一个很大的小菜场，就在我家的近边。我的母亲有一对碧绿的大眼睛，个儿很高，而且是一位很美的少妇。我所记得的母亲，就只有这一点儿。此外我还有一位小哥，叫作尤琴。母亲对我们兄妹两个很好！常常抱我们，对我们很和气，从来没有打过一次。”

狄列德说到这儿，含泪不语了。于是我也想起我可怜的母亲，心里伤心起来。

“狄列德，我的母亲也是很和气的。”

“是吗——”

“嗯，她对我真好！”一刹那间两个人都不作声。我在想我的母亲。狄列德一定也想她的母亲。树林中静寂寂的，听见鸟儿的啼声。

“——我们屋子面前，每天早上有许多赶市的大车。卷心菜、胡萝卜，种种蔬菜，差不多满街都是。我常常站在自己铺子门口看热闹——我家对面有一所很高的教堂，亮晶晶的金字，在朝阳中闪闪发光，我记得很清楚。此外，这教堂屋顶的后面，可以望见一座塔，那塔的顶上，有两个黑的旗杆，跟两条高举的胳膊一般，整天在那儿摇摇摆摆地动。去年我把这件事情对马松马戏班一个当小丑的人说过，他是从巴黎来的，他说那教堂大概是圣惠斯脱教堂，两个黑旗杆就是电报台。”

“哦，那你为什么变成辣波拉老板的女儿?”

“现在我就要说这话——我母亲是开小杂货铺的，她一天到晚坐在店堂里，不大带我们兄妹两个往外边去，所以我跟哥哥到外边去散步的时候，总是一个女仆带我们去的。有一天，天气很热，大概是夏天，天气热，马路上都是灰尘，人也挤得很。脱伦门有香面包市，还有玩大戏法的天幕。脱伦门的‘大节场’你大概也知道吧?”

“什么叫作大节场?”

“你不知道?——赶市、赶集，伙伴们管这种事叫作‘大节场’。”

“哦，不过‘伙伴们’是什么?”

“啊哟，你这个人——连‘伙伴们’也不懂?是我们的‘同行’呀。”

“哦，同行就叫作伙伴们吗?”

“你进了班上，究竟学到了些什么?”

“是啦，我什么也没有学到。”

“傻小子，你真是——”

“我用不到学那些——还是把你的话讲下去吧!”

“后来，我跟女仆两个人，到这香面包市去玩。”

“你的哥哥呢?”

“不知为什么，哥哥没有去，一定是留在家里了。——跟女仆一起走到耍大戏法的帐幕前，人拥挤得很，我是第一次见到柔术马戏这种玩意，所以心里很想看。妈妈给我买糖果的钱，我就拿了这钱，硬要女仆带我走进一个马戏班里的天幕里，哪知就此出了祸事!”

“为什么?”

“进去的当儿，只有一口大木桶里蹲着两头海豹，从水里探出头来，一点儿也不有趣。女仆也感不到什么兴味，便和班上的一个青年谈起话来。我心里更加闷得慌，要出去了。那青年便注意地细看着我说道：

“‘小姐很乖的，真是一个好孩子，我买糖果给你吃。’

“那人便带女仆跟我走出帐幕，走到小街上一家饮食店里，一间阴暗狭窄的屋子，我什么东西也不想吃。人已经很累，天气又热。当那人跟女仆两个吃着生拌菜，很高兴地喝着葡萄酒的当儿，我已不知不觉地睡着了。醒来已经入夜了。女仆不知到哪里去了，只有那人醉醺醺地红着眼睛，老瞧着我。”

“你害怕吗?狄列德，后来呢?”

“我问女仆到哪里去了，那人便说：她到好地方去了，你要见她，我带你去。”他便带着我走出这铺子。帐幕已燃起耀眼的灯火，闹盈盈地吹着军号，街上人山人海，他在人堆中拉着我的手跟拖拉一般牵着我走。通过人堆，走到一条冷静的大街。两边有行道树，是一条笔直的路，有一些疏落的淡红窗纱内的灯光。我忽然害怕起来，想挣脱那人的手。那人说：

“‘你走不动吗?好吧，我就驮着你。’

“我不要他驮，想把手拉出来，那人两手突然把我紧紧抱起来。我骇昏了，大喊一声：‘妈——妈——’那时街上恰巧有人走过，可是那人故意说：‘你这孩子真不懂事，现在我就带你到妈妈那儿去呀!’因此街上的行人不知道我是被拐的孩子，就管自走开了。”

“狄列德，那时候你干吗不喊救呢?”

“可是，我怎么知道呢？我还很小——况且那时候，我心里虽然害怕，可是我还不知道自己是被拐了。”

“那家伙是拐子呀！”

“是啰——”

“那么，后来怎样呢？”

“又走了很长的路，走过一带高高的石墙，走过一座冷清清的大城门，门口有一个兵站岗，再走进一座黑洞洞的树林里。我害怕得要命，硬蹲在地上不肯起来，那人大声呵斥道：‘还不走吗？小鬼头，再不听话，我揍你！’

“夜，黑暗的树林，没有一个人影。我还那么小，只有五岁。母亲以外谁也不认识的女孩子，除了哭再没有别的办法。我一边哭，一边跟着那人走。不知走了多少时候，才走出了树林。望见冷清清的村舍的灯火时，我已累得精疲力尽了。树林边上，停着许多厢式大马车，走进其中的一辆车上，有一个妇人在喝酒。那人到她耳边低低说了些什么话，那妇人就仔细打量着我说：‘可是这孩子右边脸上不是有一个鲜明的标记吗？’你瞧，我这儿不是有一个伤疤吗？这儿本来是一个小小的瘰。”

我仔细一看，狄列德的右脸上，果然有一个小小的伤疤。

狄列德又接着说下去：

“那人便说：‘不，这种东西可以除去的，没有关系。老板娘，你仔细瞧瞧，很难得的宝物呢。’我在旁边不敢开口，但试着说了：‘妈妈在哪儿？’那妇人便和善地说：‘好孩子，妈妈明天早上一定来，今晚上你好好儿睡觉吧。’那人说：‘对啦，老板娘，这孩子也许肚子饿了。’‘哦，可怜！那么，吃点儿东西吧。’妇人说着，从椅子上爬下来。这当儿，我又骇了一跳。这妇人是没有脚的，两只脚都没有。”

“嗯，她怎么走路?”

“她用两只手爬，见了真叫人难过，可是她拿来了一盆豌豆倒是很鲜的，我吃得一颗也不剩。她见我吃完了豌豆，便说：‘果然，一个好孩子，这丫头，只要给吃，可以有用处的。’意思是说我可以用食物收服的。”

“那个没有脚的妇人，是一个好人吗?”

“不要作声，听着！你等会儿会明白的——后来，我吃好之后，她便说：‘啊，肚子饱了，好好儿睡吧。’便叫我睡在帷帘后边的铺着毛毯的床上。睡在马车上既觉得不惯，况且身边没有妈，又觉得冷漠。我还当母亲明天真会来的。身子实在累乏，糊里糊涂就睡着了。醒来的时候，眠床摇摇摆摆的，我当自己还在做梦，但每摇一次便听到叮当和铁链的声响。我开始觉到：‘我不是睡在妈妈的身边。’那时候，我心里又害怕起来了——窗口有淡淡的光线透进来，我爬起身来望，外边天正在放光，马车走在冷清的乡道上。远远望见辽阔的田野，有小河的流水泛着明光，我寂寞、伤心，再也耐不住了，低低地哭泣起来喊叫了：

“‘妈妈！妈妈！’

“这当儿，马车外边，听见一个陌生的粗鲁声回答道：

“‘不许闹，现在就往妈妈那边去。’

“听了这声音，我心里更怕了，更加大声地叫喊。这当儿，门打开了，走进来一个大汉，一把抓住我的手，喝道：

“‘再这么哗啦哗啦可不答应呀！’

“他的目光很凶，我想我会被他杀死了，索性尖着嗓子拼命地喊叫：‘妈妈——’那人说：‘呸，让你去闹！’把我一推就走出去了。

他们知道打我骂我都没有用。后来我想逃出马车，打算把衣服穿上，可是脱在床上的衣服，找来找去找不到，没有衣服我就没有法子了。”

“嗯，我也是这样，那时候如果有衣服，谁还高兴进这种马戏班！”

“那时候我就老坐在床上，马车隆隆地前进，走过石子路，又走过沙地，我只是望着在车窗外过去的村子和树林。直等到车子停下来，昨晚上那个没有脚的妇人又爬进来了。我问道：‘妈妈呢，妈妈在哪儿?’那妇人和善地说：‘快了，快要来了，好孩子，乖乖儿的！’我便说：‘婶子，我要起来啦。’那妇人说：‘啊！对啦，我给你去拿衣服来。’她拿来一套破旧的衣服。

“‘这不是我的衣服，我不要穿这么脏的。’

“‘哪里脏呢？好，听话点儿，你不穿这衣服，妈妈不会来的。’

“我很讨厌这破烂的衣服，恨不得把它撕烂，可是被那没脚的妇人监视着，心里真不痛快，又想到不听从她就见不到妈妈，没奈何只好把这土头土脑的破衣服穿起来。

“‘你瞧，这不是很好吗？好，你可以到外边走一走。’

“这么说，我就走到马车外边，这地方是大野的中间，一望都是青青的草场和田亩。看见刚才骂我的那个高大汉子，正在路边烧火堆，三条棒架了一个棚，上边吊着一只锅子，煮着东西。我高兴了，从早上以来，我还没有吃东西。

“‘喂！那个标记，你请早——’

“‘哦，对啦，我倒忘掉了。’

“高大汉子和没脚妇人坐在马车踏脚板上说话，我回过头去，只见两个人正注意着我。

“‘那么，你把她挟住！’‘嗯，好吧。’汉子突然把我拉过去，两条粗大的腿子夹住我的身体，又抓住我两手，身子一动也不能动。那位没脚的妇人一只手按住我的脑袋，另一只手用剪子剪去了我脸上的小瘰。血跟喷水一样涌出来，脸上、衣服上，一片都是血。我想：这一次，我一定要被他们杀死了。

“‘哇——’我喊得嗓子都要破裂地哭起来。想去咬妇人的手，可是被他们紧紧地按住，一动也不能动。他们在伤口涂上了灼热的药粉，血好像是止住了。没脚的妇人从容地说：

“‘哼！这就行了。放开吧！在这么大的野畈里，要逃也逃不了。’

“谁肯就这样逃走呢！我一边哭，一边向这没脚妇人猛扑过去，想使劲地把她打倒——这就闯了祸了。没脚妇人怒得满脸通红，抓起我的头发，把我的头按到地上。要是那个高大汉子不把我们两个扯开，我一定会被她打死了。以后一整天关在车子里，也不给东西吃。到了傍晚，那两个人才打开门来张望我，我老老实实地问道：

“‘妈妈呢？’那没脚妇人便恶森森说：‘你妈妈如此已死了。’

“我关在车子里的时候已经想过了好多，所以那时候我说：‘不，妈妈没有死，你们两个是强盗呀！’

“没脚妇人和高大汉子两人互相笑笑：

“‘听你的便罢，死了的人，一辈子不会来的了。’砰的一声，把门关上了。

“从此以后，我跟这没脚妇人在马车里共处了大概有整整一个月。他们好似收服野兽一般，就用食物来骗我上当。可是我决心反抗。肚子饿得难受的时候，我就装成老实样子，听从他们的话；等他们给我食物吃了，便任他们说，任他们打，我总是反抗。我永远不肯忘记那没脚妇人用好心骗我上当，剪去了我脸上的瘰。而且决心等报仇的机会。那没脚妇人好似知道了我的心事。有一次，我偷偷听到她对那高大汉子说：

"'你千万不要把刀子乱放，我很害怕那个孩子，说不定有一天，她会拿了刀子杀我。'

"这样跟没脚妇人过了一个月光景，我依然还是不肯服从。当这班子走到一个不知叫什么名字的城市，那是一个河流很多的城市。那时候，我就被他们卖给一个年老的瞎眼叫花子。他的眼睛其实并不瞎，只是求人哀怜，故意装作瞎子，站在桥上伸手求乞。我就算是老叫花子的孙女儿，欺骗行人，我穿着破破烂烂的衣服，赤着脚，发着哀声，向人求讨，干这事情不合我的性情。我不肯干，他就每天拿棒打我。尽管他打，我还是不愿意说谎骗人，我死也不愿意。我真是这样想过：

"'我还是寻了死吧！'

"可是在这生活中，也有一件乐事。那叫花子家里，有一条长毛大狗。每天晚上跟这狗一起睡觉，是我唯一的乐事。要是没有这一条狗，我也许忍受不住真会寻死了。每天打、骂，还是不肯服从，最后这个假瞎子叫花也厌倦了，把我卖给了走江湖唱时调的歌人。就是那些城乡路边上唱山歌的歌人。他们每唱一次歌，便向听众兜卖歌本。我的职务是把投在地上的钱拾起来。比之说谎的叫花，这个也许好一点儿。我便跟这些江湖歌人一起，走了好些国度，跑过不少码头。去过英国，也去过美国，还有寒冷的北方也去过，城市乡村长年埋在雪中，到外边去就要坐雪橇。到那个国度去，得坐一个月的轮船……"

"狄列德，这多么开心呀，你全世界都跑过了！"我糊里糊涂这么插了一句。狄列德板着脸窘住了我：

“不，没有什么好，你是不懂的。这绝没有什么好。固然，也许糊里糊涂跑遍了世界——可是很寂寞，很伤心。从一个陌生的国度走到另一个陌生的国度，这样跟歌人们一起走着，过了两个圣诞节——后来，回到法国不久，就把我卖给现在的辣波拉班上。辣波拉打算慢慢地教我学习飞空走索，但开头的时候，照例叫我料理动物。那时这班上还有三头狮子。其中一头，身子特别大，性子也特别粗暴，谁也管不了它。可是这狮子被我一收就收服了。我一向很喜欢猫狗，狮子要是弄服帖了，也就跟猫狗一样。每次我拿食物去，那可怕的狮子，就舔我的手。有一天，有一种困难的技艺，我总是学不会，被辣波拉打得很凶。他就拿那种皮鞭，你见过的呀，呼呼地抽我。我大声号哭着逃出来，被他追绝了路，逃到狮子笼前再没有路可逃了，我就被辣波拉抓住，使劲地想把紧抓着铁栅的我拉开来，他把手按住我的头颈项的当儿，狮子一直望着我们争执，突然把鬣毛一竖，呜的一声吼叫，把后足站起来。一刹那间，一条大脚爪飞上辣波拉的肩头，把他抓住了。尖利的爪子深深陷进肩头的肉里，拼命地挣扎也挣不开。不行呀！辣波拉脸色灰白，呼声求救，却没有人听见。要是那时我不大声呼喊，也许辣波拉就此完结了。班上人听到我的呼声，大家跑来，用长铁杆赶退了狮子，好容易才救出了他——这次的伤，整整地医了两个月。因这缘故，辣波拉想到叫我玩狮子。有一天，他把我叫到自己的跟前说：

“‘你跟狮子搅得很好，你试试跑进笼子里去，不要担心，它一定不会咬你。即使别的狮子要咬你，那头抓我的顶大的狮子一定也会保护你的。’

“我觉得玩狮子比飞空走索好。从那时候起，辣波拉叫起场来得意扬扬地唱：

"'我的女儿狄列德，天下闻名大红星，一条鞭子噼里啪啦，非洲猛兽服服帖帖。'

"罗曼，你说对不对？——那个家伙，那个辣波拉，他简直比野兽还没有人性！好的野兽我相信它们有一颗和善的心，比那家伙要好得多。唉！那头红毛狮子鲁乔如果还活着，多么好呢？——三头狮子中，鲁乔最勇猛，而且对我也最服从。我是在笼中把三头同时玩弄的，鲁乔蹲在旁边望着我。我狠狠地打了另外两个，那两头果真发起怒来，形势危急，我只要喊一声：

"'鲁乔！'

"鲁乔马上发出震耳的吼声，跳到我的面前，抵住另外两头，保护我。那时我装作骇绝倒地的样子，鲁乔便用舌子舔着我的脸。等到人家把笼门打开，它便咬住我的腰带，把我带到门口。那时候，我的名声大得不得了，每晚上许多客人拿了糖果和花束涌进我的屋子里来。因此，我们这个马戏班，无论到哪儿开演都生意大盛。到处称赞我的技艺。这样即使到巴黎去开演，也毫无愧色了，于是决定扩充班底到巴黎去。这时候，我真是高兴。到了巴黎，我便可以趁机会逃走，去找我的妈妈了。可是，不成功。班子正要向巴黎出发的时候，顶重要的鲁乔害起病来了。——那是冬天，不单是鲁乔，因为狮子是生在热带地方的，最怕寒冷。鲁乔害了病，只是索索地发抖，我一心地侍候它。晚上我就在笼子里跟鲁乔合一条毛毯睡觉。可是依然不行，那头强壮的鲁乔到底是死了。我从来没有那么难受过，我也变了病人一般，几乎以为自己也要死了。——班子去巴黎的计划就这样打消了，我也不得已放弃了找母亲的希望。可是，罗曼，以后这许多时候，我只消一闲下来，我总是想逃走！"

“不过狄列德，你要逃，不是任便什么时候都可以逃吗？”

“但我只有一个人，一个人怎么行呢？”

“我不是老只有一个人吗？”

“你不同，我只是一个懦弱的女孩子。”

“那么，还有斐拉思、拉皮里——”

“不行！斐拉思跟拉皮里我信不过他们——但我想你一定可以帮助我。你在这种江湖班子上，也不是可以永远忍受的孩子。呃，罗曼，你带我一起到巴黎去吧！我找到了母亲，母亲不知要多么的欢喜呢！——罗曼，你去吧？”

“不过，这不行啦！狄列德，我是要到杜佛去当水手的，到巴黎去当不了水手。”

“罗曼，你忍心抛弃一个可怜的女孩子，让她一辈子受罪吗？你这算一个顶天立地的男子汉吗？——你不想帮助一个可怜的孤苦伶仃的女孩子？——罗曼！”

狄列德紧紧握住我的手，直瞅着我的脸，大眼中满含着泪水。

见了狄列德的眼泪，我心中有点儿害羞了。

我的父亲因为救人性命而死，我亲眼看见父亲死得那么勇敢。我是罗曼·卡必里呀，我不帮助她，这孤苦的狄列德以后会变得怎样呢？

“狄列德，好的，我们一起走——不管到巴黎，不管到哪里，在你找到母亲以前，我永远陪着你！不过，狄列德，我预先声明，同我一起走，路上是很苦的，要吃没吃，要宿没宿，路上要是害了病，也许就得死在路上呢。”

狄列德的泪容中，现出晴朗的喜色：

“好的，好的。我一共有七元八毛钱，吃东西是够的了；宿处什么地方都可以。我虽然没有露宿过，但有你在一起，任便什么地方我都不怕，一定大家走吧！”

“大家走！我可以发誓。”我决定带狄列德走，到天涯海角也去。

狄列德有一种奇怪的魔力，被她那对大眼睛深深瞅住，谁也不能随便含糊回答。她那眼睛，看起来是柔善、怯懦，好像很胆小的样子，可是却有一种无所畏惧的胆力，好像有一种不懂世故的无邪的孩气，却也有一种饱经忧患的大人的样子。既有令人觉得可爱的柔和，又有令人不能含糊回答的威严。——她就是那样的脸色。

二

辣波拉班子马上要到奥列昂去了。我们就约定到那时一同逃走。

“在这以前，我在别人跟前不同你说话好吗？你人太好，千万别走漏了风声。”

我别转头去，皱了一皱眉头。

“好的，就这样吧！”

我默默地握紧狄列德的手。

11. 演技童角

一

礼拜六，集日。

节场的街道，挤满了乡下百姓。

我正要走回班中的马车上去，穿过市中心的广场，看见斐拉思和拉皮里站在江湖牙医邱克丹的马车前。邱克丹正配合着大洋鼓的声音，跟玩骰子一般，以眼不能见的速度，拔着客人的蛀牙。

江湖牙医邱克丹，整整三十年来，艰苦奋斗，专门抓拉结实而勇敢的诺曼地人的下颏，现在是到处都有名了。但那时候他年纪还轻，名气还没那么大。不过虽然年轻，拔起牙来手腕是老练的，而且他那种欢喜给人家开玩笑的脾气，在西部地方的人们之中，特别受到欢迎。牙医马车的周围拥满着看客。

拉皮里和斐拉思专喜给人恶作剧，他们玩起小手法来，比真正魔术师还厉害，现在这两个人鬼鬼祟祟地搅在一起，一定又发明了新鲜的鬼把戏，绝不会没事的。我想瞧瞧他们究竟干些什么。

不过斐拉思和拉皮里常常玩出毛病，被人家打老大耳刮子，我不愿跟他们搅在一起，便站得远远地观望。

望着望着——见他们这一天干的恶作剧，是从吸鼻烟的人的衣袋里掏摸鼻烟壶，又从不吸鼻烟的人的衣袋里掏摸手帕。拉皮里施着巧妙的手法，打别人衣袋里掏摸鼻烟壶、手帕。斐拉思从鼻烟壶里倒出鼻烟，很快地换进预先带来的咖啡渣子，然后在手帕上扑上一点儿鼻烟。

江湖牙医正一手扳开了客人的下颏，嘴里随便说着江湖诀，忙得正起劲。那位拔牙齿的客人真受罪，大大地张开了嘴巴，让大群的看客望到喉咙底，下颏酸痛得不得了。看客呢，眼巴巴地等着他拔。

“瞧呀，诸位，就是这颗牙齿，见了没有？这牙齿很危险。嘴是身体的门，门里上下两排，上十六，下十六，上下一共三十二颗，没有一颗没有用。可是只要有一颗蛀牙，就在牙根里吱吱地发作起来，蛀进骨膜里，这就不得了啦。搁着不拔，性命交关。见了没有，诸位，就是这颗牙齿！”

看客听着牙医江湖腔，和一下一下的洋鼓声，完全出了神，并不知道自己身上被人掉去了枪花。当他们跟没有生命的活傀儡一般，张着嘴痴望着的当儿，拉皮里手忙脚乱地从这个衣袋里扒走了鼻烟壶，从那个衣袋里玩着小手法扒走了手帕。

不一会儿，观众中间，东一个，西一个。“啊——丘！”“啊——丘！”地打起喷嚏来了。忙用手帕揩鼻头，制住喷嚏，不料反而打得更厉害。那些不会吸鼻烟的，嗅着了强烈的鼻烟味，难受得要命。

“啊，发作了！”抬眼看拉皮里和斐拉思时，只见两人以眼示意，拼命地忍住了笑。

同时，那些吸鼻烟的人，也不约而同瞪起了白眼，望鼻烟壶中间张望，倒出来看看：

“喂，怪了？”

做着惊怪的脸，摸摸左右的袋子。

那情形真是有趣，我明知这不是好事，不禁也想加入进去试试了。

忽然这时候——望见一个宪兵，紧盯在拉皮里后面，我连忙收住了脚。拉皮里还没有觉察，正想从一个老婆子的衣袋里去扒手帕。宪兵突然抓住拉皮里的脖颈。

“呔！小瘪三，你干什么？”

斐拉思望见拉皮里被捕，拔起脚来便想逃走，可是已经来不及了。群众喧吵了起来，立刻抓住了他的胳臂。

我正不知道要怎样才好，忽然群众中有一个：

“这家伙也是同党！”

指着我叫喊了，五六个人向我身边跑来，我骇了一跳：

“我不是，我不是——”

一边跑出人群，一溜烟逃回天幕里。

约莫过了一小时，城里的公差带来五六个警察到天幕来抄查，从天幕到马车上，到处都抄过，并没抄出什么赃物。拉皮里和斐拉思并不是真心扒窃，也没有抓什么东西。但究竟行为恶劣，虽然只不过开人家的玩笑，终于送进看守所去了。

辣波拉老板几次去求情都不答应。他愈求，法官愈加不高兴，大声恫吓了：

“老头儿，不要再纠缠了。你自称伯爵，恐怕正是一个窝家呢。对你说不行就不行，再要纠缠不清，就把你当共犯的窝家。”

那时的马戏班常被当局注目，而且班里坏蛋的确多。什么地方出了案子，要是此地恰巧到了一个马戏班，第一受猜疑的就是马戏班。

斐拉思和拉皮里在掏摸别人衣袋时当场被捕，全是一个现行犯，纵使说“无意扒窃”，可是拿不出反证。于是两人被判送进少年感化院，到成年时才可释放。

马戏班里重要的童角，一时之间少了两个，班中就感到老大的困难，另外的孩子便只有我一个。

“喂，小黑炭，老板叫你去！”

有一天，喀勃寥这样对我说，我走到老板跟前。老板要我代替斐拉思和拉皮里的职司。

“我，我不行！我出生以来，不曾脱开过骨节，那么小的箱子里，无论如何钻不进。”

“胡说！谁也没叫你钻箱子呀。”

老板说着，便抓住我的头发，使劲地回转。这是老板高兴时表示亲爱的唯一的方式。

“你可以跳高和走索。你身子很纤细，干这些玩意儿是不费事的。从明天起开始学习，好吧，用心学习。”

也不让我置一声可否，第二天便开始猛地训练。

我以马戏班童角的资格，第一次登场，是在巫兰山的集日。但我的技艺还在学习当中，并未熟练，虽然在马戏班中，那是最简单的技艺，却也出了毛病，使我和狄列德的秘密逃亡计划，发生了老大的波折。

那天是礼拜。

我们在中午开场，先行了全班人马的见面礼，之后一直到晚上继续表演，连一分钟休息时间也没有。乐师们疲乏极了，勉强地敲着乐器，吹着笛子。辣波拉的嗓子也哑了，叫场的时候，跟害病的狗子一般发着沙声乱嚷。狮子也歪倒了，受了狄列德的鞭击，仍不大肯站起来，举着无力的乞怜的眼望着狄列德，不肯站起来。

我也累极了，脸色跟死人一样惨白。肚子饿，嗓子干，四肢已经不会动弹。

可是直到午夜十一点钟，天幕前还拥着观众。于是辣波拉老板要再演一次末场。他发着沙声，做了一次短的叫场白：

“喂，诸位，我们全体人马，只要能够博得诸位的欢心，即使就此累倒，也是死而无怨。现在我代表全体请求诸位观赏我们这一场赌性命的玩意儿，全体人马的奋斗。请进来，请进来——”

演技的第一节目是我的跳高。

我的演技是用一条竹竿，跳过四匹马背，和爬上喀勃寥肩头的直立的竹竿，在竿顶上倒竖蜻蜓两种。第一次跳四匹马背，跳是跳过了，可是跳过之后，一屁股跌在地上。观众席上喝起倒彩来：

“得了吧！”

“不行！不行！”我再没有演第二技的勇气。可是喀勃寥在肩头上竖起竹竿，递过眼色向我催促：

“快爬上去啊！”

我轻轻在喀勃寥耳边说：

“实在吃不消了。”

但喀勃寥只装作没听见，而且辣波拉在一旁牢牢地盯住我。我很懂得这目光是什么意思，观众席上的催促声更加猛烈了，我咬一咬牙齿，决定：

“跌死拉倒！”

跳上喀勃寥的肩头，嗖嗖一溜，溜上竹竿顶上。

但喀勃寥也累乏了，我溜到五米突长的竹竿顶，把全身气力集中在两臂，将身子倒竖起来的时候，竿头突然一歪，一阵头昏，全身血液好似完全凝住，手中放开了竿子，倒跌下来。

观众全体站起来，从五米突的高度直跌地上，要是那儿没有铺上一层厚厚的锯屑，我一定已经跌得稀烂。正当猛烈地跌落地面的一刹那间，我的右肩骨，咯的一声响，连喘口气也来不及，身上立刻感到剧痛，我仆在地上再也爬不起来了。

“怎么啦，孩子，客人面前就睡觉，要睡到后台去睡呀!”

喀勃寥扶起了地上的我，我忍着猛烈的疼痛，好容易才直起腰来，正想对那些站起来看我的观众张开两手鞠躬，右臂垂着，一动也不会动。

“老板——喀勃寥——不行了——”

轻轻走动了两三步，一阵剧痛，我渐渐地痛昏过去了。

“对不起得很，发生了一点儿意外的事。在我们这个赌性命的马戏班里，这是常常发生的一点儿小意外。诸位，请坐下来——好，准备好了没有，第二个节目——”

辣波拉这么说着，向乐师做了一个手势。油头滑脑的喀勃寥便同举两手走到戏场中间：

“嘿嘿嘿，小孩子，睡相太坏，常常闹得我们没有法子。可是打今晚起，他再不会这样子叉着两条手睡觉，我们从此可以太太平平，高枕无忧了。嘿嘿嘿——”

观众们好似忘掉了刚才那可怕的场面，看了喀勃寥的滑稽样子，咯咯地笑着拍手了。

正如喀勃寥所说，我有整整六个礼拜举不起右手，右肩的锁骨折断了。

这种江湖班子从来不请伤科医生，演完了技，辣波拉就跑进来，在我肩头扎上了绷带。

“不许吃东西，好好儿睡着，过两三天就好了。”

这便是辣波拉老板的手术。

我在装动物的车上孤零零地躺着，全身发热，嗓子干渴，要睡也睡不着。不管侧到哪一边身子睡，折了骨的肩头总是不得舒服。正受着干渴和痛楚的煎熬，忽然车门轻轻地推开来。

“是我呀，你睡了吗？”是狄列德。

“嗯，睡不着。”狄列德把门关上，走过来握住了我的手。

“对不起！罗曼，我真对你不起。”

“干吗？——”

“你以前要逃的时候，我不该把你留住，要是那时我没留住你，你不会受伤了！”

车窗中射进月光，照着狄列德的脸，她的大眼睛饱含着泪水。我努力做出健康的神气：

“没有关系的，你当我是这样无用吗？——嗨，狄列德你瞧——”

我奋力举起右胳膊，可是一阵猛痛，不禁“啊哟——”的一声喊了出来。

“你痛吧！痛！真对不起你。”狄列德急急卷起衣袖，显出右臂给我看，“你瞧——”

“怎么？”

“你瞧见了吗？——”狄列德握着我的左手，放在她的右臂上，我摸出她那胳臂红肿出血了。

“我听见你肩骨折断的声音，立刻跑到无人处，咬破了自己的胳臂。”

“干吗做这种傻事？”

“这不是傻，你为我受伤，我怎么能装作不知道？这不是做朋友的道理，朋友是应该共患难的呀。”

狄列德眼中映着月光，跟野人一样炯炯发光。她就是这样一位姑娘，有那么一股傻劲，我感动得想哭了。

“你才傻呀，你不必为我哭。好，我带葡萄来了，你肚子饿吗？”

“谢谢你，我嗓子干得很，葡萄再好也没有了。”

狄列德蹑脚走出车子，拿了一杯水来，“你喝了，好好儿睡一觉。”

说着，把稻草厚厚地铺上，拿一个枕头填在我的脑后。

“快点儿好起来，快点儿走掉。等你能走我们就动身。我再不愿你爬上那竹竿了。那种营生，对你是不适当的。”

“不过，要是辣波拉强迫叫我爬呢——”

“他要再强迫你，我叫狮子吃掉他！那很便当，只消我嗾使摩东，嗷呜一口，就把他吞下了。”

回去的时候，狄列德站在门口，向外边张了一张，再回头望了我一眼，举手打了个招呼：

“安歇吧！”

便把门拉上了。狄列德一走，车厢中突然静寂，远远传来天幕中乐队的声音。肩头疼痛似乎比刚才轻一点儿，身子也躺得安安帖帖的。我一边想着母亲一边睡去，想着母亲，心里总是惦念得很，却并不像平时那样痛苦了。

二

我这次受伤，最坏的是延迟了逃跑的日期。

气候渐渐地冷起来了。在夏季的良夜，我可以在田野中露宿；可是一到十一月，夜长了，寒冷也厉害了，而且还要下雨，说不定还要下雪。

因为我受了伤，狄列德不让我做任何工作，她亲自料理动物，让我闲着。而且狄列德说我好得太慢，天天在那儿着急。

望着一天天恶劣起来的天气，我的心里难受得很。肩上的痛楚总是不肯停止，胳臂举不起来。

“唉，狄列德！一天天冷起来了，等我完全好，咱们这露宿的旅行，是万万办不到的了。十一月的晚上，万不能睡在田野里。逃跑的计划，延期到明年的春天好吗？”

“明年春天不行——到明年春天，你怕没有命活了。辣波拉那家伙想叫你学习三上吊呢。一个不小心，性命也就完结了。况且日子久了，离开巴黎不是更加远吗？到了春天他们一定要到南方去了！”

她这么说，的确不错。不管天气如何，我一好必须立刻就走。因此每天早上，我便受狄列德的检查，这一天比上一天已经好了多少，狄列德来扫除动物车的时候，叫我贴着车壁立好，把受伤的那条胳臂，尽可能熬着痛，靠着板壁慢慢举起来，依照所举的高度，由狄列德用小刀子刻一条线。这样地，拿今天早上的线纹和昨天早上的比较，今天比昨天高，明天又比今天高，看胳臂一天比一天渐渐高起来，心里高兴得很。

这时，我们马戏班从巫兰山到了樊东，又从樊东到勃洛阿去。

之后，便要往土耳城去了。到了土耳，我就开始柔术的训练。我们大家商量好，班子一到勃洛阿就决定逃走。打勃洛阿经过奥里昂再到巴黎去。

我们的准备工作，是由我用狄列德的钱，在樊东城的旧书店里，买了一本旧的法国地图。再用狄列德的簪子，代替仪器，计算从勃洛阿到巴黎的路程。这种计算方法，都是保勒公公教我的，现在就得了用处。从勃洛阿到巴黎，大概一百六十公里。在十一月的旅途中，一百六十公里路可不是容易的事情。白昼很短，一天至多能走十小时。狄列德没赶过长路，假使一天走二十四公里呢？

“二十四公里？——这很便当——”

狄列德说得满不在乎，我可不大敢相信。一百六十公里路带狄列德一起走，无论如何得花一礼拜时间。幸而狄列德后来又积了一点儿钱，连以前的大概有十块光景。食粮不少，我的皮鞋也做好了。此外，从樊东到勃洛阿的路上，又弄到了一张旧的马罩，盖在身上睡觉，对露宿大有用处。

这样地，我们已经准备定了，单等我肩痛好，便可以动身。正当马戏班在勃洛阿结束演期的时候，我的肩也好了。

不料，正在这当儿，那头平时驯顺得跟牛一般的公狮摩东忽然发起性来，我们这个正要实现的逃走计划又不得不延期了。

有一天晚上——当狄列德奏技时，热烈拍手的两个英国客人在马戏停止、观客走散以后，要求：

“再来一次玩狮的技艺！”

辣波拉知道狄列德在这两个英国客人那里受过高贵的礼物，便很高兴地答应了：

“可以可以，那孩子是我的爱女，我的话她无有不听——好吧，狄列德，那两位先生再要赏光你的本领，你来见见面吧！”

狄列德走进笼子里去了。

“多么可爱的姑娘！”

“嗯，了不起的本领！”

“好大的胆气！那是训练也不容易的——”

两个英国人不断地赞叹，辣波拉得意扬扬地笑着，说出莫名其妙的话来了：

“嘿嘿……先生，这是很便当的事情。我们玩狮子的，这一点儿胆气哪里会没有的。嘿嘿……先生要是不信的话，我就玩给你看。”

这当儿，旁边班上人员，听老板这样说，大家都骇了一跳。老板娘手肘头碰碰老板的肩膀：

“你怎么啦，活到这个年纪，还讲无聊话。”

英国客人中的一个，表示瞧不起的样子，望着辣波拉老板说：

“老板不要说大话吧，我们不知道你会不会玩，可是看了这女孩子的本领，也就心满意足了。”

“您当我不会吗？”

老板不快地说，于是另一位英国客人半开玩笑地鼓励着说：

“我赌一百块钱东道，你嘴里说得强硬，恐怕连笼子也不敢跑进去呢！”

“好吧，赌就赌！”

“好的，叫那女孩子走开，只要你一个人走进笼子里去，我就出一百块钱东道。”

辣波拉老板进笼子用不到多大勇气，有一百块钱就足够了，他的贪心比他的勇气大得多。

“狄列德你走开，让我来，把鞭子给我。”

"你靠得住吗?"

老板娘在老板耳边偷偷地说。

"一言为定，何必多说。那先生已经赌了一百块钱。"

"叫这女孩子跑远些，别站在看得见的地方，这一点可以答应吧?"

"好的，她在不在没有关系。"

全班人马除狄列德以外都围在一起。喀勃寥、德国乐师、老板娘更不必说，还有我，再没有一个人去阻止老板鲁莽的冒险。辣波拉慢吞吞脱去了陆军上将的礼服。

那个年轻些的英国人回头对自己同伴说:

"聪明点儿的狮子，大概是不会去咬他的。"

"为什么? ——"

"为什么! 这老头儿的脸这么厚，狮子的牙齿了咬不进去的呀!"

"对了!"

两个人得意地笑着，班上人也忘记了老板身上的危险，跟着他们一起笑了。

可是辣波拉老板没有笑，他把鞭子高高扬起，注视着狮子，一步步向笼子走去。摩东见他来了，立刻竖起鬣毛昂起了头。摩东虽是一头久已驯服的狮子，但它可是聪明得很，常常被这个辣波拉从笼栅外边用铁叉柄、铁杆虐辱的仇恨，它是刻骨地记着的。

现在看见这大仇人辣波拉跑进它的笼来，摩东的眼睛分外发红，射箭一般注视着他。这可叫扬着鞭子走进笼来的辣波拉一点儿法子也没有。

"我便是这头老狮的主人，要打便打，要杀便杀，它的性命在我的手里，好吧，使劲地打它一鞭子!"

辣波拉下了一个决心，一脚跨进去，呼地就是一鞭子。

可是鞭子的力量并没有笼栅外的铁叉柄和铁杆子那样的效果。接着又是一鞭子，正在呼的一声把鞭子提起来的当儿——摩东丝毫不放过这个机会。

长时期在狭窄的笼中受着虐待，跟白痴一般昏昏睡去的野性的灵魂，突然跟电光一般觉醒过来。这一回，仇人就在眼前，摩东发出一声骇人的咆哮，向辣波拉猛扑过来。

啊哟一声，辣波拉的身体已经被按倒在地上，在狮子肚子底下了。又大又锐的爪子深深陷进老板的双肩。摩东竖起鬣毛又发出一声沙哑的吼叫，并没有立刻把敌人压在肚下。

“救救，救命呀！快快来人呀！——”

眼看着辣波拉脸色灰白，发出哀呼，大家迟迟疑疑地不敢上前。

摩东举起怒火爆烈的眼睛，昂然地望着慌张失措的我们。尾巴跟棒一般直竖起来，有力地打着自己的两边肚子。

“有没有长棒?”

英国人叫了，喀勃寥这才收住了神魂，拿来了长柄的铁叉，接连从栅缝里打过去，这只是使狮子更加暴怒，再不肯把老板放开。

另一个英国人从袋里拿出一把手枪，一步步向笼边走去，对着狮子的耳边，正要放射。辣波拉老板娘慌忙抓住这英国人的手臂：

“不，不能放!”

“胡说，它会把他吃掉的!”

“不，你杀死了狮子，我们买卖做不成了。”

“什么？狮子比丈夫还重要吗？你这种女人倒不曾见过，随你的便好啦。”

那英国人便用着我们听不懂的话，气鼓鼓地喃喃了一会儿，把手枪藏进袋里去了。

这当儿，狄列德听到吵声跑过来。她走向笼子的侧边，这儿有一根铁栅可以脱掉，是狄列德为防备万一起见特别造了的。要是遇到猛兽突然发狂的时候，狄列德身子瘦小，只消把栅子脱开，就可以跑出笼子，而脑袋巨大的狮子，却没有方法钻出来。

摩东光盯着面前的我们，没有留意身后，狄列德把那条铁栅子脱开，飞快地钻进身子，但她没有带鞭子，跟飞鸟似的纵身一跳，赤手抓住了狮子的鬣毛。摩东突然受到意外的不知是谁的袭击，猛吼一声，把脑袋一昂，狄列德被它摔开去，身体重重地碰在铁栅栏上跌倒了。但摩东一看这突然的打击者，原来是狄列德，立刻退缩了猛然过去的巨爪，退到笼角落里蹲下来。

“喀勃寥！快点儿！趁这当儿，摩东正望着我——”

狄列德抓着铁栅站起来叫喊。

摩东呆呆地望住狄列德表示抱歉的神气，蹲着不动。这期间，死一般倒在地上的辣波拉老板便被喀勃寥抱走了。狄列德做着忍痛的脸，踋着跛足走出笼来。当她被摩东摔了一跤的当儿，一条腿蹩坏了，但还不需别人搀扶。

虽然她受的伤不怎么重，却有整整一个礼拜，坐在椅子上不能动。但胸肩被利爪挖破的辣波拉伤势可不轻。他半死地躺在床上，一动也不动，常常吐血喘气，叫痛声连车外都可以听见。

以后约过了两个礼拜，狄列德偷偷地叫我：

“现在可以走了，一点儿也不痛了，趁这机会逃走吧！辣波拉喊得那么厉害，他是不会追上来的。”

“狄列德，好吧！只要你可以，我反正什么时候都行！”

12. 到巴黎去

一

十一月三日——美丽的秋天。

我们想：路上赶紧点儿，在气候没有寒冷以前，大概可以到巴黎了。

不让一个人见到，我带了预先准备好的行李溜出天幕——那是一点点积蓄起来的面包和水瓶，替换皮鞋，狄列德放在我小箱子里一包衬衫裤，薄薄的洋铁锅子——简直跟搬场一样。此外与狄列德约好单等辣波拉夫妇两个睡着，她就溜出车子来，跟我在林荫路的喷泉边碰面。

钟打十一点，我已溜出天幕，在约好的场所等待。应该马上就来的狄列德，左等右等还是不见到来，我等着心焦，有点儿发愁了：

“不要被他们捉住了？”

这当儿，隐隐听到脚声，林荫路的街灯下走出一个穿大衣戴红帽的人影，立刻看出是狄列德。那顶红帽是每次全班人马与观众行见面礼时，狄列德老是戴着的一顶最漂亮的帽子。

“我想我是跑不出来的了——”

狄列德见了我的面，喘着气说。

“怎么一回事，来得这样迟，我正发愁呢！”

“辣波拉那家伙，痛得跟野兽似的直叫，永不肯睡着。后来我又跑去跟摩东辞了行。可怜的摩东，我总是不放心。”

“不放心也没有法子——好，走吧！”

“你东西都带了，没有忘记吗？”

“大概没有了，要是忘了什么，这会儿不能回去拿，也没有法子了。咱们还是跑远点儿的好，狄列德！”

“好的，可是赶路以前，你把手伸过来。”

“干吗？”

“放在我的手上，对上帝发誓，不管发生了什么，咱们绝不分离。要活活在一起，要死也死在一起——你，你发誓吗？”

“嗯——”

“那么，把你的手放在我的手上，跟着我的话重说一遍。”

“好的——”

“不管发生了什么，咱们永远做一对好朋友，要活活在一起，要死死在一起！”

“要活活在一起，要死死在一起！——”

狄列德紧紧握着我的手，我也扳紧了脸，重复她的话。

秋夜的林荫路，沉沉静默着，阴暗的广场上，喷泉中响着泠泠的水声，风吹动路灯的链子，灯光闪闪欲灭。

“好，走吧！”狄列德向前头动步了。

不多一会儿，我们已经出了市外，在暗黑的田野中走，我原先已经有点儿奇怪，狄列德的外套底下不知藏着什么，高高地隆起了一大块。

“狄列德，这是什么呀？”全部行李都背在我的身上，狄列德应该什么也不用携带，我便问了。

“这个吗？——我顶爱的——”外套底下一只小小的用金纸包裹的花钵，她用左手郑重其事地抱着。这是放在马车窗口，始终自己料理，不许别人用手碰一碰的花。

狄列德常常因这钵花和别人吵嘴，闹得辣波拉发起火来。

“你带来做什么？狄列德，我真不明白，咱们行李已经这样多！”

这当儿，因为不想带那种累赘的东西，说得有点儿语气重浊了。

“你叫我丢掉吗？那它不立刻会枯死吗？这太可怜了！我已经不放心摩东。可怜的摩东——本来我还想把它带来的，到底决心丢下了！——摩东一直望着我，这会儿，它心里一定在奇怪呢。”

所以女孩子总是讨厌的，假使带了来，那倒有趣了，带的不是一条狗，而是一头狮子赶路。——我立刻忘记了刚才还生气，不觉笑了起来。

气候虽不算寒冷，但夜凉侵人。天空很美好，星儿闪闪发光。

田野一片寂静，树木也睡着了。没有叶子的低语，也没有鸟儿搏羽的声音。以前我独自赶路是在夏天，夜间草丛中常有虫声唧唧，现在，却连虫声也没有一点儿。

走过人家屋子前，狗猛烈地叫起来；接连着跟步哨传达信号一般，远远地，一段一段发出了吠声，好久不断。

我早就担心狄列德是不是能跟我一起赶路的，可是一直跑到天亮，她没有一点儿累乏的神情。我们急匆匆地过了几座睡静的村庄。

东方发出鱼肚白时，村舍中传来报晓的鸡鸣声。早起的农家，窗子缝里透出灯光。一会儿，上田头耕作的马，和赶市的车子，在村道上渐渐地多起来。

看路牌时，已经走到离勃洛阿五公里的地方了。

“哦，好啦，现在休息一会儿吧，心里也不害怕了。”

“你刚才害怕吗?”

“哎，害怕的，打走出勃洛阿的时候，心里一直发慌——”

“为什么？——”

“你一句话也不说。我最讨厌碰上黑漆漆的树影子，跟别的影子，都变得那么又瘦又长，摇摇摆摆的，你总是急着望前跑，我骇得心里直跳呢。”

我们坐在路边，咬面包当早餐的时候，天色已渐渐明亮了。可是太阳刚刚升出地平线，马上躲到云后边，这是一个又阴暗又潮湿的早晨。

一眼望去，尽是露出土壤的冷清清的田野。疏落的树荫下，几家疏落的农家屋顶上，升起淡淡的烧早饭的炊烟。所有的耕地，接连着尽是刈剩的稻根，没有一块青绿的颜色，成群的乌鸦低低地掠地飞翔，有时一窝蜂地飞下来。

我们重新开始赶路。又走了两公里光景，长夜奔波的疲劳，渐渐在身上显现出来。我们到一块适合的岗子荫下坐下来休息了，伸开腿子，狄列德跟我都立刻睡着了。大概是太疲劳的缘故，一睡就睡了五个钟头。

这次旅行，使我最担心的一点，是我们怎样过夜，我已有过许多次露宿的经验，因为那是夏天，所以还不在乎。在这秋尽冬初、气候寒冷的时候，不管我怎样粗野，要眼望着星空在露天里过夜，到底没有这大的胆量。所以从正午醒来，重新振作赶路，只要找到一个可以过夜的场所，即使离天黑还有好多时间，也只好停留下来了。

正在走着的时候，看见一座冷清的公园墙边，高高地堆起一大堆风吹来的干燥的枯叶，时候还只有四点钟，就决定这儿做今晚的宿处了。

我先把墙边的叶堆堆得更厚些，然后随手找来一些枯枝，在地面上掘了洞，把粗枝深深埋在土里，又把细枝插在石墙的缝隙里，恰如椽子一般。上面盖上那张特地带来的马罩，总算马马虎虎造好了今晚上的宿舍。

“罗曼，不错呀！你本领真大。”

“虽然比叫花子的草棚子还不如，总可以睡了。”

“喂，罗曼！在这样的森林中，有这样一所小屋，不是跟童话里一般吗？”

我想——狄列德要是带一点儿牛油多么好呢。那样，我们就可以做汤吃面包了，偏偏牛油一点儿也没带。

光是面包和水，吃完了一顿夜饭。一会儿天色夜了，留在西天的晚霞已经消去，藏在丛树茂荫中的鸟儿的啼声也停止了。树林里渐渐黑起来。狄列德带着多少不安的神情说：

“罗曼，你睡得着吗？”

“睡不着呀，天还刚刚黑呢——”

“好吧，罗曼，我没有睡着以前，请你不要先睡着，不然我心里稍微有点儿害怕呀。”

“好的。”

随便搭成的棚子，虽然不算顶坏，可是那张旧雨罩已有几个破洞，可以望见夜空中稀落的星星。夜渐渐深了，大自然的一切都已寂静，有一种小小的不知什么的声响，在耳边鸣动。这使我想着：

“我们不是住在屋子里面。”

狄列德好久好久只是翻来覆去没有睡着，不知不觉地感到了白天的疲劳，也就睡着了。一会儿我也蒙胧睡去。

我知道黎明前的寒气是很可怕的，因此被身上阵阵寒气冻醒时，连忙张开眼睛。

“怎么？——我觉得好像身子要结冰了。”我坐起来时，狄列德也醒过来了。

“狄列德，不要睡了，要伤风的！”

“起来做什么？”

“不做什么——不过睡着是不行的。午后和暖的时候再睡吧。”气候冷得牙齿都合不拢来。勉强想制止颤抖，不料反而浑身都索索发颤。

“罗曼！——那是什么？呃，你听！”狄列德忽然低声地说。侧耳一听，果然散满地上的枯叶，好似几十只虫儿在那儿爬行，发出沙沙的低声。

狄列德紧紧靠住了我的身体，骇得屏住了呼吸。我想对她说“没有什么，不要害怕”，可是这种莫名其妙的低低的声响，其实我自己也有点儿毛骨悚然。但我是一个男子，狄列德是柔弱的女孩儿，即使有什么危险，我也应该保护她，要是只有我自己一个人，我也许会拔脚逃走了。

约莫有半小时之久，我们在阴暗的棚子里听着那怕人的声响，全身紧张，一动也不敢动。

过了许多时候，这沙沙沙沙的声音总是没有变化；渐渐地，我明白了，这不是人的脚声，也不是野兽的蹄音。我留心它没近来也没远开去，这可有点儿奇怪了。

"好，到底是什么，让我来看看明白。"撩起了雨罩的一角向外望去。外面是一片皎洁的月光。我们的棚子是搭在墙根边，所以不知道月亮已经出来。只见棚子四边，一切都照原样，毫无变动。我胆子大了，把手在枯叶上按了一按。当然，在这季节里，是不会有一个虫儿的。站起来向远处瞭望，也只有黑魆魆的树影落在洁白月光中。

再听一听，沙沙沙沙的声音，还是照样地响。我便立刻明白这声音的来源，原来秋霜落在枯叶上，满地的落叶都冰结起来，硬得跟木板一般。

"哪里？狄列德，没有什么可怕的事呀！你看树叶子都冻结了。你听听这是冰冻凝结的声音呀！"

明白了原因，虽然安心了，可是身上的寒冷，却没有减轻，而且想到冷得连树叶也在结冰，身上的寒意更加厉害了。狄列德不知想到了什么，急忙向棚子角落下爬过去。

"你到哪里去，狄列德？"

"我的木犀草！我的木犀草！可怜要不给它暖一暖，它就会冻死了。"

狄列德把木犀草的钵头，郑重其事地抱在自己的大衣里。

"罗曼，大概什么时候了？"

"嗨，不知什么时候了——我在毕尔刚岛的时候，只要看月亮，就可以知道时候——"

快天亮了吗？还是只有半夜里呢？月亮虽然已经斜过了很多，可是离开海上生活快有半年，我已不知道这时候月亮是什么时候出来，什么时候下山。

"我受不了啦！冷得要命呢——"

“我也一样，连说话都是勉强的——”

“喂，罗曼，我们还是走吧。”

“嗯，走吧。”走起路来也许会暖一点儿，我们马上准备出发的事情。可是冰冻发硬的雨罩不得不折，又不得不背，狄列德一只手抱着她那宝贝的木犀草，帮不得忙。终于我有点儿不高兴了。

“狄列德，不行呀，你老抱着这东西，什么事也不能帮，还是趁早丢了吧！”

“你又说这种无情的话了，我不答应！不管你怎么说，我还是不答应——你简直不懂得哀怜——”

“你不必这么哭啼啼的，不答应就不答应。我只因为你一只手做事不便，所以才说的。”

终于把行李弄好了，我们便踏着清寒的月色，走上公路。像现在这样艰难的道路，我们还得走下去呢——我心里这样想着，却没有对狄列德说。

默默地走了一小时光景，听到村舍中的鸡鸣声。

“一会儿，天就亮了。”狄列德很高兴地说。

“夜是这么可怕吗？狄列德！”

“你难道不怕？”

“夜有什么可怕呢？”

“刚才吗？——我不是怕夜，我怕冷。”

“听见那怪声的时候，你不是怕吗？”

“我怕的是你呀。我听了那不明来源的声音，只是觉得奇怪罢了——”

“奇怪，便怎样呢？——”

“还有怎样，只不过奇怪就是了。”

“不，你说谎。你嘴犟，明明心里害怕！”

“你才嘴犟，害怕的是你呀。”走着，身体和暖起来，胆子也大了，我们便互相吵起嘴来。最后的结果，大家一致同意：我比狄列德胆大，狄列德比我不傻。

二

辣波拉要是追赶我们，大概是从上巴黎的公路追上来的——我们想到这一节，便决定稍稍绕道走勃洛阿到夏脱尔的路。从地图上计算起来，虽说绕道，也只是一点儿，并不增加多少路程。

这天傍晚，我们经过夏托丹街市。白天很和暖，不料天色一夜，就渐渐地冷起来。受过了昨晚的寒威，我们决定宿在客店里。宿客店虽然花钱，但比之露宿冻死，总要好得多了。

“没有钱，到没有钱的时候再说，我们可以沿门唱曲子，一样能挣钱的。”狄列德用着饱经忧患的大人口吻说了。我便安心地投宿了客店。其实唱曲子挣钱也不是顶容易的事情。

在离夏托丹约二公里处，我们找到一家不大体面的客店。宿费每人四毛，我便付了八毛钱。

“你们从哪儿赶了来，现在要往什么地方赶去？”

我们听了这样的问话不禁愣了一愣。

“我们到夏脱尔去，班子要到夏脱尔去开演，我们先到那边找场子去。”

“哦，你们是先头部队，班子什么时候来呢？”

“大概明天还是后天要打这儿经过的——”

这难关总算渡过了。我跟狄列德都是不惯说谎的，流了一身的急汗。

从夏托丹到夏脱尔是一片荒凉的原野，辽阔而岑寂的原野，只有几座相隔遥远的冷落的寒村，公路两边差不多没有一座像样的屋舍。

后来又到了彭内洼，那儿是一个相当大的镇子，我们觉得在这儿沿街唱曲一定可以挣到一点儿钱。哪知狄列德拼命地唱啊唱的，一共弄到了三分钱。忽然跑出一个毛胡子，大声呵斥：

“讨厌的小瘪三，再不走我要泼水啦！”

在一家肉铺子门口，人家嗾了狗来赶我们，狄列德那条宝贝的短裙子被扯去了一条边——卖曲子这种营生会遇到这种麻烦，我跟狄列德都不曾预料到。

“我要是把那个黑皮的假面具带了来，那么你吹笛子我跳舞，多少可以弄到一点儿钱。只要有趣，像我们这种有技艺的人，哪里有挣不到钱的道理？”

在江湖中成长的狄列德有一股倔强不屈的精神，连这种悲惨的失败，都不能使她灰心。

幸而这晚上我们不必投宿客店，有一个农场里的老板娘留我们宿在羊舍里，挤在和暖的羊群中睡了一夜的熟觉。在我们的旅途中，这是最幸福的一夜。

第二天早晨，我们动身的时候，那老板娘正要套马车上夏脱尔市场去。见了狄列德，忽然发了慈悲心，叫她一同坐在车子上。狄列德瞧瞧我，脸上显出迟疑的神情，老板娘笑着说：

“不忍叫同伴赶路自己一个人独自舒服吗？好的，这小姑娘心地真不错。不过局促一点儿，两个人都上来吧！”

于是，我们坐着马车到夏脱尔，有时宿在农场里，有时宿在砖瓦窑里，也有时投宿便宜的客店，这天能赶多少就赶多少路，终于走到毕佛附近的一座小村庄里。

一到毕佛，离巴黎就只有十一公里了。我们身边的钱只剩了一角一分。狄列德的皮鞋已破得不堪。她的脚被皮鞋擦破，露出一块红红的肉，每次休息之后站起来走的时候，走一步就发一阵猛痛，看她那哭丧着脸一拖一拖的样子，心里真难受。

我跟狄列德两人都精疲力尽了，好像穿着铅的鞋子，拖曳着沉重的脚步。但狄列德毫无怨言，每天早上，第一个叫“好，走吧！”的，永远是她。

留下来的一角一分钱，再不能投宿客店。我心里打定了主意——要是找不到适当的宿处，今晚上除了再用雨罩搭一个小棚子露宿，再没有别的办法了。总算运气不坏，在沙克莱路上我们遇见一位石匠做道伴，承他的情，这一夜，我们就宿在石匠家的牲口房里。一想到“明天可以到巴黎”，我们高兴得胸口直发跳。而狄列德尤其显出心神不定的样子。

“罗曼，明天早上我们早点儿赶路。明天是圣诞节，我们给妈贺节，所以千万不能迟到。这盆木犀草便是我送给妈妈的一件礼物。”

狄列德嫣然一笑。这木犀草叶子已经枯萎蜷缩，不过还有几棵新芽，至少它的根子还是活的。

第二天早晨，天还没亮，我们就出发了。一路上每天夜中虽冷，白昼却都是晴朗的好天气，总算老天是帮忙的。不料这时候，我们刚刚离开石匠家的牲口房，天气忽然大冷，还未放明的天空，密密地布满阴云，不见一颗星。东方罩上重浊的灰云，一路上我们每天早晨见到的那种日出美景——慢慢地从红色变成铜色的壮丽的天空——却一点儿也看不见，甚至还吹起猛烈的北风，留在枝头的几片零落的枯叶突然被风吹得远远的。一阵败叶迎面刮来，我们不得不背过身子停下脚来。狄列德带来的那盆木犀草，为的不叫受着寒冷的北风，好容易才用大衣挡住了。太阳出来了，是黯淡而苍白的铅一般的光线。

“太阳今天休息了——可是，这个也好。”

“为什么？——”

“你看我们身上这样脏，如果在晴朗的阳光中不羞死人吗?”

这时期的狄列德，不论遇到如何难堪的逆境，愈是难堪，愈能够找到自己的安慰。

“不过，狄列德，脸上肮脏倒用不到担心，走到巴黎以前，我们也许能好好儿洗一个澡呢。”

我以为天会下雨，不料一会儿，下的却是雪。

起先像小的白色的花片从风中吹来，接着变成大蝴蝶，后来结成白白的圆块，吹卷在北风中，猛烈得连眼睛都张不开来。

好容易走了三四里路，道路穿进树林里，只好在那儿找一个地方避避雪。向四处望去，不见一座村庄，心里虽巴望早点儿到巴黎，到底不能迎着这么大的风雪一直向前。

树林中有一丛丛还留着几枝枯叶的赤杨树，根边掘着一条沟子，沟子边有一个略略隆起的土岗。我们便蹲在这个土岗下面躲风，等待雪下得小一点儿。

土岗虽然低，却可以挡风，开头的时候倒也不错，一会儿吹来一阵旋风，雪粉跟沙土一样，掠地横卷过来，一下子落满在阻挡去路的土岗和树枝上。土岗不多一会儿就埋在雪堆里，连我们好不容易躲着身子的那个角落里也吹来了一阵阵雪花。我们戴着那张马罩，防御吹进后颈流入背心的雪水。可是马罩也没有多大用处，一阵猛风又把它卷起来了。

我们身上的衣服早已跟揩布差不了多少，寒气毫不容情地浸透进来。狄列德连嘴唇都发了白，开始索索地颤抖起来。我也冻得连骨髓都发僵了。打从颈子里飞进来的雪花在背脊上融化了，一直流到皮鞋里，脚同浸在水里一样，我们两人好似从河里捞起一般，互相紧紧地偎倚着。

我们不得不这样度过约莫两小时光景，风势依然不衰，雪好像不是从天上落下，而是从地平线外，像几千几万支白色的箭子一般横射过来。有时它又跟飓风一样，打着涡旋向天空倒飞上去。

狄列德到了这个田地，还是郑重其事地把木犀草裹在衣底下，紧紧抱着。雪见缝子便钻，渐渐地吹到木犀草盆上的雪已不再融化，积得白白的了。狄列德默默地把盆子递到我跟前。

“你叫我怎么办？”

“偎偎它，谢谢你！”

狄列德捧盆的手指已经冻得由红变紫。我见狄列德为了一株小小的花草，竟愿意受这样的罪，不禁发起火来。

“狄列德，是你的手指要紧，还是一株草要紧？任你把指头冻烂了，我不管！”

“呃？——那么你早一点儿为什么不叫我丢掉？”

“早就说过了！不知已说过多少次！可是你——我不管这种事！”

我们冻得没有了好性气，大家都是怒气腾腾的。争吵了三言两语，两个人都不作声了，抬头向前望着下雪的情景。可是过了一会儿，狄列德冰冷的指头碰在我的手上，她很悲哀地说：

“罗曼，我一定得把它丢掉吗？”

“已经枯死了呀，狄列德！你仔细瞧瞧，叶子都又黑又皱了。”

狄列德没有作声，痴望着枯萎的木犀草，她那大眼睛里流出了泪水。

“唉，妈妈，我再没有礼物送您了！”——我自己也有慈爱的母亲——一听她叫妈妈，我再也不能忍受了。

“狄列德，好吧，我替你拿了去。”

我接受了那盆木犀草。雪还一停不停地下，风却渐渐地静下去了。风一歇，沙土大的雪粉变成大片大片的鹅毛雪，地面的雪快积到我们的脚踝边，简直要把我们埋在这冰冷的棺罩底下了。

林中的树枝被雪压得倒垂下来，我们头上的马罩里，也感到雪的重量。

我们偎依着身子，一动不动，也出不得声，两个都好像冻麻木了。我跟狄列德都不知道，这样下去，不多一会儿，我们会不会冻死呢。

雪渐渐小起来，大片鹅毛雪变得小而轻松，不一会儿，停止了。但天空黑得跟一块石板一样，地上是一片洁白，愈显出天空的漆黑。

“走吧！”

“嗯，一会儿工夫，就积得这么厚。”

走到公路上，雪厚到小腿边，道路、田野，一望皆白，不见人迹车影。在这凄冷的雪景中，活着的生物，只有土岗树枝上的寒鸦和我们两个。鸦群见我们在它们底下走过，便拍拍翅膀，从这枝跳到那枝，震落了积在枝上的雪块，呀呀地叫着，好像在嘲笑我们狼狈不堪的样子。

出了树林，走过一个村子，路升到一个高坡之上，坡下是广大的田野，田野尽处展开一个巨大的城市。城市夹杂在两座积雪的高丘之间，在雪前的阴沉的天空中，升起无数条蒙蒙的黑烟，跟乌云一样，吹满在积雪的城市上。

从这巨大的城市那边传来远远的海啸一般的市声——我们第一次在这高坡上听到了大都市的市声。

“哦！巴黎！罗曼！”

“哦！巴黎！”

巴黎已经在眼前，胸头一阵巨大的冲动，我们忘记了寒冷，也忘记了疲劳。

几辆装货的马车走下坡道，摇摇晃晃地往巴黎开去。

13. 绝望深渊

一

但是，我们还没有到巴黎，下了坡，走进田野中，又望不见那想念中的城市了。脚下是一条长长的被踏烂的污秽的雪路，我们拖曳着疲劳的脚，一步一步走去。走一步滑一滑，路走得很慢，由于身上的热气从潮湿的衣服上冒出白白的蒸汽。

路上的雪越往前走越肮脏，终于变成漆黑的泥路，因为渐近城市，车马行人的践踏也渐渐多起来的缘故。开头路边上有几所零零落落的房子，一会儿便密密地栉比起来了。田野中也纵横交错着黑色的大路，东一堆西一堆，堆着工程上使用的小山似的石堆。

狄列德虽然十分紧张，可是她疲劳的腿子时时落后，额上汗涔涔的，略略带着跛步。我走到一家人家门口的石凳边拂了一拂雪，叫狄列德坐了。

“罗曼，你去问一问讯，我们还得走多少路？”望见一个挽马车的在面前走过，狄列德说了。我便向那人问讯：

“请问一声：我们上巴黎去还有几多路？”

“巴黎大得很，你们上巴黎什么地方去?”

“我们上有市场的地方去。”

“那很便当，好吧，再走这么一个半个钟头得啦。”

马车夫随随便便回答好，便走开了。狄列德吃力地喘息着说：

“我实在走不动了——”她的脸色灰白，失掉了血气，眼睛黯然无光。她还想在石凳上多坐一会儿，可是坐着不动寒气马上透进身来。我明知十分勉强，仍不得不鼓励狄列德站起来走。

“哎，狄列德，只消再走一个钟头，就可以看见妈妈了。你忘记了妈妈吗?”

“唉，罗曼，我死也不会忘记妈妈的!”

“鼓起勇气来，狄列德！只要再一会儿，不过一个钟头，巴黎在我们眼前了!”

“好，我走!”

到了这儿，我们这套行李已没有用处，我把那些马罩、洋铁锅之类的废物放在石凳上站起身来。

“好，这样就轻得多了。狄列德，你靠在我肩上走吧。”

右手扶着狄列德，左手端着木犀草，我们就这样地走起来。

“罗曼，我妈妈见了你一定会高兴得哭起来。她一定请你吃好东西，好点心——不过，我倒不想吃点心，我只想倒下头来便睡，睡它一个礼拜——”

走进了巴黎市的市门，我们打听上市场去的道路，人家告诉说：一直向前，走到河边就是。巴黎的街道是比以前走过的更脏更滑溜的泥路，有很多行人来来去去地走着。我们两个穿着湿淋淋的泥服，东张西望地夹在他们中间走。也有停下来向遍身褴褛、像脱毛的马儿一般的我们奇怪地望着。

“快要见到妈妈了!”

狄列德的腿子被这个强烈的希望鼓动着，突然快了起来，我们很快速地穿过行人向前走去。

到了赛茵河岸，再打听路径。过新桥一直向前走，可以到圣惠斯脱市场。

照指示的路径走去，走到可以望见教堂钟楼的地方，狄列德使劲捏住了我的手。

“哦！钟楼！就是那个钟楼。罗曼，我记得，就是那个大自鸣钟——”

但这只是一刹那间的欢喜。

“那个钟楼倒不错——”

“怎么，狄列德，房子呢?”

“好像是这儿，这一带，正对这个钟楼，这一边就是一长排房子——可是怎么回事呀!”

我们在教堂四周绕了一圈——

“还是没有，罗曼，我们难道弄错了吗？这儿一定不是圣惠斯脱。”

我又向人询问：这儿是什么地方？没有错，这儿正是圣惠斯脱。

狄列德的眼睛茫然失神，再没有说话的勇气，只是毫无意义地含糊喃喃。

“狄列德，千万不要灰心，我们再找，凡是望得见这钟楼的街道，每条都去找找!”

狄列德默默地跟着我走，但她再没有刚才那种赶走疲劳的精神。

无论走到哪一条街道，再没有一条留在狄列德记忆中的路，她记得的只是教堂的大钟。

教堂面前有一块很大的空地。空地上一排已经拆倒的房子，有一大群工人在忙忙碌碌地做工。

“是这儿那个钟楼，的确是这儿，我记得清清楚楚的！”狄列德泪汪汪地哽咽着说。

“好吧，我们问问看。”

“可，怎么问人家呢？又不知道街的名字，只记得正对钟楼的房子——”

到巴黎去，到巴黎去！跟亲爱的妈妈会面去。逃出了走江湖的马戏班，忍饥受冷，耐着疲劳，一天一天的，走着走着，任何样的苦我们都已经受过来了。可是，现在，在这巴黎所见到的，却是漆黑黑的深渊一般的绝望。即使比我们坚强的大人，恐怕也受不了这样的打击吧。我们跟失掉了魂魄一般痴痴地望着那钟楼。

忙着做工的工人们，疑心地把我们赶开：

“走开，走开！”呵斥着打我们身边走过。其中有几个，就抬头望着我们两个褴褛的孩子。

我虽然没有狄列德那么绝望得厉害——一时之间也呆了起来，不知怎么才好。总算留意到，立在这样寒冷的地方是不好的，便携着狄列德的手走进一座古老的大屋子里。这是一座小菜场，青菜跟山一样地堆着，角落上有几口空竹箩，我便把空箩覆在地上叫狄列德坐了。狄列德好像变成白痴，一切都听我摆布。我没有话可以安慰她，只见她脸色白得连嘴唇也发灰了，瑟瑟地抖个不住。

“你不舒服吗？”

“……”

“喂！狄列德！”

“妈妈……”大概她是连哭也哭不出来了。大颗的眼泪，好似在眼窝里冻住，发出晶莹的光。

在我们面前走着一群忙碌的人，不绝地大声叫唤，卖的，买的，怒气冲冲地吵嘴，扛着菜蔬，来来去去——进行着小菜场中的眼花缭乱的买卖。

但热衷着买卖的人，到底也不能永远瞧不见一对失神落魄的褴褛孩子。狄列德低低地哭泣，我又没有话安慰她，心里也想哭，但只好默默地忍耐着。

“你们在这儿做什么？”一位肥胖的太太走过来。

“啊！我们在这儿休息一下。”

“这儿可不是休息的地方。”

我扶起狄列德的手打算走开。可是离开这儿又往哪儿去，我是完全没有目的的。我扶狄列德的手，她还是不想站起来，她是没有气力站起来了。疲劳软弱，哭丧的苍白的脸——那太太看见狄列德那副可怜样子，突然重声斥问我了：

“你要把她怎么样？她累得这个样子还能叫她走路吗？你一点儿不顾怜她！”

我骇然地抬眼看这太太的脸。“你们到底怎么回事，打哪儿来的？”听了询问，我便把经过的情形一五一十对这太太说了。

“我们是从老远的地方来的，这狄列德的妈妈原说就住在巴黎的这个地方——”

“那么，她的妈妈怎么样了？”

“走到这儿只见房子已经拆掉了，找不到记忆中的那所房子。”

“她妈妈叫什么名字？”

“她不知道妈妈的名字，也不知道街名。”

“哦，多么可怜的孩子！简直像童话里的故事。你们等一等，我向大伙儿问问看——”

那大块头太太叫来了一大群附近的妇人。我便代表狄列德详细地讲了经过的情形：她小时候怎样被人拐走，以及我们怎样从马戏班逃出来。

“可是说不出妈妈的名字，也不知道自己居住的街名——”大块头太太对另外的太太们说了：

“呃，你们大伙儿知道吗？从前这条街还没有改造的辰光，在这儿，有一个寡妇开小杂货铺子的——”太太们七嘴八舌地议论起来：

“这儿，有过小杂货铺子吗？”

“也许是带做杂货的人家？”

“是怎么样的人？”

“大概多大年纪？”

“这条街已经改造五年了。”

“不知道是不是她……”

“谁？”

“不对，那人我熟悉得很……”

太太们的嚼舌无穷尽地继续下去，可是没有一个说出着实的话。狄列德离家已经八年。带做杂货生意的人家这儿很多，而且做杂货生意的寡妇太太也很多。五年前改造这条街道的时候，住在这一带房子里的人都搬散到别处去了。现在要找谁住在哪儿，总得有个目标，可是又连姓名都说不出。

狄列德听着太太们的话，脸色更加灰白了，牙齿索索地抖着，浑身发颤。

“唉，可怜！抖得这么厉害。停下来再说，到我家里去烤烤火吧！”

大块头太太领我们走进一间小小的铺子。

这大块头太太是一位好心人，她叫我们烤了火，还请我们喝热的肉汤。极力地安慰我们，鼓励我们，增加了我们的勇气。临走的时候，还在我手里塞进一枚双毫银币。

开一爿小铺子糊口的店主妇，两毛钱并不是一件容易的事情，这使我感到衷心的欢喜，可是像我们这样无路可去、眼前就不知道要怎么才好的人，这一点儿钱又有多大用处呢……我是没有关系，我没有一个大钱，仍可以照原来的目的，继续往杜佛去；但狄列德怎样办呢？……别了那好心的太太，走到街上的时候，狄列德张开空洞的眼睛，抖索着嘴唇说了：

“我们到哪儿去呢？……”面前是教堂的黑钟楼。已经停息的雪，又随着凛冽的寒风，静悄悄地在没有人影的冷街上飘扬起来了。

“那边——”我指一指教堂的门口说。

教堂里面很和暖，阴暗而寂静，隐约望见在小小神坛前跪着祷告的几个疏落的人影。我们尽可能躲在黑暗的角落里。

“上帝，上帝——”狄列德低低地祷告了。我轻轻地把手放在她肩上说：

“狄列德——我在想，你既然见不到你的妈妈，你就去见我的妈妈吧！”

“你的妈妈？——那保尔地的？”

“嗨，是的，我想你不会愿意回到辣波拉那儿去吧！——对不对？所以你上我妈妈那儿去，跟我妈妈一起做工，妈妈会教你做种种的工。妈妈一定会欢喜你，而且跟我妈妈在一起我就放心了，我妈在家也不会太孤单，遇到有病痛的时候大家可以有个照料。那么，等我当了水手回家的时候，一下子便可以见到妈妈见到你。好吧，狄列德?”

“要是这样，我当然很好，不过你的妈妈一定不喜欢我。”

“干吗?”

“我是一个走江湖的女孩子呀。”

“哪里的话？那么我呢？我不是跟你一样?”狄列德暂时没有作声，一会儿又悲声地说：

“可是你不同的，我们不一样。”

“一样的，你被歹人拐骗，当了走江湖的女孩子，我是路绝无君子，自己甘心走江湖，谁也不是天生走江湖，对不对?”狄列德很明白她现在处着怎样的境地，此后的前途是怎样的可怕。

她便老实地答应了。

二

到保尔地去——

有了前途的目的地是可喜的，但是光有目的地还没有用，我们还得向这目的地走去。走到了才能够安心，可是眼前，我们怎么办呢?

我不知道打巴黎到保尔地有多少路程，我所知道的，只是那路程远得可怕。

进巴黎以前我们已经把行李丢了，幸而那本地图还藏在衣袋里。打开来研究路程：第一件事明白了，离开巴黎先得沿赛茵河走。总算把这一点弄清楚了，以后的路只好待以后再说。

不过最要命的是我的皮鞋，它已经破得跟赤脚一样，身上的衣服也绝不能熬住这一趟冬季的长途旅行。而我们所有的钱，只有路上用剩下来的一毛一分，跟刚才得到的两毛。

“怎么办呢？”我已经累极了，还要带一个喘得有气没气的狄列德。

这样冷的天气，这样大的雪，我们度白天已经大不容易，又怎么能够在露天底下过夜呢？

狄列德脸色白得跟纸一样，忽然又烧得火一样红，只是不绝地瑟瑟地发抖。

“狄列德，你能走吗？”

“我自己也不知道，来的时候，心里光惦着妈妈，已经是拼了性命，现在妈妈又找不到……”

狄列德说着，掉下泪来了。

“喂，你们在这儿干吗？出去，出去！”身后突来粗声的呵斥，看教堂的跑来干涉了。椅子上摊着的一本地图，一看就知道我们不是来做祷告的。

“快出去，快出去！”我们听着教堂人喃喃埋怨的声音，没奈何，只好默默地走出去。

雪已经停了，可是刮着凛冽的寒风。我们一步一步走着来时的原路。

我只是担心着以后怎么办，简直想不到自己身上的疲劳，但狄列德一步拖一步地移动着，脚步已经跟爬着一般，没有走到十来步就站下来了。

“走不动，身子抖得厉害，快要站不住了。我胸头难过，一定是害病了……”

狄列德说着，便在路边的石礅上坐下。休息了一会儿，好像是舒畅了一点儿，她又重新站起来。

走到赛茵河岸，我们向右拐了弯。河的两岸，满眼都是雪景，雪的白色把河水显得黑而又冷。

行人都紧裹着外套急匆匆地走，冷静的街头，孩子们红冻着脸在滑雪。

“还很远吗?”狄列德痛苦地说。

“什么地方?”

“睡觉的地方。”

“谁知道呢，走过去再说吧。”

“我实在走不动了——罗曼，你把我丢了吧——我要死了，你就让我死吧！带我到一处冷僻的地方去。”

“狄列德，你说什么呢?好吧，靠在我肩头上，再熬一会儿！一会儿。”我半抱着狄列德走。

“熬一下，走出了巴黎就好了。乡下地方，一定找得到破窑之类没人住的地方。要是没有，便找客店也好，乡下总可以找到宿处。在巴黎是不行的，巴黎人太多，而且，而且……”

巴黎警察监视得很厉害，刚才，每次遇到警察的当儿，我就心中特别害怕他们会干涉，不过现在不能对狄列德说。

“巴黎连一个可以过夜的马棚也找不到。”

之后，又走了一刻钟光景，路边已没有住家，两旁一长条都是城墙和石垣。石垣上透出积雪的树梢，一个岗亭里站着一个持枪的守兵。

要不是我扶着她，狄列德已经一步也不能走了。

“在这样的雪地中，我们到底要怎样才好呢?”这忧心比疲劳还难受，满身爆出珠子似的急汗。

“罗曼!”狄列德突然离开了我的手，在雪中蹲倒——不是蹲，是倒下去的。拉着她的手想扶她起来，她已无力再站起来了。她跟崩坍一般倒下去了。

“罗曼，我已经不行了，分手吧！”我坐在雪地上，把狄列德的头端在膝上。

“狄列德，狄列德！醒过来！狄列德！”把嘴凑在她耳朵边叫喊，她只略略地开了一下眼皮，没有答应。她好像已经失掉了魂魄，全身瘫痪了。只有颗火一般发烫的脑袋，叫人知道她还活着。

“狄列德，狄列德，你没有听见吗？——”我不动地待着，心里有点儿慌起来，路上没有一个行人。站起来向远处望，看看有没有人走过来。一条夹在城墙和石垣中的长长的雪路，不见一个人影。

“狄列德！狄列德！我求求你！你怎么样了？你干吗不回答我？我求求你，你说话呀，狄列德！”

没有回答。我把软绵绵的狄列德抱起来走了，但走了十来步便不得不放下来休息。五步一停，十步一息，还是走不了多少路，我再没有劲儿把狄列德抱起来了。

让狄列德的头搁在我的膝上，我靠在石垣上坐下。

“一切都完了，注定要死在这儿的了！”一闪一闪地望着狄列德的脸，只见她紧闭双眼，抖索着嘴唇想说什么的样子。狄列德虽然已这样快死的样子，心里似乎依然明白我们现在的处境。

“狄列德，我们再没有法子了！”胸口一阵疼痛，淌出了两颗眼泪。

寥寥落落有几个行人经过，却没有一个回头望一望崩在雪中的我们，表示吃惊的样子，问一声“什么事？”的人，远远地望了我们一下，看见这副潦倒的模样，便好似躲避什么肮脏东西，连忙急急地走过去了。

我决心不再等待别人的援手。不管是谁，只要有人来，便自动求救。不料不待我求救，却有人走过来招呼我们，这是一个巡逻的警察。

“喂！什么事？在这儿干吗？”

“这是我的妹子，她病了，走不动了。”

“嗯？——你们是哪儿人？到什么地方去？”

“我们要到保尔地去，父母都住在保尔地海边。”

“嗯嗯，你们打哪儿来的？”明知不应该说谎，但又害怕不敢说真话，说不定辣波拉对于我们的逃走，已报告了警察局。

“我们是从远地方来的，已经走了十天，因为我们的伯父死了。”

警察睁大了眼睛。

“嗯！跟我一起去，要不管她，这女孩子会死的。”

但狄列德只是衰弱下去，站也站不起来。

“喂，快一点儿呀！”警察频频催促，她还是站不起来。

“嗬，太衰弱了，好吧，我抱她去！”

我跟警察走去，约走了五分钟光景，在街角上，警察招呼一个自己的同伴，让他代抱了狄列德。一会儿，我们走进一座点着红门灯的大的警察局。

在一间空空洞洞的大屋子里，火炉燃得通红，四周站着大群的警察。

狄列德已经不会讲话，讯问都由我回答。我又只好硬着头皮造出一套谎话来。

“好像已经死了。”有一个警察说。

“不，情形是很危险的。好歹还是送慈善医院去。”一个穿金线制服的警长说着，便回头对我说：

“那么你是怎样糊口的?”我不知道“糊口”是什么意思，默默地望着警长的脸。

“你过得了日子吗？身上有没有钱?”

“我有三毛一分钱。”

“好吧，你得立刻离开巴黎！今晚上再在街上发现你，你就得拘留。”

狄列德身上盖毛毯，拿担架抬走了，又用一张布帘盖了她的头脸。

看见狄列德就这样被两个警察抬走，我不觉骇了一跳，我想不到她是病得这么厉害。

“她到底会怎样呢？……”我一定得看个明白，可是今晚上要是再留在巴黎，就得坐牢。不过叫我就这么把狄列德丢下来，无论如何办不到。

请求那两个抬担架的警察，得到一起跟去的允许。我便跟着担架走出了警察局。

过赛茵河走到一个广场里，是一座庄严的教堂，我跟两个警察走进教堂，里边走出一个黑衣人，撩起担架上的布帏看了看，狄列德的脸红得跟罂粟花一样。

“病势很重，喂！你这是怎么一回事……”

黑衣人把着狄列德的脉，柔和地问。我走过去，代替狄列德告诉了经过的情形。

“哦，明白了！受了寒，又是疲劳过度，发了肺痰——好好儿保重些。”

“那么，送院吗?”一个警察问。黑衣人说：

“嗯，辛苦你们了。”说着，便写了一张字条，交给警察，我们走出教堂。

抬狄列德的两个警察，小心翼翼地走着滑溜的雪路，不得不把担架常常放下来休息。那时候，我便向狄列德说话。“狄列德，是我呀！你明白吗?”有时候她声音惨淡地回答“我明白……”，有时候任我叫唤，还是没有回音。

从教堂到医院的路很远，在一条没有行人的冷僻的街头，望见医院的绿色大门。走进光线阴暗的屋子里，一股药气味。走来几个白衣人，我不得不走了。狄列德好似也感觉到，人家把她盖脸的东西揭开，她张开热灼灼的眼睛望我说：

“罗曼，你一个人走了吗？——”她不能直起身来，从可怜的担架上，像哀求似的望着我，使我见了有说不出的难受。留她一个人在这儿，她有多么寂寞呀——我低低地说：

“不——”

狄列德望着我点了点头。只点了点头，来不及说话，一群白衣护士把她抬走了。

我跟痹麻一般，木然地立着。

“警察已经回去了，你还站在这儿干吗?”被一个管门老头子催促时，我才定神走出大门。走到门口的时候，我回头向管门老儿问：

“我能不能来探望我的妹妹?”

“探病规定礼拜天和礼拜四——”铁门咣啷的一声响，好似把我推开一般关上了。

14. 无赖少年

一

冬季的白昼快将完尽，家家户户都燃起了灯火。

“今晚上我睡在什么地方呢?”这是眼前立刻要解决的问题。

“到狄列德痊愈为止，我在这巴黎怎样生活下去呢?”这也是一个重要的问题，不过，那是明天的事，我已经没有余裕的工夫定出计划来，再照计划去履行。

“今晚上睡哪儿？现在我应该做些什么?”迫在眼前的心事，使我没有工夫想到明天的事情。

“宿处！宿处!”——我只是想着这个，可是左想右想，还是想不出好的办法。

在巴黎这么一个大都市里，我却这么光想着过夜的地方，把小脑袋都想痛了；可是正在同一时候，就有着同样没有宿处的几千穷人，这些流浪人却找得到过夜的地方，而且大半还找得到吃的东西。但那时候，我做梦也没有知道这么大的都市里会有这样的事情。

在乡村中成长的我，能够想得到的方法，就只有在农家的棚舍中借宿，躲在草棚里过夜。

在巴黎，没有农家，没有草棚。

房子造得密密的，墙头接连着墙头，满眼是密密层层的房子。

走出慈善医院的大门向右边拐弯的当儿，望见街角的路牌上写着“寒咸街”三字，这是一条种着很大的行道树的林荫路。我不知道打这街可以走向哪儿，可是即使知道也没有用处，不管路径如何，反正我是没有目的地的。

走得累了，我只好一步拖着一步走，穿着一双破破烂烂的自制皮鞋，打一早在雪地里跑到现在，两条腿麻木得跟死了一样，什么也不觉得。

林荫路的行人道上有一群孩子滑着雪，玩得热闹。我虽然正担心没有过夜的地方，毕竟还是一个孩子，不知不觉地站下来，无心地观望孩子们的游戏。忽然看见在我眼前滑雪过去的孩子中有一张熟识的脸。我不觉“啊！”地叫了出来。

起初还当是看错了人，可是没有错，这孩子的确是皮波西。辣波拉班子在法莱斯开演的时候，同一个场子上隔壁有一个帐幕，是维涅里班子的童角，而且我们还是一起玩耍的同伴。

站在旁边闲看的只有我一个人，而且我这一副褴褛样子，又不得不叫人特别注目。皮波西见到了我，走过来说：“啊哟，怎么？你也到巴黎来了？跟辣波拉班一道来的吗？我很想见见狄列德，你们的帐幕搭在哪儿？”

“我已经脱离了辣波拉。今天早上刚到巴黎，今晚上还找不到过夜的地方呢。”

我没有提起狄列德。

“哦，你打算在巴黎干吗？”

“没有什么目的，找工做。你们那边可以用我吗？行不行？皮波西！”

“可以可以，你要是肯当‘开口跳’——不过，你口才还好吗？”

大概不当“开口跳”是不成功的了。——我并不懂皮波西所说的“开口跳”。总之，过夜的地方是可以找到了，我想我只要答应一声“好”就是了。

“我口才还不错——”

“好，拍一下手掌！”

“那么，老板呢？”

“嘘，说不明白的傻瓜蛋！叫你入咱们的伙的就是我呀，我当然要教你变成一名出色的伙计。”

我听不懂皮波西的话，心里想：这大概都是巴黎话，不要做出不懂的样子。便装出完全明白的神气。不过十一二岁的小小的皮波西怎么能当老板呢？心里着实奇怪。

“你冷吗？你在发抖，好，跟我去暖暖身体。”皮波西带我走进一家酒店，强我喝了一杯酒。

“不是光叫你喝酒啰，好，不冷了吧，现在出去吃点儿东西。”

走出酒店，和右边巴黎的闹市正反对，向左边拐弯，走了一大段没有行人的冷寂的街道。路边房子的模样渐渐肮脏、煤污、破烂起来。皮波西向四边望望，回头向跟在后面的我笑了一笑说：

“嘿嘿嘿，你当我带你到朱丽叶的皇宫里去过夜吗？嘿嘿嘿，可不是哩，不过马上就到了。”

他带我走去的地方，哪里是什么宫殿，原来只是一片化雪未尽的荒地。虽然已经黄昏，天色尚未暗尽。穿过荒地，我们走下一道刚开辟的溜滑的坡路。

走完这条小路，皮波西站下来：“到了，拉着我的手，当心跌跤呀。”

这是一个开石矿的采石场的进口，在壕沟一般曲曲折折的岩石弄里拐了几个弯儿，我们走进一个黑漆漆的洞穴。皮波西从袋子里拿出火柴跟小洋烛，点上了灯。

“你住在这么个怪地方！”

“马上到了，咱们把窝儿筑在这儿，就不会叫人破了。”皮波西又使用了我听不懂的话。

一会儿，在黑漆漆的洞底里，望见红红的火光。那是一炉炭火，火边躺着一个跟皮波西差不多大小的孩子。

“还没有人回来吗？”皮波西向他问。

“嗯。”

“好迟啦，带了一个过去的朋友来了，你知道，皮鞋放在什么地方，拿几双出来！”

皮波西说着，摆出一副俨然的老板面孔，从衣袋里拿出烟斗来燃了火。我看得滑稽，几乎笑了出来。刚才那个孩子，两手抱了一大捧大大小小各式各样的皮鞋出来，跟走进皮鞋店一般，任何样式都有。

“拣一双喜欢的穿吧。你的袜子大概也不行了，你自己说要多少，我们尽有。在这儿用不到客气的。”从冰一样的脚上脱下被水浸胀的破皮鞋，穿上新的毛线袜子跟新的最好的皮鞋，的确舒服得很。

过了一会儿，又有两个跟皮波西差不多大小的孩子吹着口哨子走进来，望见皮波西，两人都把一只眼闭了一闭，打一个奇怪的暗号。后来，又来了一个孩子，接着又来一个，两只衣袋子里都装得饱饱的，一见皮波西，一样把一只眼闭一闭。最后又来三个同样的孩子，都闭一闭眼睛。我不知道这是什么意思，大概是巴黎孩子的见面礼吧。

皮波西的同伴一共聚集了九个。皮波西向四周一望，用烟斗指指我说：

“这是我在马戏班时候的朋友，他的口才很不错。好吧，拜托各位照顾照顾——那么，你们今天买卖得手吗？好，拿出来瞧瞧。”

孩子们各从上衣底下、衣袋子里，拿出各色各样的东西来，放在火炉旁边。有拿出一大块腌肉的，也有拿出大瓶葡萄酒来的，有一个孩子拿出一瓶小小的上等酒、一只小银杯，大家张大了惊异的眼。

“好本领!”

“了不起!”

“这个出色!”

“你怎么样？——呸！又是面包!”

“这家伙永远是面包!”每个人把东西拿出来的时候，旁的人便大笑大叫。

“好！大伙儿，开始吧。”皮波西说着，孩子们便围着炭火坐了一个圈子，没有椅子，也没有垫子，大家都席地而坐了。

“先请客人——”皮波西说着，先把腌肉请我吃。

好一顿丰美的夜饭，我是好久没有见到这样的好菜。在老家跟母亲一起过活的时候，在毕尔刚岛跟保勒公公共同生活的时候，都难得有这样的好菜。腌肉之后是冻火鸡肉，之后，是肥肉很多的排骨。我的食欲大为旺盛。皮波西的同伴们都表示羡慕，不管什么，拿出来的东西都吃得一干二净。

“怎么样，大伙儿！这样大的胃口实在难得。这种朋友，是十分可靠的!”

皮波西得意扬扬地说。

肚子吃饱，身体温暖，积在身上的疲乏都发出来，我有点儿飘飘然地打起瞌睡来了。

“倦了吗？那就不用客气，不过，咱们这儿没有望风，也没有肉圆，但没有关系，你立刻就睡吧。”睡觉为什么要望风跟肉圆——我肚子已经饱了，且不管它，大概这又是巴黎话。

“睡在哪儿呢?”

“我带你去。”皮波西点上蜡烛，带我到一个狭长的横洞里。那儿铺着厚厚的草，盖有两三条毛毯。

“明天再慢慢谈吧，好，晚安!”皮波西把蜡烛交给我，走了。

一个人留在石洞里以后，心里觉得很不舒服，同时又有点儿怀疑皮波西他们的行径。塞得饱饱的衣袋、上等的腌肉、银杯子，都叫人觉得奇怪，可是今天一天的忧劳，已累得再也想不下去了。

盖上毯子望草垫上一躺，立刻便被睡魔抓住了。我吹熄了火，闭上眼睛。

“明天再说。”皮波西刚才说过了。到了明天，万事就有个水落石出——总而言之，今天过夜是没有问题了，而且装饱了肚子。从早上以来，受冻挨饿的那些苦味，都化为一声深深的长吁，打了一个大哈欠，立刻就睡着了。

第二天，被皮波西叫醒的时候，同伴的孩子们一个也没有了。要是没有人管我，我真想再睡一整天。

“这些旧衣服，比你那副破行头总好些，穿起来吧。”

我脱去破衣，穿上皮波西给我的上衣，虽然旧了，却是和暖的上等的毛织物。

从石穴的圆天顶透进微弱的白光，这便是钻进洞底来的早晨的阳光。

“喂，我把你前前后后想过了，你的性子不这么坏，对不对?”

“不这么坏，不过也不是顶好的。”

“你虽这么说，我还是担心。这事情虽然马上可以习惯的，可是立刻要干咱们这样的活计，还是不行的。功夫不到，便容易出毛病。所以为了免得出毛病，我给你一个出色的对手。在你还没有熟练以前，你就当‘小老鼠’吧。”

不懂巴黎话，我自己觉得难为情。可是这些话，我可不能佯装懂得。他叫我当“小老鼠”，“小老鼠”是什么呢？这我可不能不弄个明白。我注视着他的脸，皮波西便说：

“你准备好了没有?”

“好了。”

“那么，吃点儿早饭，到对手那儿去吧。”

走出横洞，昨晚上的炭火已经熄了，吃喝的残肴也已收拾干净。太阳光在这儿比横洞洞底和暖。只有两条石柱，支起了石的洞顶，角落里堆着许多乱石块。

皮波西打石壁洞里拿出一瓶葡萄酒跟吃剩的腌肉。

“不要吃饱，随便暖一暖肚子——等会儿，到你对手那儿再吃个痛快。”

我一边咬着面包，下了个决心问了：

“皮波西，你别笑我，我想你也知道，我巴黎话是一句不懂的。你叫我当对手的‘小老鼠’，这到底是什么意思?”

皮波西发噱地笑了：

“嘿嘿嘿，乡下话、巴黎话都一样的，小老鼠便是小孩子。像你这样身子特别轻松敏捷的孩子，在我们这一行买卖里，大家就叫‘小老鼠’。你不知道吗？铺子里老板在厨房里吃饭的时候，他们怎样关上铺门的？”

小老鼠便是小孩子，老板在厨房里吃饭——这到底什么意思？我越想越糊涂了。

“我不知道，他们怎么关门的？”

皮波西望瓶口里喝了一口葡萄酒，剩一半交给我：“他们用一道小小的栅子把铺门遮住。这栅子上有一个弹簧，弹簧上装着叫人铃，有人要走进铺子去，碰着这栅子，弹簧一动，叫人铃便响起来。叫人铃一响，老板在厨房里知道有买主上门了，便走出来。明白了吗？这儿就用得着‘小老鼠’了。”

“是不是叫‘小老鼠’来代替叫人铃？”

“啊？——傻瓜蛋！”

皮波西捧着肚子笑个不住，笑得喘不过气来。

“喂——别……别再闹人笑话了，哈哈哈哈——我笑得肚子都痛了——哈哈哈哈……”

“有什么好笑的吗？”我生气地向着他，他在我背脊上打了一下，又边咳边笑地说：

“哈哈哈哈——别闹人笑了，我我我简直要笑死了——好吧。不要再说傻话，‘小老鼠’怎么能代替叫人铃？‘小老鼠’要使叫人铃不作声。”

“使叫人铃不作声？——”

“对啦！你要使叫人铃不作声，就得打栅子下爬进铺子里去，是不是？之后，不要弄出声响，拣好的东西，拿了，交给等在外面的对手，再好好儿溜出来。”

“这不是偷东西吗？”

“对啦！”

“那么，你是小偷儿吗？”

“你也是呀，难道你不是想当小偷吗？你要做一个一事无能的不要脸的东西吗？”

我盯住了皮波西的脸，吃惊得一句话也说不出来。

昨晚上那些可疑的情景，一刹那间都明白了。皮波西一伙人都是小偷，那些吃的好菜、穿的衣履都是偷来的东西。皮波西说我不要脸，我难道真不要脸吗？偷儿说不要脸，我便不要脸。也好，我不能不下一个决心。

“皮波西，我不干！”

“不干？——”

“不干！——你叫我做这种勾当，你可大大地弄错了。我就不要脸吧，我不干！”

皮波西已经不笑了，他盯着眼直瞅我。他一定在想：我出卖了他了。他要是就放我这样地走，一定上警察局去告密。

“好，说话一句，你不干，你就别想离开一步！你想去告密，这是不成功的！”

“我要走。”我这句话还没有说完，皮波西叉起两手便向我猛扑过来。皮波西身子比我轻便活泼，可是力气不比我的大。我被他突然地猛袭跌倒地下，立刻纵身一跳骑在皮波西的背上扼住了他的头颈。

“皮波西，你还是不肯放我出去吗？”

他懊丧地从底下回望着我。

“到底怎么样，皮波西，你说！”

“你会把我们卖给警察吗？”

“我绝不干这种无聊的事——”

“你一定会保守秘密吗？”

“我已经说过我不干！——放你起来，你不许再抵抗我！”

说着，我就扶起了皮波西。皮波西还是显得很懊丧的神气。

“说起来你还是一个不要脸的东西！真正不要脸的东西！明明自己答应干，结果又后悔了。昨天要不是遇见我，这会儿你准会死在街头了。你这条命，全靠吃了我们偷来的东西，喝了我们偷来的葡萄酒。你的脚没有冻坏，全靠我们偷来的皮鞋——要走就走你的，可是你走到外边不冻死，还是靠我们偷来的衣服。”

唉，我把这件事完全忘了。穿在身上的虽然是温暖的毛织衣服——

“皮波西，把蜡烛借给我！”

“做什么？”

“找我的衣服。”

“我没有说你不能穿着走，这是我送给你的。”

“谢谢你，不过我不要穿！”

皮波西不高兴地指点昨晚上我睡觉的那个横洞。

我脱去皮波西给我的毛织衣，穿上自己又湿又烂的衣服，说一句老实话，这实在不大舒服。之后，又脱去新的皮鞋，穿上我的破靴子。穿不穿其实都是一样，我这双手制的皮鞋，一半的底早已没有了。皮波西默默地望着我的行径，我连眼也不瞧一瞧他，打着破靴的带子，自己这副破烂的样子，真有点儿难为情。

皮波西悄然地说：“你简直是个傻瓜蛋，自己要干出这种傻样子——我瞧你这副样子我心里真是难受！不过，我也有点儿羡慕你！——一个人干得理直气壮，心里一定是舒服的！”

“你为什么这样干呢？”

“已经迟了。”

“不迟呀，假使你进了牢狱，你的妈妈心里会好过吗？”

“妈妈！唉！我、我、我假使有妈妈——这种话不用说了。”

“不过……”我再说时，皮波西说道：

“住嘴吧！你还要讲道理吗？任便我好。我不过不愿意你这副样子走出去——这衣服是偷来的，你不高兴穿；那么，我有一套在罗涅里班做工时穿的衣服，那可不是偷来的，请你穿了去吧。”

“谢谢你，我要的。”

皮波西显出高兴的样子：“你要吗？谢谢你！好，一起走，我藏在街上的窝里。”我们走进巴黎街头。

皮波西所谓街上的窝，是市门相近，市外公寓里的一间小房子。皮波西打橱里拿出一套上衣和裤子，那套衣服我还记得：在法莱思，我们一起玩的时候，的确是他身上穿过的；此外还有一双半新的很可以穿穿的皮鞋。

我把衣服换好，皮波西伸出手来说：

“再会了！要是你以后遇见昨晚上那些朋友，不要跟他们兜搭，只装不认识好了——再会！”

“皮波西！我祝你好。”我们紧紧地握了手，然后分别。

15. 梦想之港

一

别了皮波西。

“今晚上睡在哪儿呢?”

时候还只是上午，我得花整个的工夫找过夜的地方。下雪的次日，天气美好而晴和，身上穿得暖和，皮鞋也不破，肚子饱饱的，我觉得神清气爽。

不能上医院去探望狄列德，我便随意走去。走着走着，一定会走出一点儿办法来。可是约莫走了两个钟头，还是什么办法都没有。既找不到宿处，也想不出什么妙计。热闹场、冷街巷，打这街到那街，四处乱跑。

我望赛茵河走去。目的地是圣惠斯脱市场。那位和气的、给我两毛钱的大块头太太，也许会收留我，即使不能收留，也许会告诉我一个投靠的地方。

那太太见我穿了皮波西的衣服，起初不认识我，后来看出来了，立刻就问：

“啊哟，是你吗？你妹子怎么样了？”

我把从昨天到今天早上发生的事，一五一十告诉了她。这太太称赞我的行动，表示非常的钦佩。之后，我又把自己的意思告诉她——我不忍把狄列德单独丢在巴黎，想等她出院，因此必须在巴黎找一点儿任便什么工作做做；有什么工作？有什么地方可以去找？

“哦，对啦！所以你想起了我啦？想起我佩尔索来，你这个念头可转得不错。我虽然没有力量，多少总可以帮点儿忙的。我虽然是一个穷人，却是一个热心人。你放心好了，我绝不肯眼看一个小孩子在街上饿死的。”

佩尔索太太马上叫来了邻近的几位太太，商量替我找工作的事情。谈话的结果：知道我识字，能写算，大家的意见就一致认为可以给市场当记账的位置，但不知有没有空额。终于由佩尔索太太们费心，第二天一早五点钟，我就担任了市场的记账，坐在账台前了。

工作很轻便，我的字写得既干净又快速，佩尔索太太跑来向市场里的人问我的工作情形，市场老板很满意地说：

“又快又干净，好，很不错，很不错。”

这工作我每天可以得到三毛钱，又承佩尔索太太的情，使我可以在货仓里度宿，所以这点儿工钱，除我一个人吃用，还有点儿积蓄。

狄列德进院是星期一，我念念不忘地等着星期四的探病日。

星期四早上，忙把市场里的账簿整理好，我立刻到塞咸街去。市场上的人给我许多橘子，把我的袋子装得满满的。

狄列德怎么样了？——总不会已经死了吧？——果真死了的话我怎么办呢？——要是活着才好，希望她活着吧！——这样想，心里说不出的难受，两脚飞一样地奔着，医院大门还没有开的时候，就跑到了。

问明狄列德的房间在圣查禄舍，我大踏步地向长廊下奔去。

“喂，喂，轻点儿！这么吵吵闹闹的，要把你赶出去的呀。”

后面有人呵斥，我骇了一跳，忙踮起脚尖走过去。

狄列德没有死，而且好了许多……

“我早知道你没有在雪里冻死，便一定会来的……”

我们各人询问别后的事情。我把皮波西采石场，以及自己没有加入无赖少年党的事，都告诉她了。

“好，真好，哥哥。”

打这时候起，狄列德开始叫我哥哥了。

“狄列德，还有比这更好的事情呢，你还记得市场里那个大块头太太吗？”

我又告诉她佩尔索太太把我介绍在市场里当记账员。

“啊哟，真好！那太太真是好人！”说着她眼里淌出泪来。之后，她又告诉我进院以后的情形。

刚进院的时候热度很高，人事不知，整天呓语，可是受到很郑重的看护，特别其中一位童贞姑娘（这是教堂办的医院，当看护的都是童贞姑娘）对她特别的好，终于好到现在这个样子了。

“不过，我很想出去。”狄列德低声地说。

“干吗……”

“我害怕，你看我旁边那张床，不是空着吗？那儿昨晚上死了一个小女孩儿。人家把她的尸首放在一口巧格力木箱里，那时候我真害怕！——不过，我不久可以出院了。”

不久可以出院——狄列德是这样想，可是她错了，她的病出于她自己跟我的意想之外，原来是很重的。等到完全痊愈出院，还得整整地在医院里住两个月。

但狄列德在医院里住那么久，对于我们反而得到意想以外的幸运。

在院的时候，全院的童贞女看护、医生、同住的病人，都喜欢狄列德，终于全个圣查禄舍的人，差不多没有一个不知道我们的身世。

每礼拜四，我到医院去探病，同舍的人都变成了我的朋友。

于是，在狄列德可以退院的那天，医生跟童贞姑娘替我们设法，让我们回保尔地去不必步行。

医院里有死去母亲的乳儿，由一班寄奶妈领去。那位运送奶妈的运送行老板，答应叫我们坐他的马车到维尔城，到了维尔城，再由这老板付钱让我们坐公共马车回家。

圣查禄舍里的医生发起筹募捐款，给我们送行，一下子就募到了十五元钱，这些钱做我们的旅费已经足够有余，这又是一件意外的幸运。在这两个月中，我自己正设法凑回家的旅费，每天一点点积蓄下来，已经有了六块钱。

两个月前大雪纷纷中到巴黎的我们，和现在离开巴黎的我们，是大不相同了。和善的佩尔索太太送我们上马车，还送了许多水果糖果和别的东西。这辆运送奶妈的车子，是两边钉着长板凳的粗劣的厢式马车，车板上铺些稻草。坐在上边不怎么舒服，可是我们“坐着马车旅行”，已经是了不起的佳运了。

时候正在二月的下旬，气候不十分寒冷，正是畅快的行途。车上除我们之外，还坐着十四五个奶妈，各人抱着从医院领来当养子的乳儿，回到自己家去。她们都是热情有趣、兴高采烈的太太们。

到维尔走了四天，有时孩子哭得太凶，换尿布太挤的时候，我们便跳落车子，跟着步行一段。

在维尔城，得到运送行老板的照料，坐上了到保尔地去的公共马车，离我老家约四公里的地方下了马车，那是二月的第一个礼拜天，自从我逃出陶尔城伯父的家，离开自己的老家，恰巧是九个月了。

我们一时默不出声，心境很淆惑地走着。

“终于到了，再一个钟头，便是亲爱的老家了！”这样想着，我心里更加不安地加快了脚步，可是狄列德却另有一种不安的心境：

“终于到了，可是从来不相识的罗曼的妈妈，到底是怎样的人呢？她会对我好吗？喜欢我到她那里去吗？要不然以后我又怎样办呢？”

我的担心却别有原因，我应该对狄列德说明，但是很难说。我们两人都明白对方的心境。

我再也受不住沉默了。狄列德首先开口说道：

“你走慢一点儿呀。”

“啊……”好似打破了冻结的冰片，我们吐了一口闷气，把脚步放慢了。

“我有话要对你说。”

“我也有话——这个，这封信，你走进我家里就立刻交给我的妈妈。”

“信？信做什么？”狄列德不解地望望我，又望望信。

“唉，你交给她好了。”

“干吗？——你不同我一道去吗？”

“唉……”

“干吗？——你不把我介绍给你的妈妈？我怎么能知道你妈妈是

不是喜欢我？要是她把我赶出来，我怎么办呢？罗曼！”

“你在担这种心事吗？狄列德，你可完全不知道我的妈妈。”

“不，我知道的。可是我不跟你一起去，你妈妈是不是答应，你怎么能够知道呢？我一定要跟你一起去，再三求你，可是你不肯，这个，妈妈会相信吗？好容易带我到了这儿，却不把我介绍给你妈妈，这太没有道理了，怎么可以呢？这是谁也不会相信的，你真是太古怪了！”

“所以我在信里已经写明白了——‘我不跟妈妈见面了，因为我跟妈妈见了面，我就会不想走的。我要是不走，我便不得不回到陶尔城去见那可怕的伯父。我可无论如何也不愿回到西门伯父那儿去了。’——狄列德，你明白了吗？我已经这样写明了。我妈妈答应过伯父的，这伯父凡对自己有利的事，绝不肯饶人。”

“你不高兴去，妈妈一定也不会叫你去的呀。”

“这个，狄列德，妈妈也做不得主呢！我如果违反契约，住在自己家里，妈妈就得对伯父赔偿损失，但我如果从此上船当水手，伯父就没有话可说了。而且我当了一名水手之后，回到家里来，伯父对我和妈妈就没有办法了。海员跟海军一样，名字写在海员籍上，我的身体便属于法国政府，不管伯父说什么，都没有用了。政府比伯父有力量。狄列德，你听明白我的意思了吗？”

“不过，我还不明白。对海员的情形我完全外行，不过我以为你不应该。”

“不应该？”我有点儿生气了。关于这件事我是再三考虑过的，听她说不应该，我可不能承认。

“我以为你不应该。你想，你妈妈会怎么说？她一定说——那孩子简直一点儿孝心也没有——那时候，我也没有法子替你解释。”

我沉默了，低着头走路。说到妈妈，我就没有话说，把牙齿咬一咬，几乎动摇了自己的决心。

“狄列德，你当我是坏孩子吗?”

“不！不是这个意思。”

“那么，以后我会变成坏人吗?”

狄列德凝视着我的脸。

“说，我怎么样?”

“不会的。”

“那么你，以为我不爱我的妈妈？我使妈妈痛苦，我心里不难过吗?”

狄列德没有回答，我又接着说下去：

“狄列德，你不要再说这话了，你也许可以把我强留在家里，可是这对我，对妈妈，对我们大家，都没有什么好处!”

狄列德一句话也不说，我们忍住了想哭的心境，默默地并肩走着。

走到村子口，我们离开正路，走过一片枯草的原野，我知道打这儿走去，不会遇到村中的熟人。

走出高岗上的灌木林，面前望见一片蓝蓝的海，海风中吹来了海潮的气味。我们没被人瞧见，一直走到屋后刺金雀儿的篱笆下。在我们穿过草野的当儿，我听见做完礼拜日早祷的钟声，现在母亲应该可以回家了。

我的腿子瑟瑟发抖。

“狄列德，这就是我的家!”

我隔着刺金雀儿篱笆，指点着自己亲切的屋舍，低声地说。声音抖得只是抑制不住，狄列德先只叫了一声“罗曼!”声音中含着无限的哀恳。

我不得不抱定决心了。

“走吧，狄列德，打这条路走去，便是大门。你推门进去，立刻把这封信交给妈说：‘这是令郎的信。’妈看了这封信，绝不会拒绝你的。夏天以前我一定回来。到了杜佛港，马上会写信给你们。好，我们再见了！”

一说完，旋转身便跑。狄列德连忙跳过来抓住我的袖子。

“狄列德，放开我！不要留住我！你这……真是叫我——叫我哭出来啦！”

狄列德把手一松，我就推开她跑走了。

“罗曼，罗曼，再等一会儿！”

回头一看，狄列德满面流泪，高举着两手，我也举手打了个招呼。从此便头也不回地，一边哭，一边蹿进灌木林，没命地跑。

跑到村旁的原野中，我站住了。然后爬到乱草丛后，回到可以望见家门的地方。篱笆外面没有狄列德的影子，好似已经走进屋子里去了。

我又爬到刺金雀儿篱笆下，望住家门，过了好久，不见一个人走出来，也没有听到人声。正房、小屋、园庭，情形还跟原来一样，胸头充满了不安的感情。

“难道妈妈已经不住在这屋子里了吗？跟狄列德的妈妈一般搬到别的地方去了吗？还是因为惦念我，愁得病死了呢……”

当这种不祥的念头出现在我心上的时候，狄列德从门口走出来，接着是我的母亲……狄列德紧紧靠在妈的身上，她们握着手，眼睛都哭红了。

躲在乱草丛后正缩作一团的我，担心自己心跳的声音会被她们听见。

三小时以后，我坐在公共马车上了。过了两天，经过卡因，打昂弗鲁乘船到杜佛港去。

我的袋里还剩下七块钱。

二

我一心以为只消到了杜佛港，向开往外国的大船上请求，便会立刻雇我当见习水手的。

从昂弗鲁到杜佛港的船都泊在外滩码头，我满心得意，在许多并列的码头上飘飘然地走着，打算拣一艘去外国的好船。

看见码头上停靠着几条近海航路的小汽船，对于这种船我是没有兴趣的。

巴尔码头停着一艘大的美国轮船，几百个棉花包正在卸陆，码头上棉花包堆得山一般高。这虽然是大船，对我也没有吸引力，我找的是到外国去的法国船。

再走到商务码头，不觉大大地骇了一跳。那儿聚集了从世界各国开来的各式各样的船：大的、小的、白的、黑的、黄的，桅杆跟树林一样，各色各样信号旗、海军旗、国旗，像花一般地迎风飞舞。

多么美观的景物呀，我觉得这儿比巴黎美得多了。

有些船发出叫人流涎的黑糖的气味，也有些船发出辣椒肉的气味，到处都是山一样的货包堆。大群的码头夫忙忙碌碌的，上货的上货，卸货的卸货。咖啡袋旁也守着海关的关员。海员们唱着歌，一种凄壮的水手歌。

在这许多船只当中，我立刻注意到一艘特别耀眼的船。全身漆得雪白，船舷外穿过一条粗粗的蓝条子，是一条轻快的三桅船，桅索上吊着一块挂牌，上面写着：

本船候货物装全，立即开往毕南勃哥及白埃。晓星号船主弗里格尔白……

一条白和蓝的轻快的船，而且是开到毕南勃哥和白埃去的……啊，这多么有趣呀！我光是想想也喜欢得心跳。

我便往甲板走上去。船员和码头夫正忙着，沉重的大木箱吊在起重机上，一步一步向暗洞洞的张着大口的货舱里落进去。

起先没有一个人注意到我，因为我在那儿站了一会儿，有一个衣服整洁的船主似的人注意我了。我早想走到他跟前去请他收我当水手，因为他正忙着点货记账，没有对他说话的机会，现在倒是他注意到我了：

“喂，小孩子，不准上船玩耍呀。”

“我，我有事情请求你——我爱这条船，我想在这条船上当见习水手，你可以雇我……”

我的话还没有说完，那个船主似的人怕烦地摇摇手，指着我走来的码头上。

“不过，要是可以雇我……”我还想说下去，他忽然大喝一声：“滚下去！”我脸红得火烧一般，愣生生地走下了船，眼睛中好似一片漆黑。但我并不就此失望。

“像我这样的人，晓星船是一定太漂亮的了。”这么想着，便断了念头。又慢慢地走着，漂亮船既经失望，现在便拣了一艘涂黑的古老而肮脏的双桅小帆船。那条船叫龚古尔号，装货往但披哥去的。

“我想当水手，可以雇我吗？”

“满额有余了，不要人。”

这便是从龚古尔号船主所得到的回答。

在第三条船上，我没有找船主，拉了一个在甲板上抽烟的水手：

“伯伯，我要当水手，你们可以雇用我吗？”

“什么？得了吧！你开玩笑吗？别开玩笑！好好儿走吧，不要讨骂！”

这水手伯伯又把我撵开了。

最后，在一条装货去美洲西岸的轻快的两桅船上，那船长虽并不怎样和气，口气中表示似乎可以用我，不过，知道我没有父亲，也没有人代替父亲在契约上署名做保，而且没有海员登记，也没有海员服装跟其他工具，特别因为没有海员工具，船主立刻换了一张面孔：

“呸！服装也没有一套，就想当水手啦，简直在做梦！小厮，没有你的事，再不滚蛋我就一脚踢你下去！”

船主慢慢地穿起了他的长筒靴，这一脚踢过来恐怕吃不消，我又茫茫然的，急忙走下了船。

事情并没我所想的顺利，我忧闷起来了，觉得这世界真不痛快。

“难道我还是不得不回到保尔地去吗……”

如果单只是想着母亲和狄列德，我自然立刻回去了。可是回保尔地，同时又不得不想到陶尔城的伯父。“如果再回伯父家去，那还是死了的好。”我心里阴郁地，又从这码头到那码头找着船只。

在码头上走着走着，不知不觉地走到了原来的港外码头。海潮正在涨，大批的渔船向海中开去。我坐在防波堤上望着大大小小进口的船只。

唉，这汹涌奔腾的海潮，这热闹兴旺的海港风景，极目无边的伟大的水平线，是多久以来梦想不忘的呀！

卡因、杜佛、昂弗鲁间的来来去去的船：往遥远的外国做长途远航的大轮船正忙着出港口的准备：立在甲板上道别，挥着手帕的旅客，送行人的呼声，船员的叫唤，辘轳转动绳索的声音，从海边到防波堤纷乱地挤在港内的桅杆和风帆——唉，多么壮观呀！我完全忘记了此后将何去何从地迫在自己目前的不安和忧虑。

在防波堤石上，撑起两肘，整整两小时，痴痴地望着海港的景物。忽然有人摸我的头发，骇然回过头去，不觉“啊”的一声叫了出来。站在我跟前的，是辣波拉班上当音乐师的德国人海尔曼。

“海尔曼，辣波拉老板到这儿来了吗？”我突然骇得脸无人色，连说话也结结巴巴的了。

“哈哈哈哈——骇了一跳吧？哈哈哈——不，原来只是……”据海尔曼说，他也已经脱离辣波拉班，现在要往南美洲爱克图共和国他哥哥的地方去。

我知道辣波拉班没有到杜佛，心就放宽了。

“那么，老板跟他的班子怎么样了？”

“风流云散了。不过老板走鸿运，得了一大批意外的遗产，把剩下的动物都卖掉了……”

“卖掉了？那摩东呢？”

“摩东死掉了……”

“死了？唉，可怜，什么时候？”

“你们逃了之后约有半个月的样子，它死得真可怜！”

据海尔曼说，摩东的死是为了饥饿和伤心，自从狄列德走了之后，摩东的脾气突然变坏，谁也不能近它的身边。远远把食物投给它，它也只把阴郁的眼睛瞥了一眼，一点儿肉也不肯下咽。

“除了辣波拉的肉，它什么也不想吃了。哈哈哈——只消它一眼望见辣波拉，便狂跳狂叫，几乎把笼子都撞破了。不过狮子虽然是他的衣食父母，到底总不肯把自己的身体喂它呀。”

可怜的摩东，到死为止，还对狄列德表示它的忠诚。

“那么，你终究如愿以偿，当了水手吗？”

“哪里，海尔曼，这件事不容易，我正在这儿没有办法。”于是我便把码头上找船的情形对他说了。

在辣波拉班里，海尔曼是个出名的智多星。

“既然要保人，那么我便算你的哥哥，给你担保吧。”

“还有服装跟海员工具哪……”

这就为难了，海尔曼比我多不了多少钱。他到爱克图去的旅费还是他哥哥先买好了船票寄给他的。我们两个人把所有的钱合起来还办不了一套海员工具。

“没有法子，不要难过，好吧，大家去吃一顿饭再说。”说着，海尔曼为的要安慰我，便带我到港市的菜馆里去。

吃过夜饭，海尔曼说去看戏。

“不消花钱，有一位德国朋友在这边戏院里当乐队手……”

第一幕戏刚出场，是一出名叫“开戏”的喜剧，其中有一个人躲在一只大箱子里被人运走，看到这儿，海尔曼伸手碰碰我，低声地说：

“啊！有了。想到一个法子了，落了幕告诉你。”

海尔曼所想到的办法，是买一口大木箱，把我装在里面，在开船一小时以前，由海尔曼把这木箱当作手提行李，带进往南美洲的船上。等船出了港口，把木箱打开来，我便在船上胡乱地走，船主当然发怒，但总不会把我推落海里，没有法子，只好让我留在船上，在长长的航路上，慢慢儿请求，说不定便会收留我了。

这个想入非非的妙计，使爱好冒险的我大为中意。

这晚上，便住在海尔曼的旅馆里。第二天，我们往街上旧货店去找，花五块钱买了一只恰巧可以把我装下的木箱，是外边钉铁皮的坚固家伙。

海尔曼用钻子钻了许多洞，使我在里边可以呼吸空气，先试一试。爬进去，把盖子盖好，待了两个钟头，一点儿也不难受。手脚可以自由活动，身体可以转侧。

海尔曼乘的船是当天晚上二点钟，半夜潮涨时候开。整个下半天，我参观这条名叫奥列诺克号的船，一直参观到傍晚。晚上，我给母亲和狄列德写了一封长信：

> 我马上要上船了，违背母命，独行其是，心中深为不安，幸乞原谅，因为这件事等到将来，对我与对母亲都是好的……

给狄列德的信中，又报告了遇到海尔曼，知道辣波拉班和摩东死了的消息，并请她视我母如己母，平安度日，并说我从南美回来，一定给她带来出色的礼物。

16. 海上英雄

一

开船的两小时前，正当午夜十二时左右，海尔曼连一块大面包把我装进木箱里，盖上盖子，笑着说："好，明天在海上再会了，肚子饿了啃啃燥面包吧。"

我在这木箱中至少得待上二十小时，因为在杜佛近海，要是拆穿了这个西洋镜，船主可以叫渔船或领港船带我回杜佛的。四五天来尽刮着猛烈的南风，过了二十小时，船一定开到英法海峡的正中了，领港船回去了，渔船也碰不到了。木箱里面钉上可以穿过胳臂的皮圈，把胳臂穿在圈上，移动的时候，可以减少动摇。

盖上盖子，海尔曼用钥匙把两边的锁子锁了，再把麻绳结结实实地捆好。"喂，搬走了，如果摇得凶，得忍耐一下呀。"

箱外似乎传来快活的笑声，在静寂的街中运过去，摇摇晃晃的，好像坐在马背上一般。

"海尔曼！很舒服的，跟骑马一样。"

我大声告诉他，他可慌张了起来：

“啊！行李不能说话呀。”海尔曼假装自言自语地说，我立刻明白已经在船上了。

突然：“喂喂，等一下！你拿着的什么？”有人质问海尔曼，大概是船上的职员。

“啊，啊——这是我的行李。”

“不行不行！这样迟才搬来，行李舱已经关好了。”

这件事，我们早就知道的，实在我们是看定了行李舱关好才拿进去的。行李舱如果没有关，这么大的行李，一定会装在行李舱里，放在别的大行李底下，装在跟棺材一般的木箱里，一直到南美的格基尔，我这条小性命就不用想活了。行李舱关好了，便可以放在甲板角落，或是放在海尔曼的房间里——这正是我们的目的。可是事情没有这样顺利，船员一定不让他搬进去。

“不行，不行！船上的章程，行李要在日落以前上船，对不起，我们不能破坏章程。”

我躲在木箱里，着急得要命，以为事情是不成功了。“海尔曼会不会等到下条船走，要不然，单把我丢下来，放在码头栈房里，等便船再装！海尔曼身边已剩不了多少钱，不能带我一起等下一条船。”

马上就要开船了。我在木箱里面万念俱灰。

幸而这时候，来了轮船公司的一大批货色和南美的邮包，海尔曼再三恳求，总算得到许可把木箱跟货包一起放在甲板上。

“唉，没有法子，等半路里开舱的时候再装进去吧。”船员这样说着，便有几个粗手粗脚的水手，把我这口木箱扛上去。

要半途中装舱，倒还没有关系，反正我不会老躲在木箱里的。

一会儿，听到缆索落水的声音。头上边，又有水手们拉绞盘的步调整齐的脚声。

“开船了!”

我虽然在箱子里，但从各种操作的声音，船的动摇的情状，跟站在甲板上观望一般，一切都很清楚。听见绞盘转旋的声音，水手们大声叫喊，在甲板上跑来跑去，立刻知道：

“船已开到港门口了……”一会儿，船忽然好似不动了，那是被拖驳拖着慢慢地走过港门了。

“啊，出了港门了……”船身前前后后轻摇了一下，我立刻知道。摇得渐渐厉害了起来，那是船正要开出防波堤。

“扯篷!”

船身侧得很，好像已经出了港口。

好了，好久以来梦想中的大海，已经身临其境了。自从逃出陶尔城，受苦受难，直到现在，都是为了博得这一刹那间的代价。扯起饱满的大帆，浩浩荡荡向大海出发！多久以来我就等待着这一刹那，这一刹那，对我正是登天一般的快乐——我一向便是这样想的。

可是怎么一回事呢？木箱中的我，却产生一种不安的悲伤的心境。船也许正在破白浪而前进，而我是伏在狭窄黑暗的箱子中，这怎么能使我有欢乐的心境呢?

要是跟水手们站在甲板台上，拉着帆索，身后是大陆和海港，面前是碧海青天，那么，也许我的胸头因未识的欢喜而跳跃，但是在四方板箱当中，怎么也驱不了心中的恐惧。笃，笃笃，箱外有人轻轻地敲，突然提醒了我的神志，侧耳细听，我不能随便回答。要是外边是船上的人，一番苦心便化成泡影了。

屏息静听，又是笃笃笃笃有意义的敲声。

“是海尔曼!”我听清了。

我从衣袋里拿出小刀子，也同样地笃笃笃笃敲了几下。这时候我心里安了一点儿。

“我不是被人遗弃在这儿的!”——只消在这儿老老实实待几个钟头就得了。打这儿出去，便是汪洋大海，一切自在了。

风似乎很大，船舷每次受到浪头，便来一次剧烈的震荡。我对海是有自信的，四五岁的时候，我便跟村中的渔夫们出海，在海上长大的我，从来不知道有晕船这回事。但什么缘故呢？胸口有点儿泛漾漾，渐渐不大好受了。

起先以为是在这狭窄的箱子中，呼吸不能舒畅的缘故。虽然钻有通空气的洞，但钻子钻的小孔，空气的流通似乎有限。因此箱中充满了灼热的温度和难受的浊气，觉得不舒服了。

可是不多一会儿，我明白这真是晕船了。每次船身冲过巨浪大摇大摆的当儿，我就好似作旋舞一般感到一阵晕眩，这是无疑的了。

我担心起来，我看见过那些坐不惯船的人晕船晕得厉害的时候，便跟牛一样大声呕吐起来，我要是这样晕法，可怎么办呢？要是有人在木箱旁走过，忽然听见牛一样的呕吐声！……

“晕船最好是睡觉。”我听人家这样说过。现在我除了睡觉没有别的办法，我便把脑袋放在两手中闭眼睡觉，可是愈想睡愈睡不着。木箱里气闷得很，再加睡的又是硬板，早知这样，应该在箱底里放点儿稻草才好。

胸口泛得更加厉害了，船身左右前后地摇动，我的心也好像忽左忽右，忽然跳到喉头，忽然落到肚底地动荡起来。好半晌工夫，只是说不出的难受，想睡总是睡不着，渐渐地有点儿蒙眬过去了。

我不知道睡了多少时候，在箱子里没有一点儿光，黑得伸手不见五指，也不知道是昼还是夜，船上人声寂静，大概是在半夜里了。

只听见甲板台上值班的船员调子均匀的脚步声，有时候，叽吱，叽吱，船轮转动的声音。船身摇动得比刚才更厉害了。桅杆跟帆椽摩擦的声音，帆樯迎风呼啸，从打在船舷上的浪声，知道风比先前更猛烈了。

静听着风波汹猛的音乐，小时候跟母亲互相拥抱着过暴风雨之夜的情景，历历如在目前，回想着过去的一切，不知不觉又睡着了。

突然震天动地的一声，船身好似炸开一般受了一下大的冲撞，我惊醒过来，接连着，又是一声巨响，好似桅杆倒下来了。

大柱碎裂的声音，桅杆裂断的尖声。

“Stop!”有人用英语大声呵斥，同时在这箱顶上，又有人用法语大叫：“全体船员在甲板集合!”

在混乱的叫喊和声响之中，忽然发出呜——的沙哑的吼声，立刻辨出是开汽笛放出蒸汽的声音。

无疑地，这条奥列诺克号跟一只英国轮船撞了一下，我们的船被撞在船腰上，几乎一下子给撞翻了。我的身体着实地跌到箱边上，立刻明白外边的形势。

“撞船!”一明白形势，同时差不多便本能地想把箱子盖顶开。盖子一动也没有动，这是锁着结实的锁子的。放蒸汽的声音一停，甲板上东西碎裂声、叫骂声，愈加厉害了，斜侧的船渐渐摆平，回复原来的姿势。英国轮船沉没了吗？还是已经顺利地离开了我们的船？

“快打开!”我大声呼救了。到了这个田地，自不能再顾忌了，不问是谁，赶快跑来把可怕的木箱打开来才好。但甲板上只听见大群人乱窜乱闯的脚声，跟发疯似的叫唤，乱成一片，再加船舷上浪声澎湃，风声怒吼，好像要湮没骚乱的人声似的，响得更猛烈了。

船正在沉下去吗？海尔曼在做什么？船快要沉没了，如果海尔曼忘记了我，自顾爬上救命艇，我在这木箱里将怎么办呢——想到在箱子里淹死的情形，我突然感到血流凝冻一般的恐惧。

一身骇汗，手心湿得跟浸在水里的一般，再也安静不住了，忘记了箱上有着锁，突然直起身来用脑袋去撞坚硬的盖子。我跪着膝头，身子跟虾儿似的曲着，用全力去顶，可是坚固的榉树箱子，再加上两道坚固的锁，凭一点儿小孩子的劲儿，连一星儿也不曾动弹。

又是一骇，好像极度受惊的野兽，发出一声绝叫，抓住了自己的头发。

"海尔曼！海尔曼！海尔曼……"

我又呼起救来，但这时候被甲板上一声巨大的响声掩住了，连自己也不曾听清自己的声音。大概又是桅杆断裂的声响。

"海尔曼到底在干什么，为什么不来救我？"桅杆似乎倒下了，又是震天动地的一声。

抽水机急急忙忙活动，叽空、叽空——接连不断地响着。

这条船一定是沉了。我绝望得发狂一般，又撞了一下坚实的箱盖，箱盖还是一动不动，"海尔曼！海尔曼！"这么叫喊着，一次次地感到自己快要晕过去了，每次警惕过来，把住了神志。

声音总是在我头顶的甲板上，这二台甲板上，却一点儿声音也没有。尽管大声叫喊，我的声音还是消失在这厚厚的木板中，即使有一点儿漏出外面，也被怒吼的风声湮没了。

但海尔曼究竟是怎么一回事呢？难道跌落海里去，被浪头卷去了吗，还是只顾自己逃命，忘记了救我呢？果真如此，我注定只好死在这个木箱里了。

得救的希望断绝了。

遇见了死，胆敢和死对抗的，即使是一个小孩子，也绝不是不可能的，只要身体是自由的，至少总可以设法自卫，只要忘掉绝望的恐怖，与死亡争斗，也一样能够得到胜利的。但像我这样装在一只木箱里，连呼吸都有点儿困难，要这样地坐以待毙，实在是太悲惨，太可怕了。

我挣扎得精疲力尽，盖子还是一动不动，再呼喊时，嗓子就像破笛一样只是出气，连一点儿喑哑的声音都没有了。

谁受得住这样的绝望呢？何况我还只是一个孩子。

渐渐地晕过去了。不知经过了多少时候，重新又苏醒过来。心里产生一个古怪的感觉：我已经死在海底下了。

但甲板上混乱的声响，回复了我的意识，抽水机不断地响，吐出的水发出咕咚咕咚的不安的声音。每当一阵怒吼的风和浪打着船舷，船身发出炸裂似的巨声，像快要倒翻一般地打侧了。我在木箱中忽左忽右，跟行李一般滚来滚去。

“我还活着！”我又重新提高了嗓子呼救，同时不时地侧耳细听外边的情形，除了狂风以外，再没有别的回音。

嗓子干涸了，喉头燥裂得好像有东西噎住，我脱去身上的衣服，正要把上衣丢开一边的时候，我的手碰到早已忘掉的小刀子，这是海员用的海军刀，刀口锋利、刀身坚厚、刀柄结实的小刀子。

“对了，没有人来救我，我就得自救。”在黑暗中摸着锁脚，便用小刀去撬，小刀不能把锁撬破，我决心削去锁脚四周的木板，把锁子脱下来。

箱板是榉树的，大概用过有二十年的样子，已经硬得跟铁板一样，要挖洞委实谈何容易，但除此之外，我再没有别的救星，我便在黑暗中，一心一意用小刀挖掘。

流汗的手心，时时把刀子滑走，揩揩手，再拿起刀用力削进去，工作还是进行得不顺利，船身忽左忽右、忽前忽后地摇动时，每次都把我滚过去，好容易削了的纹路，又找不到了，只好另外再削。

但是只要心思坚，铁杵磨绣针。一边的锁子，已经活动起来，只要敲一下便可以脱落了。

“好，还有一边！”刀头摩擦得火一般热，想用舌头舔冷些，把舌头都烫坏了。

抽水机的声音停止了，跑过甲板的脚声愈来愈闹，我不明白为什么停止抽水呢，一会儿听到甲板上吊下一口大木箱似的东西。

“什么，这不是救命艇吗？”想着，立刻又转过念头：

“让他去吧，我只有唯一的救星！”除了撬开锁子，打开箱盖，没有别的办法！我又拿起了刀子。

可是刀子不管多锋利，也渐渐地钝起来。撬第二个锁子的时候，不得不特别用心，把全身全力集中在刀尖上，还是一刻比一刻手酸腰痛起来。

常常疲倦起来，不得不休息一会儿，那时便听到狂风怒吼、巨浪泼舷的声音，船身好似立刻要粉碎一般地吱轧着，发出咯咯吱吱的警告。

撬第二个锁子花了有一个钟头，但我好似觉得很久的样子。终于把第二个锁子挖穿了，摇动起来。

跪着膝头撑着两手，曲着身用背脊向盖子顶上去，锁子脱落了，但盖子仍顶不开。

“哦？是捆着的！”

我忘记了木箱两头是用麻绳捆得结结实实的。

现在得将麻绳割断，我想这是很便当的事情，可是也不怎样容易，箱板和盖子间有一条嵌缝，尽力推上去，小刀子还是伸不出去，要割断麻绳必须把这嵌缝削去。

我重新鼓起勇气着手新的工作，这次顺着木的纹路削，不比挖锁子那么费劲，一会儿便削出了一条可以把小刀子伸出去的缝。

“现在一定可以出去了！”割断了麻绳轻轻一推，盖子打开了两三寸，却被什么东西挡住了，再用劲地推，它只打开了刚刚可以把手胳臂伸出去，再推无论如何推不开了。

我伸出手去探摸是什么东西阻挡。天大概还没有夜，外边只看见薄薄的光线。探摸了一会儿，终于摸着了，是一口大的货物箱，只跟我的木箱离开一点点，有半个箱子底突出在我的箱上，所以把箱盖挡住了。

拼命地推掀，依然一动不动，只是靠一条箱子缝里探出去的手，是一点儿劲儿也使不出的。

看来依然是不成功的了——我明白了。

如果就此灰心，我的一番苦心岂非都白花了吗？我得怎么办呢？

刹那间，觉得头脑充血，满心焦躁，全身索索地抖起来了。

我想——我叫了这么多次，甲板上的人没有听见，一定是因为我在箱中叫喊的缘故，现在盖子已经离了缝，大声喊起来，也许有人会听见跑来救我。

我把嘴凑在缝口上，提高了嗓门大声呼叫：

“海尔曼！海尔曼……”

没有回音。

“随便什么人来救救我啊！”

甲板还是一片混乱的脚声、骂声、叫声，同时听见好像一件很巨大的东西落在海里的声音，我想——甲板上的人声我听得很清楚，甲板上的人也应该能听到我的声音。

“来一个人吧，救命啊!”

再静下来听，甲板上只有狂风怒号的声音，再没有人的脚声、骂声和喊声了。更奇怪的，海面上在一浪与一浪之间听到有人大声嚷着。

谁也没有听到我的声音，我决定不再叫喊。现在，除了再撬开箱盖后面的锁链，再没有别的办法了。把锁链撬去，盖子便不会被上边的大货箱挡住，可以在横陡里脱开去了。

我鼓起最后的力，握紧小刀的柄子。

静悄悄的甲板上，只有风声咆哮。

二

船员和乘客怎样了呢？都被海水卷走了吗？这样的事也不能说绝对不会，因为船身前后左右地摇得那么厉害，几乎一切的东西都会掉下去的样子，听那呼啸的风声，可见这风浪实在不小。

在风浪猛搏之间，有一刹那的静寂，一种悄然凄绝的寂寞支配了全船，没有声响，没有脚音，没有一点儿人气味，这寂寞把我骇得毛骨悚然了。

撬开铰链比挖锁子便当多了，早知如此，刚才不要挖锁，先撬铰链要方便多了，铰链的铜片不过用钉子钉住，用小刀插进去，立刻便松了；以后再把盖子推上，向左右推摇几下，不但钉子落下来，连铰链也立刻脱开了。

我将箱盖向横脱开，走出了这个恐怖的牢狱。

哦，我是多么高兴——一番辛苦的恶战，终于获得了回报。

死在这木箱里边，宁可在外边死十次。可是我的灾难还没有完尽！

凭着一绺微微的光亮，摸索着向梯级走去，爬上甲板一看，天快将破晓了。微明的甲板上没有一个人影，掌舵室里也不见人，这时候，我方才明白情形，船上的人都离船逃命了。

走上后甲板向海面一望，在鱼肚白的晨光之前，望见一点儿黑影在远远的波浪间隐约浮沉，无疑是船上放出的救命艇。

尽可能大声呼喊了一会儿，可是相离太远了，我的喑哑的声音被狂风吹散了。

在这疯狂的大海中，一条快要沉没的、被人丢弃的船甲板上，只丢下了我一个，可是比之装在箱中的恐怖，到底是好了不少。

站在甲板台上瞭望全船的情况，看出正是船腰上受了冲撞，没有撞作两段，真是奇怪的事情。那条英国轮船，大概想追过我们的帆船，斜撞到船腰上了，这一次冲撞，似乎把船上的主桅和后桅的桅索都撞断了。因为撞断了挡风的桅索，主桅和后桅受到疾风的吹刮，终于跌得粉碎，因此奥列诺克号就只有一条折成半截的前桅和总算平安无事的一条船头的顶梁。剩下的篷帆，就只有一张三角帆和破碎不堪的六角帆。

太阳出来了。

东方水平线上，飘过一朵斑纹的低云，立刻又在阴暗的天空中消失了。海上一望都泛腾着白色的泡沫，阴暗的晓空下，海的泡沫显露出不安的气势，风吹卷着嚣扰的浪头。我心里明白：船上人离开这船，形势实在已经危险了。

没有人掌舵，也没有人扯帆，船被波浪拨弄着，跟树叶子一般地漂荡。浪头毫不容情地打击着船身，洗泼着甲板，每次以可怕的力把船压向海底。我站在甲板台上，不得不连忙抓住缆轴。浪花的飞沫满头泼来，跟落在海里一般，弄得满身是水。

看样子，这条船不消几个钟头，便会受不住风浪的打击沉落到海底去了。

船——无疑是会沉没的——是不是马上便沉呢？如果在沉没以前，旁边有别的船只经过，我大概还有得救的希望吧。

我相信，我的希望还没有断绝——我能够逃出那口恐怖的木箱，只因为能够一心不乱地战胜困难。

“绝望还早呢！不要绝望！”我打定主意，再跟这疯狂的风浪做一次艰苦的战斗。

我是承继卡必里血统的海的儿子，关于船上的一切，是从小熟悉的。

我想：奥列诺克号这样毫无目标地随风漂荡，一会儿船身便会碎裂。不幸再来一个大的横浪，也许就此完结，我必须利用这张三角帆，把船向浪来的方向开去。

但我的经验，只不过驾驶过小船罢了，驾驶这么大的帆船的舵轮，不知须花多大的力气。刚把舵轮把住，忽然受了一浪的打击，舵轮独自旋转起来，我便跟一弹傀儡一般被弹得远远的，简直控不住舵机。

幸而帆梁上装有双滑轮的辘轳，终于把船的方向拨正了，我又扯起了篷，使它可以受到后面的风。

现在我只有一个救星，希望附近有船经过，我便跑上后甲板，瞭望全部的海面。

太阳渐渐升起，云阵稍微裂了一点儿缝隙，可以望见蔚蓝的天空。风势似乎稍微弱了一点儿，海面依然奔腾不止。

“也许可以得救吧……”我想，靠近陆地的海面上，总可以遇到一条两条船只的。

大概有三个钟头光景，紧紧地守望着水平线，却见不到一点儿像船的影子。

风势果然弱下来了，海面渐渐地平静起来，那种一浪推一浪、奔腾沸滚，叫人连气也喘不过来的凶猛的打击，已经没有了。潮声做着有规则的间隔，把这条舷塌桅折、形状凄惨的奥列诺克号向上下不住地摇摆。

忽然，在掠过海面的黑云底下，我隐约望见了一点儿白白的影子。

“啊，的确没有看错!”白点子渐渐大起来了。

“船!”愈来愈大了——而且吃着顺风向奥列诺克号并行的船路跑过来。我连忙抓住帆绳。我应该把自己的船转过方向，穿到它的前面去。可是多么悲惨呀，对方的船正孕着满帆的顺风，快得跟箭一般，而奥列诺克号只有一张小小的三角帆慢吞吞地前进。

过了半小时，来船更加大了，连风帆的数目都看得出来了，但后来又渐渐地小起来。

我跑到信号钟的地方，拼命地打钟，但那条船只是愈来愈小，没有见到我的船，也没有听到我船的信号钟。

我痴痴地望着愈去愈远的白色船影，船影愈来愈小，愈来愈小……变成白白的一点，终于望不见了。

我又孤零零地被丢弃在辽阔的海天之中。

光是使别人看到自己的船还是没有用处，必须使人家知道这条奥列诺克号上只有一个孩子。所以我不能徒然地等待救助，我必须用一种方法，引起他船的注意，使人家来救助方好。

我打开信号旗的箱子，拿出一张最大的信号旗，因为旗绳已经断了，便爬到桅楼上，挂上这张大信号旗。这是一个很危险的工作，虽然风浪的势头已经衰弱，船身还是摇得很凶。不过我是从小习惯船上生活的，对于爬高，又曾在辣波拉马戏班下过一番大大的苦功，所以总算平安无事地爬下来了。

抬头一望，信号旗充满着得救的希望，英勇地飘拂着。只要别的船望见这张旗子，我一定可以得救了。

现在风暴已经停歇了。我所以担心的，是跟英国船冲撞后破坏的状态，在船身的什么地方，破了怎样大的洞穴？后来看看船也没有快将沉没的样子，那破口似乎也不见得会扩大起来。但也不能完全安心，为了万一沉船的准备，我尽量找来了一大堆空箱和木板，拼拼凑凑地造成了一个像木排似的东西。

做着这样的事，不知不觉地快近正午时候了。从昨夜以来我还没有吃过东西，肚子饿起来了。大厨房里找不到伙食箱的影踪，不知是不是在桅杆倒掉的当儿，一起卷到海里去了。我想，跑下去到二台甲板找点儿食物。

但我跑下去的时候，要是船沉没了又怎么办呢？我不能离开这儿呀。略微踌躇了一下，饥饿到底战胜了恐怖，我便跑下二台甲顶。

跨下三级步梯，我不觉吃惊地站住，一阵呜呜的声音，同时有一只畜生在我的眼前掠过。大概是船主或者别人关在畜舍里的被忘记了的狗。

这狗一定是设法奔出了畜舍。它很快地跑上甲板，立刻又回下来，远远地、小心翼翼地、怀疑地望着我。大概看出我并没有恶意，立刻又哼着鼻子向我身边走来。

我摸摸它的头。狗很高兴地摇摇尾巴，把面孔挨擦着我，跟着我走了。我们便要好起来。狗跟我一样，也饥饿了。

二台甲的伙食房，幸而还平安无事。面包、冻肉、葡萄酒，我满满地捧了一大堆，搬到甲板上。

在一条漫无目标、随风漂荡的破船上，我虽然站立在生和死的关头，却依然凭着盛旺的食欲，大吃大喝了一顿。狗蹲在我的面前，捧着投给它的面包和冻肉，一会儿便吃光了。吃完了东西，狗在我脚边久久地躺着，再也不肯离开了。

“可怜，你也被人丢下了。”狗抬着和善而信任的眼睛，痴痴地望着我。我抱着狗颈子说：

“白滔，白滔，以后你的名字便叫白滔，大家亲爱地过活吧！”我记起在陶尔城那只好狗的名字是叫白滔。

我们的友谊立刻坚固地结合了。在这辽广的大海之中，我已经不是孤独的了。

刚才走过船主室的当儿，看见桌子上放着两把手枪，天色未暗以前，我跑去拿了来，顺便看见厚厚的呢大衣，觉得也有用，也拿来了。那手枪，要是见到有别的船经过放起来，一定会引起人家的注意。

这一天，再没有见到第二条船，就这样黑下来了。海上很安静，风也只是足够吹满那张三角帆。船身有了破洞，三条桅杆只剩一条的奥列诺克号，样子虽然惨，到底顺利地航行着没有沉下去。照这个样子，大概可以放心过夜了。

也许这条船跟陆地相去不怎么远，一到天黑，或者能够看见灯塔的光也说不定。那时候，我们——我和白滔——便等于得救，只要把船向有光的地方开去就得了。

天色完全黑了，我所希望的光却没有出现。深深的天空中渐渐放出了星星的光辉，可是望不见灯塔的光。我打定主意，今晚上决定守望着漆黑的水平线过这么一夜，便把身子包在船主的厚大衣里躺了下来。好久好久地注视着黑暗之中，什么也没有看见。

狗紧紧地贴在我的身边睡了。风势平定，船身只是微微地、有规则地摇摆。十点十一点的时候，有半轮月亮升起天空了。海水受着月光，映出灿烂的银鳞，在船边发着轻轻的声响缓缓洗泼，跟昨晚上疯狂的情状完全不同，和平而安静，简直使人不能相信。

虽然一心想不要睡着，不要睡着，但一天一夜生死搏斗的疲劳终于再也耐不住，我便不知不觉地睡着了。

这安静，在海上绝不是十分可靠的，风暴其实还没有完结呢。

早晨，我被冷风吹醒过来。云头很低，波浪骚闹着，船身渐渐摇摆得厉害起来。

跟着时间的经过，风渐渐大起来。看罗盘针，船正向西北前进，我又扯起帆索，使它可以受到顺风。我不知道自己的船在什么地方，不过以为要把船开到蒲泰纽或诺曼地的海岸，向西北走是不会错的。

再过了一个钟头，海的样子完全变色，狂暴得跟头一天没有什么差别了，浪头跟怒马一般，跳上奥列诺克号的甲板，船拼命地挣扎着向狂浪冲去，怒涛跳得怕人的高，摔散雪白的鬣毛，跟瀑布一般冲洗着甲板。

苟延残喘的前桅，受了猛烈的强风，吱吱叽叽地发出不安的叫声，不住地摇摆着。桅绳和网具都宽弛了，可是无法挽救。每一次猛风吹袭，我总是战栗不安地想，这一次前桅一定要吹倒了。前桅要是倒下来，奥列诺克号也便寿终正寝了。我一眼不眨地注视前桅。

这时候，忽然望见前面的海上，远远的一条黑影子。

“哦!”再注目望时，船已经落在大浪的深谷中，望不见远处的水线了。我冒险爬上绳梯，站在摇摆不定的桅楼上。

“陆地!”这一条黑线正是陆地的影子!

狂热地爬下甲板，急忙捆住帆绳，准备将船身对向这条黑影，用力地绞着帆轴，两个膝头都抖了起来。“得救了，我得救了!”这意外的欢喜，使我饱含了眼泪。

黑线渐渐清楚起来。可是这条船能够走得到吗？快要倒下的前桅还能够保持到那时候吗？

“一会儿右，一会儿左，风势不住地变换方向来，前桅呜响得更加厉害，摇摇摆摆的，马上要倒下来的样子。这样地，又经过了充满希望又充满不安的悲惨的一小时。

白滔蹲坐在我的面前，好像要从我的目光中看出什么，担心地注视着我的脸孔。

船走过去的海岸是一带长沙滩，沙滩后边高起一带迂缓的高陵，连得很长，不见一个港，也不见村舍的影子。

我自然不敢希望我的船可以进港口，即使眼前有港口，我又有什么本领驾船入港呢？一个正式的船员，要在这么大的风浪中驾船入港，也绝不是容易的事情。我的希望只是尽可能把船靠近海岸，搁上浅滩，然后使劲游上沙滩去。

但要让船靠近海岸是可能的吗？近岸的地方，有伏在水底的暗礁，撞上了怎么办呢？在大浪狂风之中，再撞上暗礁，这条破船说不定会立刻粉碎。而且礁石与海岸之间如果相离太远，那么，在这样怒浪之中，我说不定游到半途中会疲绝而淹死了。

为了做这种恐怖形势的准备，我又把昨天造好的木排拆开来，把空箱木板放在自己的身边，万一船被打沉的时候，可以立刻抓起来做浮木。同时为了身体可以灵活便利，我脱去上衣，只剩一条裤子。又为了身体愈轻愈好，我又把那把海军刀跟上衣一起丢下，但忽然想起亡父的话，又把它拿来放在裤子袋里了。

岸愈加近了，已经可以望见细微的地方。沙滩边上疯狂的怒浪，每次猛扑上来打散开去的时候，腾起沸滚的雪白的泡沫，潮水正在退落。

再过十五分钟——再过十分钟——再过五分钟——我的命运一分钟一分钟地接近决定的时候了。我屏住呼吸紧望着狂暴的海水。父亲逝世那天的大风暴的情形，在我的头脑掠过。

“妈妈！狄列德——呸！我是海族卡必里家的子孙呀！”

正在这样想着的当儿，忽然一声震天动地的巨响，船身以一股巨大的力势搁上了滩岸。桅绳突然裂断飞上半天，信号钟嗡然鸣响，前桅大大地摇摆了一下，向船头上倒下来，同时我的身体也摔翻在甲板上。

“搁上了！”忍痛爬起身来，同时又是第二次地摇摆，重新把我摔翻了。船头受了一个猛烈的冲撞，来了一下极大的震动立刻侧过一边了。

爬上去也没有用了，身体向下滑溜了起来。

“应该抓住一点儿东西……”正这么想时，一个山样的大浪泼上倾侧的甲板，一下子便把我冲进海水漩涡的底下。

好容易穿过漩涡把头探出水面，我已离船有二十米突远了。忽然看见眼前一颗游泳着的狗的脑袋。它眼睛一眨不眨地紧盯着我。

“白滔！努力啊！”我发声鼓励它。

离岸只有二百米突远近了。要是在平常时候，便是十倍距离，对我也不算一回事。可是在猛烈的怒浪中，这是一场生和死的斗争。

我毫不慌张，尽可能地避开浪头，慢慢地向怒涛中穿过去。穿过白浪滔天的重重的漩涡，实在不是一件容易的事情。遇到这种漩涡，我便索性钻进水底下去。在一浪与一浪之间，我好容易维持了呼吸。

沙滩上没有一个人影，当然无法等待别人的救助，愈近岸，浪头愈大。幸而风向陆地一面吹，我便随着被风卷去的浪头，很快速地向海岸靠近过去；遇到在岸上碰回的浪势，我立刻钻进水底下去。这正是我的生命的分叉路，我的脚尖触到沙土了。下一个浪来，我的身体便像海草一般卷上了沙滩，屈紧两手的指头紧紧抓住沙滩，可是回浪的强力又把我向后滑去，落进沸腾的波浪中。

第二次，第三次，卷下，抓住沙土，又溜进浪里，我吃了不少的海水，几乎要闷窒了。这样地跟浪头永远斗争下去，渐渐地忍受不住了。我想，这一下我一定会淹死了。

“对啦!”刹那间打定主意，我又向海的一边游去。

父亲曾经讲过“做水手必须记住的事”，正是这件事情。钻进浪底下，在等待下一浪来的中间，我一边用直立的姿势游泳着，一边拿出小刀，拔开刀刃，然后再向岸游去，乘着大浪头，当浪头以猛烈的姿势把我泼上沙滩的时候，便鼓起全力用手里的小刀在沙上插住。回浪再来冲我下去的时候，我紧紧地握住小刀硬挺住了。

再等第二浪来，又利用浪势向前迈进，同样用小刀插住沙土，水已只有小腿高度。立起身来，跌跌跄跄地走了十五六米，我把身体倒在干燥的沙滩上。

“得救了!”这么想着，紧张的神经便松弛了，精疲力尽的我就渐渐地昏眩过去。使劲把神志清了一清，狗正舔着我的脸。

“哦，白滔，你也来了，你也来了!”我抱紧了狗的颈在脸上挨擦。远远地，有小小的人影向沙滩上走过来了。

17. 慈母心肠

一

我乘奥列诺克号所漂流到的地方，是离雪布尔约二十公里的莱维海岬的东边。

村上的人立刻把我扛进村中，安置在牧师的家里。我已经四肢瘫痪、昏昏地睡了二十多小时，要是海事官和船舶保险公司的代理人不来叫醒我，说不定会和童话中的“睡公主”一样长眠一百年。

我在海事官、船舶保险公司职员、许多船主的面前，不得不详详细细地陈述了奥列诺克号打鲁佛出口遭难，一直漂流到这莱维海岬来的经过情形。

因为不得不先讲到我是装在一口木箱里的情形，实在有点儿难为情，但也只好把事情老老实实讲出来了。

结果，决定我跟奥列诺克号的主人一起到杜佛去。经过几天的调养之后，打雪布尔坐船，当天傍晚便到了杜佛港。

不料一到杜佛，我却大大地骇了一跳。大概因为我的漂流记已经发表在报纸上，我已经成为名满全城的小英雄，许多好奇的人都把我当作有趣的话题了。

我正带了白滔走下船桥的时候，岸上的人山人海一下子向码头拥过来了，大家指点着我，大声地欢呼："哦，来了来了，就是他，就是他！"

我不知怎么一回事，骇得连忙逃进船舱里。

到杜佛后，听到奥列诺克号船员的消息：他们在海中被经过的外国船救起，平安地被带到了英国，立刻又打桑浦东送回本国了。

其次是可怜的海尔曼，在两船直撞的当儿，他跟主桅一起落进海里去了，他也许是不会游水，或者是伤得太重了，从此就失了踪影。怪不得我装在木箱里没有人来打开盖子。

我的经过对奥列诺克号的船主是一件倒霉的事情。保险公司的人说："要是船主不弃船逃走，奥列诺克号是可以得救的，连一个小孩子也可驾驶到海边上，正式的船员应该可以避进附近的海港的。"

对于这件事有种种的议论，我却不管人家怎样说，还是同情船主的。在陆地上自然随便什么都可以说，但船主在弃船以前，实在也有不得不弃的理由，事实是太危险了。船主把全体乘客和船员的性命看得比保险公司的金钱更重呢。

那时候，杜佛城的戏院里，正在上演一出新戏《梅裘沙号遇难记》，戏院主人看准了挣钱的门径，知道我正大得人心，便叫人来请我："只消在开幕的时候，上一上舞台，什么话也不用说。"我答应了这个条件——每晚上在这戏院里登台。

连我自己都不敢相信，我会受到这样的欢迎，当我穿着水手服装，带着白滔出现在台上的时候，观众都大声欢呼鼓掌，依照人家教我的样子，微微行了一礼。退入台后的时候，观众还是发疯一般拍手叫好，一次一次地把我叫回舞台，反而把正场戏耽搁下来了。从我上台的那一晚起，戏院里每天客满，甚至有人叩打闭上的院门。

我不知道我为什么这样受人欢迎。那时候，说出来实在惭愧得很，我居然非常得意，自以为已经是一个名角儿，得意扬扬地在舞台上走着。想起来真叫人冷汗浃背了。

据戏院中人说，我的酬报是很大的，但经理人打这儿除去了“开支”，给了我两百块钱。这对我已经是了不起的大收入。此外每天出一次场五块钱酬金，八天工夫又得了四十块，一共是二百四十块——于是，我一跃而成为富人了。

我想动用这笔钱买一套海员的服装。原来我虽然害怕陶尔城的伯父，其实还是一心一意打算当海员的。

当我独自一人，被人丢在奥列诺克号的甲板上，受着狂风大浪的拨弄，好容易漂到海岸，拾着了一条性命——那个时候，正觉得那些安居在屋檐底下的人，他们的命运正不知比海员们要好多少倍。可是一旦身在陆上，遭难时候的恐怖，早已跟朝露一般消失得无影无踪了，从到达杜佛的第二天开始，我已开始找一条船谋水手的位置。

奥列诺克号的主人知道了我的期望，马上答应录用我在一条叫作亚马松的船上，当见习水手。而戏院里挣来的钱，为了买海员的用具，恰正得用。

我记起在杜佛遇见海尔曼时他带我去的那家宿处，便跑去请求寄宿。那是一所靠近兵营河岸、一条小巷子里的阴暗的小房子。人家立刻欢迎我去住。

据说这人家的青年主妇正害着病，不能给我烧菜，这对我没有多大关系，只消每天有面包吃，我就什么也不计较了。

那主妇是很和气的人，病势不轻，只能够勉强起床，但我一看便明白是一个好人，而且她使我联想到故乡的母亲。

她跟我母亲一样，也是一位年轻的寡妇，有一个比我大两岁的儿子，八个月前，航海到印度去了。主妇正盼待他儿子做工的那条船诺思脱里号回来，颇有一日三秋的情形。

主妇和我的母亲处在同样的境遇，她也不喜欢船上的营生。她的丈夫是好久以前在南非洲一个小码头害热病死的，她儿子立志航海，便成为她唯一的忧虑。

现在主妇唯一的安慰，便是她那儿子第一次航海后，对于当水手这营生失掉了兴味，决定从此住在陆上，所以打算回家来了。

她是多么盼望她的儿子！每次我打港边的防波堤上回来（我是每天从早到晚在防波堤上过日子的），主妇便殷殷地问我气候怎样、有没有风、进港口的船多不多等等的事情。

到印度的海路很长，新鲜的见闻特别多，可是危险也特别多。主妇担心这诺思脱里号说不定有一天会在什么地方遭难，比对自己的疾病更加注意。

我搬进她家约过了一礼拜光景，主妇的病势突然转剧，据那些来探病来服侍的邻近女太太们说，主妇的病势实在不轻，连医生见了她，也只是低着头不作声了。

主妇一天比一天地衰弱起来。我打防波堤回来，到她的屋子里去告诉她海上的消息，见了她那落形的样子，简直骇了一跳。她的脸色灰白，嗓子低得差不多听不清楚了。

自从奥列诺克号遭难以来，风势很平静，也一直是好天气。海面跟夏天一般波平如镜，在这样的季节里，是难得遇见的。每次我打外边回来，主妇便提着低弱的嗓子问道：

“风势怎么样?”

于是，我便不得不每天做同样的回答：

“没有大风，不过稍微有一点儿东风……”

主妇轻轻点一下头，细声地说：

“上帝，上帝，求求您，不要使我见不到儿子的面就死吧!”

那时候，在她屋子里的那些邻居太太和亲友们便叫她不许说这种断头话。像人家普通对沉重的病人那样，故意去宽她的心，使她提起神来。但主妇明明知道这些都是宽心话，她总是回答说：

“唉，谢谢你们的好心，不过，多半是见不到面的了。”

看着她满眼含泪的哭脸，我也想哭起来；那时候，我总是偷偷地溜出屋子。

我并不十分明白，她的病势，到底重到怎样的程度，但听旁人背后所讲的话，知道已经没有挽救的希望了。

从此以后，每次打防波堤回来，我便不大敢走进她的屋子去了。因此每次要不先向人家问明主妇的情况，就不敢平白走进她的屋子里去。

有一天，我照例去看了进港口的船只，回到宿处吃早饭来，在邻家门口，向那边一位老婆婆问起主妇的病状，老婆婆招招手，叫我走进去，低声对我说道：

“医生来过了。”

“怎么说呢?”

“过不了今天傍晚了!”

我简直没有勇气走上宿处的楼梯了。但是不能老站在外边，我只得脱去了皮鞋踮着脚不声不响地走上去，不料走过主妇的房门前，她已经听见我的轻轻的脚声。

“罗曼……”主妇在屋子里发出衰弱的声音叫我，我没奈何，只得轻轻推门走进去。主妇的妹子已经来了，坐在她的床边。主妇只是默默地望着我，我很明白她要对我说的话。

“天气依旧很好。”

“风……没有吗?”

“一点儿风也没有。”

“船呢……”

“打鱼船、赛茵河船，还有一条里斯本的轮船……”以后大家没有话说了。再没有能说的话了。

正在这时候，房门大声地打开来，主妇的妹夫很兴奋地跑进来，他是在码头上做事情的。

“一条里斯本的船进港口了……”

“嗯，罗曼刚刚告诉我了……”主妇带着悄然的衰弱声音回答了，但那时她的目光碰到了妹夫的眼，她看出妹夫还有更重要的消息:“啊，怎么样呢?”

“好消息。那条里斯本的轮船，在路上遇见过诺思脱里号。是在赛茵岛旁边追上他们的……”

苍白、无力，死一般躺着的主妇，支起又细又瘦的两手，打床上坐起来了:

“哦，天哪!”她的眼睛突然睁大而发出生气勃勃的光芒，灰白陷落的脸腮映出桃红的美丽的血色。

“诺思脱里号，我儿子的船，打赛茵岛回杜佛来，还要多少时候呢?”

“这是一个很困难的问题，如果遇到顺风，两天就可以到，但风势如果不好，就得六天或是八天。里斯本的轮船是三十小时到这里的，所以如果风色好，诺思脱里号帆船明天就可以进港口了……”

主妇托邻人去请了医生来。

“快则明天！快则明天，唉！至迟也只有八天。我，我就是咬住了石头，也要活到那个时候——慈悲的上帝，不会让我见不到儿子的面就死了的吧？”

主妇恢复了生命的希望和生命的力，医生诊视了这个好似换了一个人的、轻了许多的病人，简直不能相信天下有这样的奇事。主妇的家是在郊外的贫民区里，她睡的那间屋子，带作厨房餐室和卧房，自从主妇卧病以来，屋子更其杂乱得不成样子。水瓶、药瓶、杯子等等乱七八糟的东西，都蒙了尘灰，乱堆在墙角落里。没有一个人给她好好地收拾。

邻居亲友之类，虽然常常来照看她，但她们各人有自己的事情，有小孩子拖带，不能老陪伴在她旁边，只不过偷工夫来看一下，又匆匆忙忙地跑掉了。

“对不起得很，把我这屋子稍微收拾一下，窗子都打开来……”主妇对我说了。

“不过姊姊，冷空气进来，对你身体不会有妨碍吗？”虽然她妹子那么说，但主妇还是不听：“不，现在反正没有什么关系啦，请你照我的话——我不愿让孩子回来的时候，闻到病人房里的臭气……”

但是儿子什么时候回来呢？天气不知什么时候才能变动，海里是一点儿风丝也没有。

二

那个时代，商业港上，不管何处的船，凡是在附近经过的，都逐一报告。杜佛港是由夏娃岬的守望所来通知的，他们打夏娃岬得到“何处望见某船”的消息，港务部立刻就在布告板上公告出来。

我受了主妇的嘱托，便到公告处去看，有没有贴出诺思脱里号消息。

那一天，在兵营河岸和奥列安街之间，我来来回回地跑了三四次，船舶保险公司的事务所是在奥列安街，港务部的布告就在那儿贴出。

但是寂静无风的海上，没有一条进口船的影子。这时候，船都抛在英法海峡的口外待风。

害病的主妇依然一点儿没有绝望的样子。晚上，主妇的床搬到了窗口，因为她说：“要向外面望望。”打窗口望去，在重重叠叠的房屋顶上，可以见到测候所的高高的风轮。

“我看这个定风轮的样子，好像马上便会起风了……”主妇非常认真地说，在月夜的晴空之中定风轮的黑影，正和钉子钉住了一般，一动也没有动。但我们当然不能嗤笑她的幻想。

主妇的妹妹说：“今晚上我陪她过夜……”我便回到自己屋子里去睡了。

夜半醒来，忽然听见一种奇怪的声音，是我借宿以来第一次听到的声音，是一种锈铁摩擦的声音。

起来向窗外望去，西面的屋顶上落着一道斜月的光，测候所定风轮正在咯咯地转旋。起风了，白云在夜空中流走。我连忙披起衣服往外边去，走过静寂的街头到码头上一望，只见海浪泛动，月色碎作片片的银光。

背后听到脚声，回头一看，见海关的巡哨向我走来。

“喂，你是谁？这时候，还来干吗——”

“我是罗曼·卡必里。”

“哦，你吗？天时不早了，有什么事吗？”自从发生奥列诺克号的事件以来，在杜佛港，罗曼·卡必里这个字是很有名的。

“我来看看海，起风了呀。”

“哎，这样的风势，又这样冷，大概会转西风吧。”

“起了西风，船可以进口吗？”

“哎，抛在口外的那些船，明天大概都可以进口了。”

“诺思脱里号也可以进口吗？”

“嗯，大概是吧。”

“再会……”

“再会……”我急忙回到主妇家里。

“起了西风，抛在英法海峡口外的洋船，都可以进口了。最迟等到明天的晚潮，主妇所焦盼的那条诺思脱里号一定也可以到杜佛了。”

“哎，罗曼，我的话对不对呢？我相信风向一定会转的。因为这是我的最后的希望了……”

主妇听了我的报告，低声地说着，寂寞的脸上掠过淡淡的微笑。我跟她妹妹面面相望，胸头有说不出的难过。

她妹妹说，主妇打傍晚以来一直没有闭过眼睛，只是一眨不眨地望着定风轮，有时候，自言自语地说：“潮涨什么时候啦？”反反复复地说着同样的话。

“太太，不多一会儿天就要亮了，你稍微睡一下吧？”我这样说时，她轻轻地摇摇头：

“不，还是拿一点儿葡萄酒给我吧。”

医生说过：病人要什么就给她什么。妹子就给她倒了一小杯葡萄酒，主妇只微微地喝了一小口，衰弱下去的身体正急喘着气，这才平复了一点儿：

“现在，我可以活到孩子回来……”之后，她又眼望着定风轮，不作声了。

我们也没有作声，默默地望着她陷落的脸腮，我几乎疑心她已经死了。可是仔细看时，只见她的嘴唇有时候微微地颤动，细细听她，她正在低声喃喃地说：

“若望！可怜的若望！”若望正是她儿子的名字。

天色露光的时候，主妇叫我走到床边，说道：

“万分对不起，请你到肉铺里去一趟，买三斤顶好的精肉……另外再买一棵卷心菜……”

“姊姊，你这样身体，可以吃肉吗……”她的妹妹说了。

“不，我买给若望吃的——他喜欢吃肉的。他在船上，大概好久没有鲜肉吃了……钱在这儿。”主妇举起枯柴般的手，战战栗栗地从枕头底下拿出一枚银币来。

早晨，医生又来了。据他说，他从来不曾见过能够和死亡斗争这样韧性的病人。

“能不能保到今天晚上呢？是不是只好靠上帝了呢……”妹子战栗地向医生问。

“是啦，现在这病人，完全靠一点儿希望、一点儿意志力维持着呼吸了，所以不能使她绝望。我看，她这条命已经保留到现在，大概到今晚上为止总可以靠得住了，当然，不能十分断定，不过到今夜落潮的时候，也许要咽气的了。”

医生这么说着，便走了。

等到港务部事务所开门的时间，我又到奥列安街去，布告板上写着许多进口船的船名，却没有诺思脱里号的名字。

打早上八点到下午三点，我向奥列安街不知跑了几多次，到三点钟，才看见从加尔加答回来的诺思脱里号的名字。

我飞一样地跑回宿处，这个好消息到得正是时候。主妇的样子一刻比一刻地衰弱下去。上午涨潮时没有进口，想想大概再见不到儿子的面，虽然还有傍晚的涨潮，可是再没有精力支撑下去了，因此看看是马上要咽气的了。

当我告诉她布告板上已经贴出了诺思脱里号的名字，主妇的精神马上恢复过来了：

“潮什么时候涨?”

“六点钟……”

“无论如何，无论如何，我要活到那个时候！葡萄酒……”我立刻跑到码头上去。

港外有二十多条船抛着锚，等潮水涨上。过了十五分钟，船势比较轻的，挨次拔起锚来，向港内开进来。诺思脱里号吨位又大，装货又多，直到五点钟方准许进港。

一见诺思脱里号开始起锚，我马上跑回去。

一句话也不用说，我气喘喘地推门进去，主妇一见我的面便说：

“进港了?”

“进港了!”

“把我扶起来……”主妇对她妹妹说。

“姊姊，这不行吧……”妹子叫她不要太兴奋，但主妇不听她的话。没奈何，只好给她把枕头一个一个地叠起来。主妇眼睛痴望着一点，嘴里连连说一句同样的话：

“把我扶起来……把我扶起来……”

只有眼睛发出炯炯的光，嘴唇已经完全变色了。

十五分钟之后，她的年轻的儿子到了，楼梯上一阵大声的脚音，蓦地一声大叫：

“妈妈！”

主妇使出最后的气力，抱紧盼望已久的儿子。

当夜十一点钟，果然照医生的话，正当落潮的时候，主妇便在爱儿的怀抱中溘然死去了。

这一个死的奇迹：慈母思儿的心肠；和死亡的绝望的搏斗……

狄列德的哀求，奥列诺克号的遭难，都不能动摇我当海员的决心，但在这一位可怜的慈母的死亡面前，我的心深深地感动了，我不能不重新想到自己。

我现在这样地远离家乡，我的母亲，说不定也正同样地盼望着久出不归的我，盼望着，终于失望而死了吧……

这时候，我出生以来第一次知道慈母的心肠，感觉到这慈母的心肠。

“怎样才好呢？”这晚上，我失眠了。

我要上船当水手的那条亚马松号，已定两礼拜后出口，但回故乡附近昂弗鲁的便船是每天早上五点钟开船的。

远祖以来，生于海，死于海的卡必里家的血统，引诱我到海里去——同时又想到陶尔城的伯父，使我毫不犹豫地决心去当水手——可是想到生我育我的母亲，我无论如何得回去一次！不回去心里不安。

“陶尔城的伯父，到底也不会把我吞吃的。”我想，“我挨过饿，挨过冷，受过风暴，只要我有勇气，我还怕什么伯父不伯父……”

我总可以忍受得了的。

母亲不许我当海员，对于一个丈夫死在海上的母亲，当然是难怪的，我做了她的儿子：“我怎么能不管母亲的悲哀，任自逃出海外去呢？”我——要是回家去，母亲不知要怎样的欢喜！但是我回到家里，如果被伯父知道，母亲一定会吃他的苦头——要是我不回去，母亲不会做工了……

“叫谁照顾我的母亲呢？”

“母亲将怎么办呢……”

一听到早上四点钟的钟声，我便起来收拾行李。四点半钟，亡故主妇的儿子若望送我搭上去昂弗鲁的便船，五点钟，就告别了杜佛港。

三十六小时之后——第二天下午的六点钟，在夕阳光中，走进生身故乡的村口。

跟从前领狄列德回家的时候一样，在村口绕出了大路，穿过宽广的原野，但时节已经跟那时不同。路虽然还是一样，原野却已不是寂寂的枯地，草透出了青青的芽，草丛中的刺金雀儿已经开了花，泥沟的苔藓中，闪着星星一般的三色堇。晴丽的芳春的夕暮，使草木和大地发出一股芬芳的气味。

妈妈马上就要见到了——这样想时，心头喜欢得跳跃起来，脚也走得快了起来。走到老家后院的篱笆边，我站在土岗和篱笆间向里面张望，相去二十步的地方，狄列德正从晒衣绳上收取衣服。

“狄列德……”

狄列德惊了一跳，向发声处张望。我已躲在篱笆后面，她看不见了。

这时候，我发现狄列德穿着黑色的丧服。

“丧服……”这是怎么一回事？是谁死了呢？我不觉一惊：

“啊，妈妈!”正当狄列德四处找觅叫她的人时，母亲，我的亲爱的母亲，在门口出现了，我这才放下了心。

母亲的后面，走出一个白胡须的老公公。

“啊哟，保勒公公!”不错，正是礼拜日公公，早说已经死在海里的保勒公公，却立在母亲的身边。这到底是怎么一回事？难道是两个鬼灵吗——我想。

“狄列德，什么事?”

“什么事，狄列德?”

保勒公公和我的母亲，两人同声地说。啊，母亲活着！连“死了”的老公公也活着……

“好呀！妈妈，我、我也活着，我回来了!”

我高兴极了，冲破了篱笆，泪流满面地飞奔进去。

少年罗曼的奋斗故事，在这儿已经可以完了。我想读者当中，一定还有人想要知道：这故事的主人公罗曼·卡必里，后来怎样了呢？他现在已经长大成人，居住在保尔地村了。所以我便来代他，极简单地谈一谈，少年罗曼和这故事中其他人物的后半生的情形。

先谈礼拜日公公，他是怎样活的呢？这是很简单的事情。

那天早上，老公公独自一人划着艇子到格林岛去，遇到一阵狂风，艇子翻了。他骑在艇子肚上，随浪漂流，被一条大三桅船救起来了，但那条船是到三藩市去的，要紧着赶程，不能在近港停泊，使保勒公公可以上陆，便决定如果在半路上遇到便船，就换船送回法国，要是遇不到的话，就只好在这船上经过五六个月的航程，搭到美国西部的加利福尼亚。

不料运气不好，遇不到回法国的便船，因此，当船在南美霍因岬暂时停泊的时候，老公公就给礼拜六公公和罗曼写了一封信，投在码头上海员用的邮箱里。不过这邮箱是海员间为了公共便利而设的，进港的船是各地都有的，见到邮箱里有寄英国的信，便由英国船带走，有寄美国的信，便由美国船带走，有寄法国的信，便由法国船带走，像现在这样的全世界组织完备的邮信机关，那时候还没有，所以寄了信不一定可以收到。老公公的信，大概也就像这样没有送到罗曼的手里。后来，老公公在三藩市登陆，穿过美洲大陆的大草原，渡过大西洋，在罗曼回家的两个月前，刚回到法国。

狄列德所以穿着丧服，是因为少年罗曼最崇拜的在印度的伯父，在罗曼离家的时候，来了讣报。罗曼一点儿也不知道，自己承继了印度那位伯父的巨大的遗产。

一心想当海员的少年罗曼呢？

归家以后不久，由保勒公公向陶尔城的伯父交涉，重新回到保勒公公那里求学，依旧住在毕尔刚岛，受到良好的实地教育。

现在他已经长大成人了，他自己不大下海，但承受卡必里家的血统，依然对海抱着极大的热情，每年春天，打保尔地到铁奴岛参加北洋渔业的三十条大船之中，有六艘是他的所有。

狄列德怎样了呢？

当然罗曼重新在毕尔刚岛跟保勒公公学习的时候，她进了城里的女子寄宿学校。她的身世虽然悲惨，但生性聪明，在学校里非常用功，成绩很好。

你们如果到毕尔刚岛去玩过，也许见过一位美丽的少妇，带着一个五岁左右的男孩子，三岁模样的女孩子。村上的人说：“卡必里家的少奶奶，常常带孩子去探望礼拜日公公。礼拜日公公还很清健，今年已经九十二岁了。他的福气真不坏。”

由于礼拜日公公和礼拜六公公的努力，毕尔刚岛也比以前美得多了，树木茂盛，百花灿烂，岛的西部，成群的牛羊在缓缓地吃草，兔子在草地上奔跑。礼拜六公公依旧喜欢“喝一杯”，又健康又快乐。

罗曼的妈妈，已经是将近六十岁的老婆婆了，她一直住在原来的地方，有时候，她的媳妇带了孩子来玩，她便把手中的结线活计放下来，亲自做拿手的点心给孩儿们吃，给他们讲以前暴风雨之夜的故事。

罗曼妈妈坐着做结线活计的那间屋子里，挂着一张以碧海为背景的草舍的风景画。这是画家柳香·亚德画的老太太从前的老房子。画家柳香每年一次到保尔地来玩，在罗曼家里住上两个月就走了。

最后，少年罗曼最厌恶的陶尔城的西门伯父怎样了呢？

所谓强中自有强中手，西门伯父交了一个比自己更阴毒的朋友，也是一个专门挣不义之财的。据说当西门伯父和罗曼同时分到了一部分印度那位兄弟的遗产以后，大概是发了黄金狂，便和那个阴毒的朋友共同做一种大投机事业，受了极大的损失，现在已经穷得连房子都卖掉了，靠着罗曼经常寄一点儿钱救济他。可是他的发财狂依然没有痊愈，连罗曼送给他的衣服都变卖了现款，而且把罗曼给他的生活费放印子钱，贩卖破破烂烂的旧货，连肚子也吃不大饱，很吝啬地过着日子。

原著后记

我的读书兴趣没有因童年所见的那些书籍永远失去，实在是一种奇迹。那些书籍，跟当时出版的大部分书籍一般，是在杜尔大主教赞助之下，由马姆编纂的，都是枯燥得可怕，看了只会叫人瞌睡。

我把这些书视作当时所流行的黑药——那种伤用力筋的黑药，我被母亲强迫着，被父亲斥骂着，一年之中，总不得不皱住眉头，吃这么三次——它完全跟那些黑药一样。

幸而有一次，在屋顶室堆置杂物的角落里，从十二三册封面破损的旧书中，发现了埃里奥斯德的《愤怒的罗兰》、鲁柴琪的《桀尔勃拉》，随便地打开来看，立刻打破了我的“书籍是黑药”的成见。我完全被这些书迷住了，忘了神，有时在灼热如火的屋顶室里，有时在寒冷如冰的屋顶室里，发疯地阅读；这些书鼓起了我的精神，点燃了我的永不熄灭的想象力的火。

我不知道没有这些书，我会不会变成一个作家，但这是一个动机，正为了像我一样受枯燥的书所苦的人，使我写出了这些书来。

我以为解释自己的作品，并不是作家的工作，虽然也有做这种工作而成功的作家，但说明注解毕竟是批评家的工作，不是作家的任务。不过至少作家说出他的欲求，说出为什么，怎样地写出他的书来，我以为也并没有什么不对。这便是我这个后记的目的。

在《罗曼·卡必里》（本书原名）中，为了使我留下永远恶感的一个过去的回忆，我努力地要使跟我同样烦恼的人得到欢乐：我要使他们发生读书的兴趣，要使他们的兴趣不受到挫折而受到磨炼。我要刺激他们的兴趣，诉于他们的心情，引动他们，把握他们，要他们到书本中去找求喜悦，找求安慰。

在我的著作中，由这种动机写成的：第一是《罗曼·卡必里》，第二是《无家儿》（译者注：即中译《苦儿努力记》），第三是最近几月内可以发表的《家》这三部。

我的目的有否完成，这回答也不是我的职分。《罗曼·卡必里》和《无家儿》的读者会告诉我们的。

从来对法国文学紧闭其顽固甲壳的英国，对于《罗曼·卡必里》和《无家儿》，已开始给予极好感的待遇。

《罗曼·卡必里》用了《海上》的题名，《无家儿》用了《克庇和其友》或《地下》的题名，已有许多学校当了课本；同时对于法国文学的态度一向不大好的《泰晤士报》，在1893年1月18日的报上这样说道："艾克脱·马洛（今通译埃克多·马洛）是一个例外，他在英国比在本国获得更多的桂冠……"其意以为我在英国比在本国受到更多的光荣，如果真是事实的话，这的确是对一个法国人的最大的好意。

这部著作于1867年用《少年故事》的题名，发表于《法国教育》上，后来赫采尔并未得到我的同意，改名为《罗曼·卡必里的历险与遇难》，把《法国教育》上发表过的文字印成单行本。

艾克脱·马洛

图书在版编目(CIP)数据

海国男儿 / (法) 埃克多·马洛著；楼适夷译. — 北京：中国文史出版社，2021.1

(楼适夷译文集)

ISBN 978-7-5205-1573-3

Ⅰ. ①海… Ⅱ. ①埃… ②楼… Ⅲ. ①儿童小说-长篇小说-法国-近代 Ⅳ. ①I565.84

中国版本图书馆 CIP 数据核字(2019)第 251912 号

责任编辑：薛媛媛

出版发行：中国文史出版社
社　　址：北京市海淀区西八里庄路 69 号院　邮编：100142
电　　话：010-81136606　81136602　81136603（发行部）
传　　真：010-81136655
印　　装：北京新华印刷有限公司
经　　销：全国新华书店
开　　本：720×1020　1/16
印　　张：17.75　　字数：199 千字
版　　次：2021 年 1 月第 1 版
印　　次：2021 年 1 月第 1 次印刷
定　　价：59.70 元